아포리아

아포리아

초판 1쇄 발행 2025년 6월 17일

지은이 김상
펴낸이 장길수
펴낸곳 지식과감성#
출판등록 제2012-000081호

교정 정은솔
디자인 김희영
편집 김희영
검수 주경민, 정윤솔
마케팅 김윤길

주소 서울시 금천구 벚꽃로298 대륭포스트타워6차 1212호
전화 070-4651-3730~4
팩스 070-4325-7006
이메일 ksbookup@naver.com
홈페이지 www.knsbookup.com

ISBN 979-11-392-2646-1(03810)
값 15,000원

- 이 책의 판권은 지은이에게 있습니다.
- 이 책 내용의 전부 또는 일부를 재사용하려면 반드시 지은이의 서면 동의를 받아야 합니다.
- 잘못된 책은 구입하신 곳에서 바꾸어 드립니다.

지식과감성#
홈페이지 바로가기

아포리아

APORIA

김 상 단편소설

해결하기 어려운 난제와 모순

차례

909호 … 7

손가락을 사랑한 남자 … 29

아포리아 … 63

아무 소리도 들리지 않는다 … 75

가죽구두 … 119

토순이 … 143

소백 … 181

909호

파란 줄무늬로 페인트칠을 한 전동차가 레일을 타고 미끄러져 들어왔다. 어제저녁부터 비가 온 탓에 지상의 매연들이 깊은 지하까지 내려와 형광등 불빛을 흐리고 있다.

기련은 전동차가 들어오자 재빨리 몸을 객차 안으로 밀어 넣었다. 출근 시간이 지났음에도 지하철은 여전히 복잡했다. 앉을 자리가 있을까 둘러보았지만, 빈자리가 없었다. 앉아 있거나 서서 있는 사람들 모두가 고개를 숙이고 있다. 이어폰을 끼고 눈을 감은 한두 사람을 빼고는 노약자석에 쭈그리고 앉은 등 굽은 노인마저도 손에 든 핸드폰을 뚫어지게 바라보고 있었다.

기련은 한적해 보이는 통로로 가서 손잡이를 잡았다. 오늘따라 전동차가 유난히 더 흔들렸다. 현기증이 나서 손잡이를 꽉 움켜쥐고 몸을 허공에 기댔다.

하얀 치마가 바람도 없는 전동차 안에서 흔들렸다. 눈이 마주쳤다.

여자는 마주친 눈을 피하지 않고 기련을 뚫어지게 바라봤다. 눈을 돌렸다. 건너편에서 오던 전동차가 쉭쉭거리며 스쳐 지나갔다. 지나가는 전동차의 유리창으로 뒤편에 선 여자가 보였다. 찰나였다. 하지만 여전히 기련을 보고 있다는 것을 알 만한 시간이었다. 얼굴은 하얀 치마의 색깔보다 더 창백해서 푸른빛으로 보였다.

어디서 보았을까? 처음 눈이 마주칠 때부터 기련의 머릿속에는 그 생각이 떠돌고 있었다. 나이는 겨우 스물이 못 되어 보였다.

기련은 출입문 쪽으로 자리를 옮겼다. 대구 지하철 1호선은 내리고 타는 곳이 일정했다. 오른쪽에서 타고 오른쪽에서 내렸다. 반대편 문은 종착역에 도착할 때까지는 열리지 않는 벽이었다. 기련은 '기대지 마시오'라고 적힌 출입문에 기대고 섰다. 여자는 여전히 통로에 서 있었다. 하얀 원피스에 90년대 초반에 유행하던 이스트팩 가방을 등에 메고 있다.

전동차는 반월당을 통과해서 중앙로를 지나고 있었다. 사람들이 쏟아져 나가고 다시 쏟아져 들어왔다. 기련이 다시 통로 쪽을 보았을 때 그녀는 보이지 않았다.

*

피아노 소리가 복도를 타고 울렸다. 팔아 버린 피아노가 생각이 났다. 피아노는 20년 동안 거실 한쪽 구석에 놓여 있었다. 그날의 사고 이후 피아노를 친 적이 없었다.

그치지 않는 비처럼 피아노 소리는 멈출 기색이 없었다. 기련은 현관문을 밀었다. 오래된 철제 현관이 끼익하며 열리는 소리가 기묘하게 피아노 소리와 어울렸다.

복도식의 오래된 아파트는 같은 층에 열 가구가 살고 있었다. 가끔 엘리베이터에서 만나는 사람들과 눈인사를 나누긴 했지만, 한 번도 특별한 이야기를 나눈 적은 없었다.

기련이 복도에 나왔을 때 몸에서 술 냄새를 풍기는 오십 대의 남자가 열린 현관 틈으로 기련의 집 안을 휙 둘러보며 말없이 지나갔다. 피아노 소리는 같은 층에서 나는 소리가 틀림없었다. 아파트 복도의 형광등이 깜빡거리더니 꺼져 버렸다. 등에서 소름이 돋았다. 음울한 멜로디였다. 빗방울이 떨어지는 소리 같기도 하고 바람이 부는 소리 같기도 했다. 기련은 피아노 소리가 들리는 쪽으로 천천히 걸어갔다. 다가갈수록 피아노 소리는 점점 또렷해졌다. 왼손의 반주가 음울한 음을 반복해 연주했다. 쇼팽이었다.

기련은 그녀를 '상드'라고 불렀다. 24개의 전주곡 중 한 곡인 빗방울 전주곡은 쇼팽이 스페인의 마요르카에 머물 때 작곡된 곡이라고 알려졌다. 기련은 유독 빗방울 전주곡을 좋아하던 그녀에게 쇼팽의 연인이었던 프랑스의 여류 소설가 '조르주 상드'의 이름을 따서 그렇게 불렀다.

갑자기 한기가 몰려왔다. 기련은 피아노 소리가 멈추자 다시 집 안으로 들어와 침대에 누워 이불을 감쌌다. 한기가 좀 가시자, 기련은 베란다로 나갔다. 비가 그쳤다. 하늘에 밝은 별 몇 개만이 듬성듬성 떠 있었다. 보이는 별보다 보이지 않는 별들이 훨씬 많다며, 그 별들을 다 볼 수 있는 곳으로 여행을 가자던 상드가 생각났다. 이 세상에서 상드가 가고 싶은 곳은 단 두 곳이었다. 스페인의 마요르카와 광해가 없는 무인도였다.

배가 섬에 닿을 때까지 상드는 계속 구역질을 해 댔다. 대구에서 출발해서 해남까지는 4시간이 넘게 걸렸다. 버스가 쉬는 두 곳의 휴게소에서 간단하게 요기를 한 것 외에는 별로 먹은 것이 없었던 터라 헛구역질만 해 댔다. 헛구역질을 하면서도 상드는 웃기만 했다. 가끔 고통스럽다는 듯 얼굴을 찡그리기는 했다. 배는 작은 항구에 닿자마자 사람들을 쏟아 놓고 다시 육지로 돌아갔다.

기련은 가방에서 숄을 꺼내 상드의 어깨에 걸쳐 주었다. 섬에 저녁이 오고 있었다. 하나둘 하늘이 별들로 차기 시작했다. 기련과 상드는 하늘이 은빛 별들로 가득 채워질 때까지 민박집 툇마루에 걸터앉아 꼼짝도 하지 않았다. 하늘에서 별들이 쏟아질 것 같다는 말이 맞는 것 같았다.

"마요르카에도 별이 많을까?"
"거기에는 별이 뜨지 않아."
"왜?"

"거기는 비가 올 거거든."
"왜?"
"그걸 몰라? 쇼팽 때문이야. 늘 하늘이 흐리대."
"그래도 하루쯤은 별을 볼 수 있겠지."

*

그쳤던 비가 다시 내리기 시작했다. 지하철은 어제보다 더 붐볐다. 건조주의보는 호우주의보로 바뀌었다. 사람들의 손에 든 우산에서 빗물이 떨어져 공기는 더 습해졌다. 기련은 전동차를 휙 둘러보았다. 사람들 틈에서 상드를 본 것 같았다. 처음 그녀를 보았을 때는 분명 그녀일 리가 없다고 생각했다. 20년 전에 죽은 상드가 살아 있을 리가 없었다고.

"저기요. 옆으로 조금만…."

여자가 기련에게 어깨를 부딪치며 쳐다봤다. 기련은 쳐다보는 여자의 눈과 마주치자, 다리에 힘이 풀렸다. 하마터면 '상드지?'라고 말할 뻔했다.
이번에는 여자가 눈을 피했다. 기련은 다시 다리에 힘을 주고 자리를 옮겨 전동차의 벽에 몸을 기댔다.

"저 혹시 명성아파트에 사시지 않나요?"

여자가 먼저 말을 걸어왔다.

"저도 명성아파트에 살아요. 909호. 아저씨 901호 맞죠? 전 이사 온 지 한 달쯤 됐어요. 저 먼저 내릴게요."

기련이 대답을 하기도 전에 여자는 전동차에서 내려 계단을 향해 뛰어가고 있었다.

*

다시 피아노 소리가 들려왔다. 기련은 피아노 소리에 끌려 복도로 나와 909호 앞에 멈췄다. 현관 앞까지 오자 피아노 소리가 멈췄다. 초인종을 눌러 보고 싶은 욕망이 생겼다. 욕망이라는 것은 늘 현실에서 얻을 수 있는 것들과는 떨어져 있다. 욕망은 있지만 늘 용기가 부족하다. 망설임 끝에 늘 돌아섰다.
  귀를 기울여 보았지만, 안에서는 인기척이 없었다. 무슨 기계 같은 것이 돌아가는 소리만 들릴 뿐이다.

기련은 망설이다가 901호로 돌아왔다. 뉴스가 끝나고 일기예보가 방송되고 있었다.

"한동안은 맑은 날이 계속되겠습니다. 나들이하기 좋은 날씨입니다."

정말 한동안 비가 오지 않았다. 중국에서 날아온 미세 먼지는 앞산에서 날아온 송홧가루와 섞여 맑은 날에도 하늘을 뿌옇게 만들었다. 사람들은 검고 흰 마스크를 쓰고 눈만 내어놓고 다녔다. 기련은 오래된 사진첩을 꺼냈다. 오랫동안 앨범을 꺼낼 용기가 나지 않았다. 앨범 속에서 상드는 환하게 웃고 있었다.

주말이면 학산 아래 조성된 추모 공원에 사람들이 찾아오긴 했다. 기억하고 싶지 않든지 아니면 잊고 싶어서인지 찾는 사람은 많지 않았다. 기련은 그 둘의 경계에 있었다. 은하아파트에서 학산에 오르기 위해서는 위령탑 근처를 지나가야 했다. 때로는 애써 눈을 돌리려 했지만, 어느 순간에는 위령탑 아래에 한참을 앉아 있기도 했다.

칠순은 넘어 보이는 노인이 위령비에 새긴 이름을 쓰다듬고 있다. 눈물은 이미 마른 것 같았다. 노인은 뺨으로 흘러내리는 머리카락을 손가락으로 떼어 내려 애쓰고 있었다. 인기척을 느꼈는지 뒤를 돌아다보는 노인의 눈에 핏기가 서려 있다.

소연희라는 이름이 눈에 들어왔다. 상드의 본명이다. 기련은 손가락으로 연희라고 새겨진 비석을 향해 손가락을 뻗었다. 차마 그 이름에 손가락에 대지 못했다. 손가락에서 시작된 경련은 팔과 어깨를 타고 가슴까지 올라왔다. 하늘이 어두워지기 시작했다.

한때 비가 올 것 같다는 일기예보는 틀림이 없었다. 예보를 감탄하기에는 빗줄기가 거셌다. 가까운 곳의 정자 아래에 조금 전 보았던 노인이 비를 피하고 있었다. 노인도 우산이 없었다. 기련은 노인을 등지고 앉았다. 비가 그치기를 기다리며 기련은 땅을 내려다보고 노인은 하늘을 쳐다보고 있었다. 비가 오자 위령비의 글자가 더 선명히 드러났다. 한때 비였다.

*

토요일의 한때 비는 일요일과 그다음 날까지 이어졌다. 장마전선의 북상으로 도로는 물로 넘쳐났다. 가끔은 앞이 보이지 않을 정도로 폭우가 쏟아지기도 했다. 퇴근길의 지하철은 다시 습기가 축축한 공간이 됐다. 계단은 우산에서 떨어진 빗물로 미끄러워져서 기련은 계단을 천천히 하나하나 확인하며 내려왔다. 전광판에는 기차가 두 정거장 전에 도착했다는 안내문이 빨간 LED로 표시되었다. LED의 광원들은 습기가 고여 붉은빛 망울처럼 보였다.

계단을 다 내려섰을 때 눈앞에 하얀 원피스를 입은 909호 여자가 나타났다.

"901호 아저씨!"

"어, 학생?"

"또 비가 오네요."

"혹시 빗방울 전주곡?"

"네?"

몇 마디의 짧은 대화를 끝으로 둘은 말이 없다. 가끔 전동차가 흔들릴 때마다 기련은 손잡이를 잡은 팔에 힘을 주었고, 909호의 여자는 머리카락을 귀 뒤로 쓸어 넘겼다.

다시 한번 전동차가 흔들렸을 때 여자는 보이지 않았다. 기련이 잠깐 그 여자를 생각하고 있을 때 전동차가 다시 흔들렸다. 몸이 흔들리자, 생각도 흔들렸다.

퇴근길에도 비는 그치지 않았다. 지하철 개찰구에서 여자는 마치 기련과 약속이라도 한 듯이 기다리고 있었다.

"밥 사 주세요."

909호의 여자가 당돌하게 기련을 똑바로 쳐다보며 말을 걸었다. 기련이 아무런 대답도 하지 않자 다시 물었다.

"어차피 혼자 저녁 드실 거잖아요."

식당은 조용했다. 아직 저녁을 먹기에는 이른 시간이었다. 하지가 지난 지 얼마 되지 않아 해가 지려면 서너 시간은 있어야 했다. 여자가 포크로 스파게티를 돌돌 말려고 애를 쓰는 것을 기련은 물끄러미 바라보았다. 여자는 세상의 모든 것이 동그랗게 되어야 한다고 생각하는 것같이 그 행동에 집착했다.

"꼭 그렇게 말아서 먹어야 해?"

기련의 말에 여자는 피식 웃었다. 그러고는 더 이상 집착하지 않겠다는 의미인지 포크를 숟가락처럼 해서 스파게티를 퍼먹기 시작했다. 한동안의 식사가 계속되는 동안 두 사람은 말이 없었다.

"내가 혼자서 밥을 먹을 거라는 걸 어떻게 알았어?"
"아저씨는 왜 저한테 관심을 가지세요?"
"내가 언제…."
"자꾸만 절 쳐다보셨잖아요. 며칠 전 비 오던 날 지하철에서부터."
"피아노 소리를 들었어. 너의 집 앞에서 소리가 멈췄어. 문을 두드리려다 말았어."

기련은 말을 끊었다. 무슨 말을 이어 가야 할지 몰랐다. 마땅한 단어가 생각이 나지 않았다. 왜 거기서 멈추었을까? 무엇이 두려웠던 것일까? 늘 그랬다. 기련이 두려워했던 것은 눈에 보이는 것이 아니었다. 늘 보이지 않는 어디에서 나타날지도 모르는 그런 존재들이 기련을 두렵게 했다.

"아직 이름도 모르고 있네."

기련은 마지막 남은 밥알을 삼키며 여자를 쳐다보며 말했다.

"이름이 뭐 중요한가요?"

발아래를 내려다보니 새파란 나뭇잎 하나가 떨어져 있다. 아직 잎이 마르지 않은 걸 보니 방금 나무에서 떨어진 것 같다. 기련과 여자의 눈이 마주쳤다. 가로등의 노란색 빛이 파란 잎 위에 내려앉았다. 파란 잎은 가로등 덕에 연둣빛이 났다.

"끝까지 이름을 안 가르쳐 줄 거야?"

기련은 약간은 어색해진 공기를 느끼며 여자를 쳐다보았다.

"그냥 상아라고 불러 주세요."

여자는 짧게 말을 끊었다. 가로등 빛에 비친 여자의 얼굴은 아까보다 한결 밝아 보였다. 처음에 지하철에서 만났을 때의 어둡고 음울한 느낌은 찾을 수 없었다.

"밤에 더 생기가 있어 보이는 걸 보니 야행성인가?"
"박쥐처럼요? 낮에도 다니는걸요?"
"언제 피아노 연주를 들을 수 있을까?"
"피아노 소리가 나면 복도로 나와 들으시면 되잖아요. 호호."

여자가 처음으로 웃었다. 기련도 그런 여자를 보고 웃었다. 실상 오랜만에 웃는 웃음이었다. 여름이 오고 있었다.

"상아 씨? 아닌데…. 뭐라고 부르지?"
"그냥 말 놓으세요. 삼촌 같은데."

남자는 갑자기 웃음이 나왔다. 너무 크게 웃는 바람에 지나가던 사람이 두 사람을 쳐다보았다.

"이제 집 앞이네."
"아저씨는 왜 혼자 사세요?"

남자는 손을 흔들어 주고 8층에서 내렸다.

*

오래된 습관이었다. 적어도 한 층은 걸어서 올라가야 집으로 간다는 생각이 들었다. 기련을 가두고 있던 직육면체가 꼭대기 층에서 기련을 내려 주었다. 기련은 옥상으로 가는 계단을 오르고 있다. 잠겨 있는 철문은 한동안 누구의 출입도 허락하지 않았다는 걸 증명하듯이 검은 먼지들과 뻣뻣한 삐걱거림으로 기련과 대치하고 있다. 스무 개 남짓 한 계단을 기련은 하나하나를 누르듯 밟았다.

페인트가 벗겨진 철문의 손잡이가 차갑게 잡혔다. 문을 밀자, 문틈으로 뜨거운 바람이 기련을 밀쳤다. 콘크리트 바닥은 초여름의 열기에 아직 뜨거웠다. 옥상 한가운데 누군가 버려 놓은 일인용 가죽 소파가 놓여 있다. 기련은 손으로 소파의 먼지를 툭툭 털어 내고 앉았다.

소파에 앉는 순간 세상의 중심에 앉은 것 같았다. 저녁 하늘에 남았던 노을들이 서서히 사라져 가고 있었다. 하늘은 주홍빛에서 점점 푸른빛이 되어 갔다. 밝은 별이 동쪽 하늘에서 반짝거렸다. 도시의 하늘에서 별을 볼 수 있다는 사실이 신비하게 느껴졌다. 하나의 별은 점점 숫자가 많아지더니 마요르카의 해변 별빛만큼 많아졌다.

그런 순간도 잠시였다. 기련은 곧 아파트 경비원이 순찰하는 소리에 황급히 몸을 숨겼다. 경비원은 누가 옥상 문은 열어 놓았냐며 투덜댔다. 하마터면 마주칠 뻔했다. 다행히도 옥상 문은 잠금장치가 없었다.

빗방울이 떨어지기 시작했다. 한두 방울 떨어지던 비는 곧 소나기처럼 쏟아지기 시작했다. 긴 복도를 타고 봄에는 들리지 않던 익숙한 소리가 들렸다. 빗물이 아파트의 긴 복도의 낡은 배관을 타고 흐르면서 웅웅거렸다. 기련은 현관에 서서 옷에 묻은 물기를 툭툭 털어 내고 머리를 흔들었다. 여자가 어딜 나갔는지 909호는 조용했다.

*

날씨가 점점 더워졌다. 아파트에 스물네 시간 나오던 뜨거운 물도 이제는 시간을 정해서 하루 여덟 시간씩 나왔다. 일 년 내내 하루 종일 뜨거운 물이 나오게 하자는 대다수 주민의 의견은 무시되었다. 몇몇 주민대표의 의견이 더 중요했다.

차가운 물이 기련의 등으로 쏟아졌다. 욕실 거울이 기련의 몸에서 나오는 열 때문인지 뿌옇게 변했다. 며칠 전부터 밤이 되면 몸에서 열이 나기 시작했다. 가슴과 명치 사이에 좁쌀처럼 작았던 붉은 점은 이제 완두콩처럼 커졌다. 점은 커지면서도 색이 옅어지지 않고 더 붉어졌다.

기련은 늘 아파트에서 내려갈 때는 계단을 이용했다. 갑자기 발바닥이 아프지 않았다면 오늘도 계단을 이용할 셈이었다. 누구와 단둘이 엘리베이터를 타는 것이 기련에게는 불편한 일이었다. 칠십이 넘어 보이는 남자가 한쪽 손으로는 엘리베이터 지지대를 잡고 다른 손으로는 반짝거리는 스테인리스 지팡이를 짚고 서 있었다.

노인이 먼저 아는 체를 했다. 엘리베이터에서 말을 거는 쪽은 대개 나이가 많은 쪽이었다.

"올해는 장마가 길어, 작년에는 그렇게 가물더니."

엘리베이터가 멈출 때마다 노인은 몸을 가누기가 힘이 든지 기련에게 몸을 기댔다.

"다리가 불편해 보이는데 다리를 다치신 모양이네요."

노인인 힐끗 기련을 보더니 한숨을 내쉬었다.

"그날도 이렇게 더웠어. 저녁에는 비가 엄청나게 왔지."

노인이 무슨 말을 더 하려는데 엘리베이터가 1층에 도착했다. 기련은 사람들이 다 내리고 나서 노인을 부축해서 나왔다.
어젯밤에는 그칠 것으로 보이지 않던 비가 그치고, 아파트 여기저기 나무들은 더 짙푸른 색으로 바뀌어 있었다. 뜨거운 태양에 견디려면 잎은 더 두꺼워지고 짙어져야 했다.

"젊은이, 저기 차 있는 데까지만 좀 데려다주게."
"어쩌다가 다리를 다치셨어요?"

"참 궁금한 게 많은 젊은이구먼. 얼마 전에 우리 학산공원에서 만난 적이 있지?"

그제야 기련은 그 노인이 학산공원 위령탑에서 보았던 노인인 것을 알아챘다.

"아! 비 오던 날…. 그럼, 그때 사고로?"
"그렇다네. 그러고도 먹고살 길이 없어 20년 동안 그 역에서 역무원으로 일했다네. 치료를 제대로 못 했는지 퇴직하면서부터 심해지더니 이젠 걷는 것조차 신통치 않네."
"아, 그러셨군요."
"나중에 또 보세. 그리고 자네도 사연이 있어 보이는데 이제 잊게. 잊어야 한다네!"

그럴 때가 지나긴 했다. 어떻게 생각하면 그렇지 않기도 했다. 20년이라는 세월이 그렇다. 길기도 했고 짧기도 했다. 위령탑의 돌에 새겨진 이름이 지워져서 보이지 않을 때쯤 잊을 수 있지 않을까 생각하고 있었다. 때로는 마음에 새긴 이름이 더 빨리 잊히기를 바랐다. 마음속에 새겨진 이름이 비와 바람에 풍화되는 돌처럼 깎여서 삭아져 갔으면 좋겠다고 생각했다. 잊어버려야겠다고 마음먹은 날마다 비가 왔다. 그래서 다시 상처는 덧나 점점 더 큰 상처가 되었다.

*

긴 장마가 그쳤다. 비옷을 입고 일기예보를 전하던 기상 캐스터도 하늘색 원피스를 입고 날씨를 전했다. 지하철은 장마철보다 더 습기가 느껴졌다. 아침의 기온이 삼십 도에 육박했다. 기련은 아파트를 나오면서부터 주위를 두리번거렸다. 혹시나 그녀와의 우연적인 만남을 늘 기대했다. 며칠째 보이지 않았다. 아파트 복도에 울리던 피아노 소리도 멎은 지 한 달이 넘었다. 며칠 후에는 아파트에 대대적인 수리가 있을 거라는 소식이 들렸다. 얼마 전 관리사무소에서 아파트의 낡은 오수관 교체에 동의하는 서명을 해달라는 연락이 있었다. 9층 아파트는 토요일 일제히 배관을 수리할 예정이니 특별한 일이 없으면 집에 있어 달라는 안내방송이 나왔다. 꼭 집을 비워야 한다면 열쇠를 관리실에 맡기고 외출을 해야 정해진 날짜에 공사를 끝낼 수 있다고 했다.

토요일 아침이었다. 기련은 아침 일찍 일어나 면도를 하고 머리를 감았다. 얼굴의 잔주름이 뿌연 수증기에 가리긴 했지만 이젠 예전의 젊은이가 아니었다. 앞머리는 희끗희끗하게 새치가 보였다. 머리를 말리고 속옷을 갈아입었다. 휴일에 즐겨 입던 헐렁한 티셔츠 대신 깔끔한 와이셔츠로 갈아입었다.

문밖으로 나가자 벌써 공사가 시작되었는지 인부들이 어수선하게 파이프들을 들고 부산하게 움직였다. 902호 903호로 표시된 집들이 기련의 옆을 지나갔다. 909호까지 기련이 걸어갔을 때 뒤에서 부르는 소리가 났다.

"아저씨 909호분 아니세요?"

뒤돌아보니 머리에 검은 모자를 쓴 얼굴을 검게 그을린 배관공이 기련을 쳐다보며 대답을 기다리고 있다. 마치 빨리 대답해 주지 않으면 뭐라도 날아올 듯한 표정이었다.

"난 901호…."

기련이 미처 말을 끝내기도 전에 인부는 다시 뒤돌아서 901호 쪽으로 걸어갔다.

"901호부터 시작합니다."

인부는 어디에다 통화를 하다가 신경질적으로 전화를 끊었다.

"909호부터 하래! 거기 사람 없어. 기계실이래. 아저씨 오늘 어디 가시는 거 아니죠?"
"어? 909호에 사람 사는데?"

기련의 말에 배관공은 대꾸도 하지 않고 909호실을 향해 걸음을 옮기고 있었다.

"거기 사람 산다니까요!"

기련은 배관공의 뒤를 따라가면서 소리쳤다.

909호실 앞에는 아파트 관리사무실에서 나온 것으로 보이는 사람이 긴 열쇠 꾸러미에서 구멍에 열쇠를 맞추어 보고 있었다.

손가락을 사랑한 남자

남자와 그 여자의 손가락과의 상관관계가 어디에서부터 시작되었는 가 하면 남자의 회사에 가느다랗고 길고 하얀 손가락을 가진 여자가 임시직으로 입사하게 되면서부터 시작되었다. 아니 그보다 먼저 남자가 그 여자를 신입사원 면접장에서 만나게 되면서부터 시작되었다고 해도 되겠다. 기원이라는 것이 사실은 뚜렷이 알 수 없는 경우가 많은데 따지다 보면 세상의 모든 일은 다른 모든 일과 연결되어 있다. 그 여자가 얼마 전까지 다니던 직장을 그만둔 일, 남자가 얼마 전에 헤드헌터로부터 다른 더 좋은 조건의 직장으로 옮기라는 제안을 거부한 일, 더 멀리는 남자와 여자가 D 메트로폴리스에서도 같은 구의 같은 동네에 주거를 두고 살고 있는 일, 같은 세대에 태어나서 지구상에서 인간으로서 삶을 영위하고 있는 일까지를 따지자면 말이다. 어쨌거나 그것이 로또 복권이 당첨될 확률인 육백만분의 일이든 지구의 생명의 기원이 될 만한 사건을 초래한 원시지구대기가 고분자화합물이 되어 화학진화의 과정을 거쳐 인간이 되기까지의 무한대에 가까운 확률이든 지금 중요한 사실은 현재 벌어진 그 남자와 손가락이 예쁜 여자가 만났다는 사건이다.

보통 사람들이 다른 사람에게 어떤 작은 물건, 예를 들면 작은 집게 같은 것을 건네줄 때면 보통 사람들은 물건을 위에서 잡고 손바닥 위에 놓아 주는데, 손가락이 예쁜 여자는 그 남자에게 그 집게를 자기 손바닥 위에 올려서 손등을 아래로 한 채 움켜잡고 남자의 손바닥 위에 자기의 손등을 대어 포갠 후 손을 자기 앞으로 빼면서 손등으로 남자의 손바닥을 스치듯 하며 물건을 건네준 적이 있다.

왜 그렇게 물건을 건네주었을까? 여자가 모든 사람에게 다 그런 방식으로 물건을 건네주지는 않을 거라는 생각을 할 수 있겠지만 남자는 다른 의미는 제쳐 두고 그 손가락이 예쁜 여자의 가느다랗고 길고 하얀 손가락이 봄바람이 손가락 사이를 지나가듯 부드럽게 자기 손바닥을 간질거리며 지나가는 느낌에 푹 빠져 버렸다. 그 한 번의 사건으로 인해 남자는 그 가느다랗고 길고 하얀 손가락에 집착하게 되었다. 그렇지만 그날의 손과 손의 만남은 관능적이지는 않고 그저 봄날 아지랑이 피어오르듯 따스했다.

어느 늦은 겨울날 손가락이 예쁜 여자가 남자에게 잿빛 캐시미어 목도리를 선물했다. 그날 남자는 손가락이 예쁜 여자와 함께 커피숍에 앉아서 그녀가 선물해 준 목도리를 목에 두르고 커피를 마시고 있었다. 남자는 에스프레소 콘판나를 그리고 손가락이 예쁜 여자는 카페인 없는 커피를 마셨다. 그녀의 가느다랗고 길고 하얀 손가락의 날씬함을 유지하는 비결이 카페인 없는 커피에 있을지도 모른다고 남자는 생각했다. 여자를 위해서는 시몬 브레드 한 조각이 커피와 함께 나왔는데 여자의 가느다랗고 길고 하얀 손가락은 그 빵을 예쁘게 자르려고 애쓰고 있었다. 그때 남자의 눈은 여자의 가느다랗고 길고 하얀 손가락을 조용히 응시하고 있었다. 응시라는 것은 어느 한 곳, 어느 하나의 사물을, 눈길을 모아, 정신을 집중해서 바라보는 것인데, 그러면 그 사물을 잘 알 수 있게 되고 어쩌면 사물에 담긴 사연까지 볼 수 있다. 응시는 판단하는 것이 아니라 그저 가만히 바라보는 것이다.

가만히 바라본 그녀의 손가락은 가늘고, 길고, 하얀, 언제나 따뜻함이 사라지지 않을 것 같은 부드러운 느낌을 주는 손가락이다. 가느다랗고 길고 하얀 손가락이 커피잔에 닿을 때 커피잔에 칠해진 검은 유약이 여자의 따뜻한 손길에 녹아 번지는 것 같았다. 남자는 그 따뜻함이 사실인지 눈으로만 바라보는 느낌뿐인지를 확인하고 싶다.

"손 한 번만 잡아 봐도 될까? 네 손가락에서 시가 나올 거 같아서."

여자가 눈을 반짝이며 손을 내밀었다. 늘 이성적인 편인 남자의 손이 그 여자의 손에 닿는 순간, 더 자세히 말하자면 그 가느다랗고 길고 하얀 손가락이 남자의 손가락에 닿는 순간 감성적인 사람이 되어 버렸다.

"아주 보드랍고 따뜻하네. 그리고 길고 가늘어, 내가 생각했던 손가락이 맞아!"

"시가 나올까요?"

그날 저녁 남자는 집으로 돌아오는 길에 횡단보도 앞에서 신호가 몇 번이나 바뀔 때까지 꼼짝하지 않고 입으로 낱말들을 웅얼거리고 있었다.

"손잡으면 바스락바스락 소라껍질 속에서 나는 시큼한 바다 냄새
그래서 현기증에 가슴 울렁거리게 할 것 같은
바이올린 현,
피아노 하얀 건반,
겨울 바다가 생각나는 가리비같이 뽀얀
손잡으면 꼼지락꼼지락 손바닥 간지럼 태우다
슬픈 바람처럼 손가락 사이를 휘~ 돌아 빠져나가 버릴 것 같은
가늘고 긴 뽀얀 손가락."

*

손가락이 예쁜 여자가 사무실로 들어오고 있다. 손은 공손히 앞으로 모으고 있다. 남자는 여자를 쳐다보지 않는다. 여자가 남자에게 인사하는 소리가 들린다. 남자는 늘 그렇듯이 아침에는 매우 사무적이고 이성적이다. 출근하자마자 신문에 난 기사들을 스크랩하고 회의 자료들을 검토하고 하루 동안 해야 할 일들을 수첩에 꼼꼼히 적어 내려간다.

"아! 아파."

손가락이 예쁜 여자가 비명을 질렀다. 손가락이 예쁜 여자가 산더미같이 쌓인 서류 더미를 정리하다가 종이에 손가락을 베었다. 가느다랗고 길고 하얀 손가락에서 선홍빛 피가 일자로 배어 나왔다.
남자는 주저하다가 책상 서랍에서 손가락 밴드를 찾아내서 그녀에게 간다. 빨간 피 때문에 가느다랗고 길고 하얀 손가락이 더 하얗게 보인다.

"손 내밀어 봐."

손가락이 예쁜 여자는 물건을 남자에게 건네줄 때와 마찬가지로 남자의 손바닥에 그녀의 가느다랗고 길고 하얀 손가락을 올려놓는다. 그리고 남자가 자신의 가느다랗고 길고 하얀 손가락에 밴드를 붙이는 것을 사랑스럽게 쳐다본다. 남자의 손가락이 긴장을 한다. 서툰 치료 과정이 끝났다. 남자는 밴드가 가느다랗고 길고 하얀 손가락에 비해 너무 크다는 생각을 한다. 어린아이에게 군화를 신겨 놓은 것 같다.

"조심해 이제부터. 종이에 베이면 꿰매지도 못해."
"그럼, 골무를 사 주세요."

손가락이 예쁜 여자는 남자에게 컬러 밴드로 예쁘게 감싼 가느다랗고 길고 하얀 손가락을 들어 보인다. 남자는 그녀의 가느다랗고 길고 하얀 손가락을 위해 점심시간에 밴드를 사 왔다. 아무래도 오전에 감아 준 밴드가 그녀의 가느다랗고 길고 하얀 손가락에 어울리지 않았다. 남자는 오늘 일을 하다가 문서의 어느 부분에 '손가락이 아프겠다'라고 타이핑을 할 것만 같다. 남자의 이성이 조금씩 허물어져 가고 있다.

퇴근하는 길이다. 같은 동네에 사는 둘은 남자의 차에 함께 타고 있다. 차가 과속방지턱을 통과하는 순간에 남자는 무슨 말을 하려다 목이 잠겼다.

"오늘 왜 이렇게 가슴이 쿵쿵대지?"
"커피를 너무 많이 마신 거 아니에요?"
"아니야. 네 손가락 때문이야."
"손가락 때문에요? 이 손가락?"

여자가 컬러 밴드로 감아 놓은 가느다랗고 길고 하얀 손가락을 들어 보이며 웃는다.

"네 손가락은 예뻐. 내가 지금까지 본 손가락 중에서 가장 길고 예쁘다고."
"정말요?"

손가락이 예쁜 여자가 눈을 깜빡거리며 자신의 가느다랗고 길고 하얀 손가락을 내려다본다. 그리고 남자 앞으로 손을 내민다. 남자는 여자의 가느다랗고 길고 하얀 손가락을 잡는다. 하지만 가슴이 아까보다 더 쿵쿵거려 오래 잡고 있을 수 없다. 남자는 손에 살짝 힘을 주었다가 이내 손을 다시 여자의 무릎 위에 내려놓는다. 여자는 살짝 주먹을 쥔다.

"벌써 집이네요. 너무 빨리 와 버렸어요."

가느다랗고 길고 하얀 손가락이 자동차 문의 손잡이를 당긴다. 남자는 여자의 가느다랗고 길고 하얀 손가락이 보이지 않을 때까지 그 자리에서 꼼짝할 수가 없다. 손가락이 예쁜 여자가 길 건너에서 손을 흔든다. 흔들리는 손가락이 하늘하늘 꽃잎 같다.

*

사무실에 남자와 손가락이 예쁜 여자가 같이 들어온다. 여자는 손에 가방을 들었다. 남자는 손을 주머니에 넣고 있다.

남자는 오늘 너무 일찍 여자의 가느다랗고 길고 하얀 손가락을 봐 버렸다. 그래서 아침에 해야 할 신문을 스크랩하고, 회의 자료를 살피고, 하루 동안 해야 할 일을 수첩에 적는 것을 잊고 있다.

보통은 남자가 손가락이 예쁜 여자보다 한 시간쯤 일찍 출근하고 두세 시간쯤 늦게 퇴근한다. 오늘은 어쩌다 보니 같은 시간대에 출근하게 됐고 남자의 차를 같이 타고 출근했다. 차를 타고 오면서 남자는 여자의 가느다랗고 길고 하얀 손가락을 훔쳐보았다. 여자는 창밖에서 쏟아져 들어오는 아침 햇살이 눈부신지 손을 들어 가리고 있었다. 가느다랗고 길고 하얀 손가락 사이로 햇빛이 새어 들자, 손가락 가장자리가 붉고 투명해졌다. 투명해진 손가락은 더 가늘고 길어졌다. 남자는 또 가슴이 쿵쿵거렸다. 그러나 다행히 밤이 아닌 아침인지라 금방 가슴을 진정시키고 운전대를 바로 잡았다.

밤은 이성보다 감성이 지배한다. 남자는 라디오를 크게 틀었다. 라디오에서 쿵쿵거리며 힙합이 흘러나왔다. 다른 날 아침보다 활기찬 아침이다.

"이것 봐요. 손가락이 다 닳았어요. 일하느라."

손가락이 예쁜 여자가 남자 앞으로 가느다랗고 길고 하얀 손가락을 내밀었다. 손가락이 등처럼 뒤로 휘었다. 남자는 손가락에서 여자의 몸을 상상했다.

"골무가 필요할 것 같은데?"

남자는 여자의 가느다랗고 길고 하얀 손가락에 골무를 끼운 모습을 상상한다. 여자가 골무를 끼운 손가락을 올렸다 내렸다 다시 뒤집었다 하면서 재미있다는 듯이 웃고 있다. 그리고 이내 골무가 끼인 손가락으로 서류봉투들을 정리하기 시작한다. 서류봉투들이 캐비닛 안에서 손가락이 예쁜 여자를 향해 훈련이 잘된 군대처럼 열병을 한다.

퇴근길에 남자는 생각에 잠겨 있다. 옆자리의 손가락이 예쁜 여자도 한참 말이 없다.

"너의 그 길고 가늘고 하얗고 예쁜 손가락을 볼 수 없으면 어쩌지?"

남자는 손가락이 예쁜 여자를 보지 않고 앞을 보며 이야기한다.

"왜요?"

손가락이 예쁜 여자가 빤히 남자를 쳐다보며 묻는다.

"어쨌든."

남자는 자신의 대답이 부족하다고 생각하며 대답한다.

"오늘도 너무 빨리 집에 와 버렸어요."

손가락이 예쁜 여자는 조금 우울해 보인다. 가느다랗고 길고 하얀 손가락도 아침보다 힘이 없어 보였다. 여자가 자기의 가느다랗고 길고 하얀 손가락을 만지다가 남자에게 손을 내밀었다. 남자는 잠시 내민 손을 쳐다보다가 다시 그 손을 놓지 않을 듯이 손가락이 예쁜 여자의 손을 다른 날보다 더 길게 꼭 잡았다.

손을 잡고 있는 순간 무슨 이유에서인지 모르지만, 슈만의 '트로이메라이'의 선율이 남자의 귀에 들려왔다. 남자는 가장 자유롭고 완벽한 공상에 빠져들었다. 손가락이 예쁜 여자의 손이 하얀 건반과 검고 약간 더 짧은 건반 위를 오르내렸다. 그 모습은 마치 처음으로 볼쇼이 발레단의 '백조의 호수'를 볼 때처럼 아름답고 환상적이었다. 눈을 뜨자 손가락이 예쁜 여자가 눈을 깜빡거리며 남자를 쳐다봤다. 그만 손을 놓을 때가 되지 않았느냐고 묻는 것 같았다. 왜 그토록 짧은 '트로이메라이'가 떠올랐는지 후회가 되었다. 여자가 어떻게 '트로이메라이'가 끝이 났는지를 알았는지 남자는 궁금해졌다.

남자는 집에 돌아와서 슈만의 '트로이메라이'를 열 번도 더 들었다. 그가 깊이 잠들었을 때도 손가락이 예쁜 여자는 연주를 멈추지 않았다. 남자는 꿈을 꾼다. 꿈에서 오선 위를 오르락내리락 뛰어다니는 가느다랗고 길고 하얀 손가락을 따라 같이 뛴다.

*

이쯤에서 손이라는 본질, 인간 신체의 일부로서 손의 기능과 느낌에 관해서 이야기할 필요가 있다. 호모파베르(Homo Faber)는 도구의 인간을 뜻하는 말이다. 인간의 본질이 도구를 사용하고 제작할 줄

아는 것에 둔다면 인간의 신체에서 가장 밀접한 부분은 손이다. 기능적인 부분만을 이야기 하지 않고 인간의 특성을 호모루덴스(Homo Ludens)에 둔다면 도구를 통한 유희에 가장 많이 동원되는 부위이기도 하다. 정상인 사람의 손은 다섯 개의 손가락으로 구성되어 있다. 우리가 잘 아는 엄지는 무지나 모지라고도 불린다. 나머지는 집게손가락, 가운뎃손가락, 반지손가락, 새끼손가락으로 불린다.

손이 가장 손다울 때는 아무래도 악수할 때이다. 악수가 적의 손에 무기가 있는지 없는지를 확인하는 방식의 하나로 유래되었다는 말이 있지만 어쨌든 오늘날의 악수는 형식적으로는 만남 또는 합의를 의미하는 게 일반적이다.

손을 서로 잡는 악수라는 행위, 그 느낌은 부드럽고, 딱딱하고, 보드랍고, 거칠고, 아프고, 으스러질 듯하고, 끈적하고, 믿음직하고, 힘없고, 나약하고, 따뜻하고, 차갑고, 무심하고, 바쁘고, 미끄럽고, 느끼하고, 장난스럽기도 하다.

주로 손이라는 신체의 일부는 액자에 걸어 둔 마티스나 피카소 같은 미술작품이 아니라 도구 사용의 주체가 되거나 직접 그 도구가 되는 기능이 가장 크다는 점을 생각한다면, 손가락을 사랑한 남자가 손이 예쁜 여자의 가느다랗고 길고 하얀 손가락을 관조하기 시작하면서 그 손가락을 사랑하게 된 원인을 유추하기 어렵다.

물론 손이라는 신체의 부위는 로댕의 〈생각하는 사람〉에게서는 턱을 괴는 행위를 통해, 〈최후의 만찬〉에서는 가룟 유다의 이중적인 손의 움직임을 통해 그 사람이 무엇을 하고 있는지를 넘어서 무슨 생각을 하고 있는지까지 알 수 있게 하기도 한다.

 그런 점에서 비너스상에서 두 팔이 잘려 나가 비너스가 무슨 생각을 하고 있는지 알 수 없다는 점은 매우 아쉽다. 그리고 하나 더 말하자면 아름다움의 대명사인 비너스의 손가락을 볼 수 없다는 점은 손가락을 사랑한 남자에게는 세상에서 가장 아쉬운 부분이 될 것이다.

 어떤 날 손이 예쁜 여자가 손톱에 매니큐어를 반쯤만 칠하고 출근했다. 사실은 반쯤 칠한 게 아니라 지우다 만 흔적이었다. 그래서 다른 사람이 보았으면 지저분하게 보일 수도 있는 모양이었지만 우연히 그 손가락을 본 손가락을 사랑한 남자는 도리어 관심을 가지고 호의적인 반응을 보였다. 이런 점을 염두에 두었을 때 손가락을 사랑한 남자가 손이 예쁜 여자의 손가락을 사랑하게 된 것은 그 손의 길고 하얗고 예쁘다는 점 외에 다른 원인이 상관관계를 넘어서 배태되었다고 할 수 있다.

 남자는 처음 그 여자가 신입사원으로 일하게 되면서 그와 나누었던 악수가 떠올랐다. 손가락이 예쁜 여자가 남자에게 청해 온 것이 악수였는지 접촉이었는지 정의할 수 없었다. 여자는 남자의 손을 잡고 놓으려 하지 않았는데 남자도 그걸 은근히 즐겼던지 손바닥에는 땀이 배었다. 손과 손이 마주치기 전 몇 밀리미터를 사이에 두고 남자는 잠시 망설였는데 악수를 할 건지, 손을 잡을 건지를 생각했다. 잡은 손을 다시 놓는 것은 더 어색했는데 그때에는 다음에 악수를 할 건지 손을 잡을 건지를 결정할 수 없었다.

　손가락을 사랑하는 남자는 침대에 누워 천장을 멍하니 바라보고 있다. 그러고는 자기 오른손과 왼손을 깍지 끼운 채 힘을 주었다 놓았다 하며 한 손으로 다른 손을, 다른 손으로 한 손을 쓰다듬고 안마하듯이 쥐었다 폈다를 반복했다. 손에서는 아직 그 손에서 예쁜 여자의 핸드로션 냄새가 났다.

　손가락을 사랑하는 남자는 마흔이 된 날 생일에 친구들을 만났다. 그 며칠 전부터 과로로 몸살이 난 상태였는데 일생에서 가장 유혹이 많은 불혹의 나이에 들어선 것을 기념하지 않을 수 없어서 러시아산 보드카를 얼음도 없이 한 잔 가득 마셨다. 그때부터 남자의 손에서 열이 나고 아프기 시작했다. 그 후로 계속 병원을 다녔지만, 손 마디마디마다 쑤시고 아픈 것이 통 가라앉지 않았다. 병원에서 여러 가지 검사를 해 보았지만, 아무런 원인이 될 만한 진단이 나오지 않았다.

　그런데 언제부터인가 손가락에 통증이 사라졌다는 생각, 아니 그 통증을 인식하지 못한 시기가 언제쯤인가를 남자는 손을 만지면서 생각하고 있다.
　병원에서 다른 원인을 못 찾겠으니 아마 신경성일 거라고 말하며 준 약봉지는 아직 머리맡에 있었다. '그 순간이 아닐까?' 남자는 손가락이 예쁜 여자의 가느다랗고 길고 하얀 손가락이 자신의 손바닥을 스치고 지나간 그 순간에 통증이 사라졌다는 가설을 세웠다. 대립가설 따위는 필요 없었다.

   남자는 침대에서 벌떡 일어났다. 그리고 손가락의 통증 때문에 병원에서 마지막으로 약을 처방받은 날짜와 남아 있는 약봉지의 숫자를 세었다. 그리고 의미심장한 미소를 입가에 띠었다.

   손이 예쁜 여자의 가느다랗고 길고 하얀 손가락이 남자의 손을 단 한 번 스쳐 지나가는 순간에 아주 오래된 통증을 치유했다는 사실을 누구에게 이야기한다면 아무도 믿지 않을 것이다. 그리고 그것 또한 우연의 일치일지도 모른다. 세상에는 우리가 우연이라고 생각하는 필연이 너무 많다. 다만 알아차리지 못할 뿐이다. 그리고 그건 남자의 가느다랗고 길고 하얀 손가락에 대한 집착이 만든 잘못된 유추일 수도 있다.

   손가락의 가지고 있는 속성이 길고, 가늘고, 하얗다는 것(예쁘다, 사랑스럽다 등은 주관적인 느낌의 표현이므로 속성이 될 수 없다)이 손가락을 사랑하는 남자가 사랑하게 된 이유가 될 수 있을까? 하는 의심이 들 때쯤 손가락이 예쁜 여자에게서 문자가 도착했다.

   "오늘 뭐 하세요?"

   손가락을 사랑하는 남자는 문자를 보는 순간 여자의 가느다랗고 길고 하얀 손가락이 떠올랐다.

"다른 일이… 아! 참 오늘 오후에 남지천에 사진 찍으러 갈 거야. 거기에 유채가 지천으로 피었다는데. ^^"

남자는 순간 자신의 뇌가 지시하기도 전에 손가락이 거짓말을 하고 있다는 생각에 깜짝 놀랐다. 날씨가 좋은 봄날 토요일 오후이지만 별다른 계획이 없이 오래전에 읽은 《안나 카레니나》를 다시 읽을까 생각하고 있었기 때문에 사진을 찍으러 간다라고 말한 것은 사실이 아니기 때문이다.

왜 자신이 그런 말을 했을까 생각하던 남자는 두 가지 가정에 도달했다. 그 하나는 '화창한 봄날의 토요일 오후에 아무런 계획이 없이 집에서 책만 읽고 있다고 한다면 손가락이 예쁜 여자가 참 재미없는 남자라고 여기지 않을까?' 하는 생각을 할 수 있겠다는 것과 다른 하나는 '혹시라도 함께 남지천에 가고 싶어 할지도 모르고 그러면 그 가느다랗고 길고 하얀 손가락을 반나절 동안은 볼 수 있을 것 같다'라는 생각이다.

"누구랑 가세요?"
"아마도 혼자 갈 거야."
"아마도라고요?"
"네가 안 가면."
"아, 그럼 따라가도 돼요?"

문자 메시지 속에서 입을 헤벌쭉하게 벌린 이모티콘이 날아왔다. 남자는 언제부터인가 언어 이외에도 의사소통의 도구가 많다는 것을 알았다. 그리고 어떻게 선조들이 상형문자로도 서로에게 의사를 전달하고 아름다운 전통을 전승할 수 있었는지를 깨닫게 되었다.

*

　차는 고속도로를 달리고 있다. 운전석 옆 기어박스 아래 홀더에 캔커피 하나와 오렌지주스가 든 병이 하나씩 놓여 있다. 스피커로는 어쿠스틱 반주에 맞춰 가끔 몇 개의 단어를 겨우 알아들을 수 있는 팝송이 씩씩하게 흘러나왔다.

"왜 혼자 가요?"
"예술은 외로워."
"치."

　남자는 대답 대신 손가락으로 창밖을 가리켰다. 유채꽃이 핀 남지천으로 가는 길에 오래된 늪이 하나 있었다. 늪의 유래는 손가락의 유래보다 더 오래되었다. 그것은 손가락이 늪을 가리키는 간판에 있는 이유와 비슷했다. 남자의 투박한 손가락은 여자의 가느다랗고 길고 하얀 손가락과 비교되었다. 그런 손가락을 가지고 있으니, 여자의 가느다랗고 길고 하얀 손가락을 좋아하는 건 어쩌면 당연한지도 모른다. 그 손가락이 가리키는 끝에는 오리 몇 마리가 늪 가장자리에서 깃털을 손질하고 있었다. 흰뺨검둥오리였다. 남자는 새에 관한 한 관음증 환자였다. 차를 세웠다. 그리고 트렁크에서 카메라를 꺼내 망원렌즈를 장착했다.

"저건 무슨 새예요?"

여자의 말에 놀란 오리가 푸드덕거리며 날아올랐다. 조용하던 늪지에 날갯짓하는 소리가 퍼졌다. 물에 파문이 일었다.

"흰뺨검둥오리!"

남자는 오리가 날아오르며 날갯짓할 때, 마치 그녀의 가느다랗고 길고 하얀 손가락이 춤을 추는 것 같다고 생각했다.

차가 습지를 지나 모퉁이를 돌자 다른 세상이 펼쳐졌다. 수백 미터에 이르는 유채꽃이 장관이다.

"와 노랗다!"

평소에는 차 문을 열어 주기를 기다리던 손가락이 예쁜 여자는 차가 멈추자마자 문을 밀어젖히고 남자를 차에 남겨 둔 채 유채밭 저쪽으로 머리카락을 나풀거리며 뛰어가고 있었다. 손가락을 사랑하는 남자는 가느다랗고 길고 하얀 손가락 대신 뛰어가는 손가락이 예쁜 여자의 뒷모습을 카메라에 담았다. 셔터를 한 번 누르자 순식간에 십여 컷이 모니터에 나타났다가 다시 사라졌다. 남자가 카메라의 모니터를 내려다보며 플레이 버튼을 누르자 여자는 가느다랗고 길고 하얀 손가락을 꽃가지처럼 흔들며 뛰어가고 있었다.

한참을 달려가던 여자는 그제야 생각이 났는지 뒤를 돌아보며 가느다랗고 길고 하얀 손가락을 흔들어 댔다. 남자는 다시 카메라로 여자의 얼굴을 클로즈업한 후에 셔터를 눌렀다.

돌아오는 차 안에서 손가락이 예쁜 여자는 유채꽃 한 아름을 안고 잠이 들었다. 남자는 자기가 사랑하는 가느다랗고 길고 하얀 손가락을 한참 뚫어지게 바라보다가 한쪽으로 기울어진 여자의 몸을 바로 세워 주었다. 고속도로 휴게소는 유채꽃을 든 남녀들로 붐볐다.

"여기가 어디예요?"

잠에서 깬 손가락이 예쁜 여자는 아직도 졸린 눈을 하고서 남자를 바라보았다. 나트륨 가로등에 비친 여자의 얼굴이 유채꽃처럼 노랗게 보였다.

"배 안 고파?"
"우리 라면 먹어요."

하얗고 긴 나무젓가락과 여자의 가느다랗고 길고 하얀 손가락이 닮았다고 남자는 생각했다. 엄지손가락이 넓적하게 생긴 남자의 손가락은 뭉텅뭉텅 썰어서 접시에 담겨 나온 김밥과 비슷하다. 여자는 라면을, 스파게티를 먹는 것처럼 젓가락에 돌돌 말아 입에 넣더니 '뽕' 소리를 내며 목으로 삼켰다. 남자는 시켜 놓은 김밥을 먹기도 전에 목이 메는지 벌컥거리며 작은 생수통 하나를 단숨에 마시고 나서 김밥을 입으로 던져 넣었다. 휴게소에서 식사를 끝내기까지 손가락을 사랑하는 남자와 손가락이 예쁜 여자는 한마디의 말도 하지 않았다. 다만 손가락들만 움직였을 뿐이다.

*

남자와 여자가 반나절을 함께 보낸다는 것에 대하여 생각해 보자. 보통의 남자 또는 여자라면 이런 상황을 어떻게 이해할 수 있는가? 아니 어떻게 받아들여야 하는가? 여자는 그렇다고 치더라도 손가락을 사랑한 남자는 손가락을 사랑한다는 이유만으로 한 여자와 반나절을 기쁜 마음으로 보낼 수 있을까? 우리는 의문만을 가질 수밖에 없는데 '사람이 다른 사람 신체의 일부만을 사랑할 수 있을까?'라는 문제와도 결부된다. 그렇다면 손가락을 사랑하는 남자가 손가락이 예쁜 여자를 사랑하거나, 거기까지는 비약이라고 한다면, 좋아한다고 결론을 내려도 될 일일까?

주위를 돌아보아 반나절을 함께하더라도 불편하지 않고 즐거운 마음으로 함께 있을 사람이 몇 명이나 있을지를 생각해 보는 것도 이 문제를 이해하는 데에는 도움이 될 수 있다.

　사실 남자는 꽤 까다로운 사람으로 직장에서는 정평이 나 있다. 특히 인간관계에서는 더욱 그렇다. 말이 많은 사람(특히 여자), 잘난 체하는 사람, 혼자만을 생각하는 사람, 정직하지 못한 사람, 원칙을 자주 깨는 사람, 상대를 배려하지 않는 사람(특히 남자), 구두를 너무 깨끗하게 닦고 다니는 사람, 일을 남에게 미루는 사람, 일을 너무 늦게 처리해서 남을 기다리게 하는 사람, 어떤 사실을 이해시키는 데 시간이 오래 걸리는 사람을 별로 좋아하지 않았다. 손가락이 가느다랗고 길고 하얗다는 사실 하나만으로 이 말도 안 되는 조건들을 통과해서 손가락을 사랑하는 남자가 하루의 반을 선뜻 상대에게 내어주었다고 생각한다는 것은 알랭 드 보통의 비유대로 타이태닉호의 마지막 구명조끼를 다른 사람에게 양보하는 것만큼이나 어려운 일이다.

　손가락을 사랑하는 남자는 다시 침대에 누워 자신의 손가락을 만지작거리고 있다. 그러더니 주머니를 뒤적거렸다. 휴대전화가 주머니 속에서 떨리고 있었다. 남자가 휴대전화의 화면에 익숙한 별 모양의 패턴을 그리자, 휴대전화에 방금 도착한 문자 메시지가 나타났다.
　문자 메시지에서는 작은 이모티콘 하나가 방긋거리고 있었고, 손가락이 예쁜 여자의 가느다랗고 길고 하얀 손가락이 반듯하게 화면을 채우고 있었다. 남자는 마치 그 핸드폰 액정으로 보이는 가느다랗고 길고 하얀 손가락이 실물인 것처럼 손가락으로 사진을 쓰다듬었다. 그러다가 흠칫 자기 행동에 놀라 핸드폰을 저만치 침대 끝으로 내던졌다. 그리고 평소의 습관대로 가스레인지에 물이 담겨 있지 않은 스테인리스 주전자를 뜨겁게 달아오를 때까지 올려 둔 다음 큰 컵으로 정수기에서 차가운 물을 컵 가득히 받아서 주전자 안에 쏟아 부었다. 그러자 희뿌연 수증기가 주전자에서부터 부엌 천장을 향해 피어올랐다. 손가락 사이로 뜨거운 증기가 지나갔다.

커피가 서재의 책상 위에서 식어 가고 있다. 남자의 거주 공간은 부엌과 침실과 서재로 나뉘어져 있다. 남자는 대부분 시간을 서재에서 보낸다. 서재에는 간이침대로 쓸 수 있는 거대한 의자가 놓여 있다. 휴일에 사무실로 출근하는 날이 아니면 음식을 만드는 일을 제외하고는 거의 모든 하루의 생활을 서재에서 보낸다. 서재는 남자가 대학에 다닐 때부터 읽어 온 책들이 빼곡히 꽂혀 있는데 그중에 손때가 많이 묻은 책들은 주로 고전에 속하는 서양 소설들이고 반짝거리는 책은 요즘 들어 관심을 두기 시작한 사진과 관련된 책들이다.

책상 앞에는 커다란 32인치 모니터가 두 개 놓여 있는데 주로 남자가 사진과 관련한 작업을 하기 위해 사용하는 컴퓨터와 연결되어 있다. 그리고 그 옆에는 긴 파마머리의 남자가 배낭을 메고 이탈리아풍의 거리에 서 있는 사진이 담긴 액자가 남자를 향해 세워져 있다.

최근에 그가 구매한 책의 제목은 이렇다. 《손의 심리학》, 《손을 통해 보는 인간관계》, 《손이 예쁜 여자의 특징》, 《악수의 유래》 등이다. 손이 예쁜 여자의 출현은 손가락을 사랑하는 남자의 서재를 바꾸는 중이다.

손가락을 사랑하는 남자는 모니터를 들여다보고 있다. 그가 보고 있는 것은 가느다랗고 길고 하얀 손가락을 가진 여자의 사진이다. 사진의 가장 큰 기능은 정지상태의 사물에 대한 표현이다. 좀 더 철학적으로 접근을 한다면 시간의 정지를 의미한다. 한번 프레임에 들어온 사물의 형태는 시간의 흐름에 따라 운동하지 않는다. 세상의 모든 물리적인 법칙은 사진의 정적 프레임 안에서는 그 기능을 상실한다. 사람이 눈으로 볼 수 있는 범위는 아주 제한적이다. 볼 수 있는 시야의 각도가 제한되고, 동시에 집중해서 볼 수 있는 대상의 한계를 지니며, 도구를 사용하지 않고서는 특정한 사물을 확대하거나 축소해서 볼 수가 없다. 사진 기술은 인간의 눈의 그런 점을 보완해서 다양한 렌즈를 만드는 것으로 발전해 왔다. 360도까지 볼 수 있는 어안렌즈, 극한의 화소를 증강한 디지털 기술(과거에는 루페 등의 도구를 이용했다), 망원렌즈와 마이크로렌즈 등이 그런 것이다.

손가락을 사랑하는 남자는 그런 면에서 손가락이 예쁜 여자의 다른 면을, 사진을 통해서 보게 되었다. 특히 그가 사랑하는 가느다랗고 길고 하얀 손가락에 난 흉터를 보게 된 것이다.

남자는 마우스를 움직여 상처가 난 자리를 확대했다. 확대된 손가락은 손가락이 아닌 평면으로 바뀌더니 마침내는 모자이크 형태로 형체만 남긴 채 모니터에서 사라졌다. 마우스 휠을 반대로 움직이자 다시 손가락 모양이 나타나더니 이번에는 작은 점이 되어 화면 한가운데 까맣게 소실되었다. 남자는 그러기를 몇 번을 반복했다.

그리고 나서는 무슨 까닭인지 긴 한숨을 내쉬고는 컴퓨터의 전원을 꺼 버렸다.

*

월요일 아침 날씨는 맑았다. 길가에는 개나리가 수양버들처럼 도로를 향해 늘어져 흐드러지게 피어 있었다. 개나리를 닮은 영춘화라는 꽃이 있다. 영춘화는 봄에 보리를 수확하기 전에 핀다. 옛사람들은 그사이의 보릿고개에 허기를 면하기 위해 영춘화를 따서 술을 담가 마시기도 했다. 그 술 이름이 연교주이다. 남자는 왜 갑자기 그 이야기가 생각이 났는지 이해할 수 없었다. 다만 울적하고 슬픈 일이 생길 것 같은 예감이 들었다. 예감은 맞았다. 오늘 손가락이 예쁜 여자는 결근을 했다. 사무실에는 아무런 연락도 없었다. 남자도 그다음 날 장거리 출장이 예정되어 있다. 남자는 여자의 자리에 놓여 있는 장갑 한 켤레를 발견하고 그것이 마치 손가락이 예쁜 여자의 손인 듯 자신의 손 위에 두고 쓰다듬었다.

여자가 없는 사무실은 더욱 고요했다. 가끔 서류 넘기는 소리, 자판 두드리는 소리가 들렸지만, 남자에게는 적막 같았다. 괜한 신경질로 책상 모서리를 툭툭 차 댔다. 자판을 뒤집으면 남자가 말로 하지 못한 말들이 줄줄이 쏟아질 것 같았다.

점심때에 회사의 스피커로 슈만의 '트로이메라이'가 흘러나왔다. 남자는 잠깐 동안 손가락이 예쁜 여자와 다시 만나는 상상, 아니 그 가느다랗고 길고 하얀 손가락을 다시 보는 상상을 했지만 짧은 봄처럼 곧 음악은 끝이 났다. 음악이 끝이 나자 잠에서 깬 꿈처럼 가느다랗고 길고 하얀 손가락도 사라져 버렸다. 공상이 끝난 후에 슈베르트의 왈츠였으면 더 좋았을 거라는 생각을 했다. 그러면 그녀와 춤을 추었을 텐데.

　오후 내내 손가락이 예쁜 여자가 앉아 있던 자리를 오가며 혹시 전화라도 올까 기다렸다. 하루는 다른 날보다 훨씬 더 길었지만 끝내 어떤 소식도 오지 않았다.
　며칠이 지나도 여자에게서 소식은 없었다. 남자가 미국으로 출장을 다녀온 두 주의 시간이 흐른 뒤에도 마찬가지였다.
　그렇게 한 달이 지나갔다. 마치 몇 개월 안 되는 손가락이 예쁜 여자와의 인연이 창밖을 스치는 풍경처럼 지나간 듯했다. 어쩌면 꿈을 꾼 것인지도 몰랐다.

　남자는 가느다랗고 길고 하얀 손가락을 보지 못한 이후로 침대에서는 잠을 자지 못했다. 남자는 서재에서 밤새 책을 읽다가 겨우 눈을 붙이기는 했지만, 다음 날 직장에서는 마우스를 손에 쥔 채 졸기까지 했다. 손가락이 다시 아프기 시작했기 때문에 식탁 모퉁이에는 진통제가 든 하얀 약병이 놓여 있다.

손가락이 예쁜 여자가 떠나고 나서부터 남자는 지하철을 타고 다녔다. 그는 지하철을 타고 다니면 혹시나 그녀를 만날 수도 있을 거라는 생각을 했다. 그가 사는 도시의 인구는 이백만이다. 손가락이 예쁜 여자가 그와 같은 동네의 주민이고 경제활동을 하는 인구에 속한다. 이런 상황을 고려한다면 애초 남자가 손가락이 예쁜 여자를 만날 확률이 이백만분의 일이었다면 지금은 이십만분의 일 또는 이만분의 일까지로 기회가 늘어날 수도 있다. 물론 세상을 살다 보면 통계적 확률로 밝혀질 수 있는 사실들이 미궁 속으로 빠져 버리는 일이 흔하긴 하다.

남자는 가끔 아니 자주 지하철 플랫폼의 차가운 석재의자에 앉아 지하철의 문이 열리고 닫히는 것을 지켜본다. 그것은 그에게는 확률을 두 배 또는 세 배로 높이는 방법이다. 기차를 한 대씩 떠나보낼 때마다 확률은 더 높아져 갔다. 그러나 언제나 결과는 확률의 배반이라는 결과로 수렴했다.

남자는 현기증이 나기 시작했다. 그리고 언제부터 다가오는 사람들이 자신을 아래로 내려다보고 지나가고 있다고 생각했다. 손가락에서 갑자기 말로 형용할 수 없는 통증이 밀려왔다. 통증과 함께 다섯 개의 손가락은 마치 환승역 지하철 승객의 몸뚱어리처럼 서로를 밀어내기 시작했다. 그러고는 풍선처럼 팽창했다. 그리고 팽창한 만큼 뜨거워졌다. 숨을 쉴 수가 없다. 공기가 빈약해진다. 식은땀이 흐르기 시작한다. 식은땀은 손가락 끝에서부터 나기 시작했다. 그러더니 손목과 팔꿈치 그리고 어깨와 목선을 거쳐서 코와 귀와 눈과 이마에서 솟구치기 시작했다. 남자는 이제 곧 자기 몸이 자신의 땀에 용해되어 버릴 것 같은 두려움을 느꼈다. 아니 두려움을 느낄 사이도 없이 의식을 잃어 갔다. 자신이 지금 숨을 쉬고 있는지도 알 수 없었다. 빨리 이 답답한 어둠에서 벗어나야 했다. 손에 차가운 물체가 잡혔다. 난간이다. 스테인리스의 차가운 기둥이 남자를 잡아당겼다. 그러나 곧 그의 뜨거워진 손에 스테인리스 기둥이 녹아 버렸다. 남자는 점점 더 깊은 곳으로 떠내려갔다. 이제는 더 이상 돌아오지 못할 곳으로 가고 있다는 생각이 들었다.

*

눈이 부셨다. 환한 햇살이 창으로 쏟아져 들어오고 있었다. 하얀 가운을 입은 사람들이 남자를 빙 둘러서 있었다. 가운데에 머리가 허옇게 쉰 점잖아 보이는 신사가 목에 반짝이는 금빛 청진기를 걸고 있다. 한 사람씩 남자를 쳐다보며 이야기했다. 그럴 때마다 가운데의 신사가 머리를 가로저었다. 옆에 서 있던 다른 하얀 가운들도 좌우로 출렁거렸다.

"무엇보다 환자에게 삶의 의지가 필요합니다."
"환자 스스로 포기하는 병보다 더 무서운 병은 없습니다."
"그에게는 아무런 연고도 없습니다."
"사실 그에게 필요한 건 연고가 아니라 희망입니다."
"희망은 누가 줄 수 있는 것이 아니라 스스로 가슴속에서 피워 올려야 합니다."

 남자가 지하철역에서 쓰러졌다는 소문이 남자가 살고 있는 메트로 시티에 퍼졌다. 다니던 직장의 동료들이 문병을 와 병실 문 밖에서 남자를 쳐다본다. 남자와 그들 사이에는 투명한 유리 장막이 처져 있다. 남자는 그 경계가 어쨌든 마음에 들었다. 과거 동료들도 그 경계가 안심이 되는 듯하다.

 다른 도시에서도 의사들이 몰려왔다. 류머티즘 학회에서도 남자의 통증에 대한 연구가 한창 진행 중이다. 가끔 투명 유리의 경계를 넘어오는 흰 가운들의 목에는 류머티즘 협회 회원증이 걸려 있다. 최초에 남자를 발견한 사람들과 초진을 했던 의사들도 한동안은 격리되어 있다가 보름이 지나서야 가족의 품으로 돌아갈 수 있었다. 그러는 사이 환자 스스로 포기한 병은 의사도 고치기 어렵다는 이야기가 다시 나오기 시작했다. 의사들은 세상에는 수만 가지의 불치병이 여전히 있다며 스스로를 위로했다. 그리고 의사들은 하나둘 떠나갔다.

 모퉁이에 있는 작은 스탠드의 노란 전구가 병실을 밝히고 있다. 남자가 자고 있다. 아직도 땀을 흘리고 있다. 가느다랗고 길고 하얀 손가락이 남자의 이마를 쓰다듬는다. 그리고 어깨와 팔과 손에 부드럽게 접촉한다. 남자가 숨을 쉰다. 길게 그리고 또 깊이 숨을 쉰다. 들숨과 날숨이 차례차례로 이어지고 호흡이 된다.

"어딜 갔다 온 거예요?"

남자가 말을 한다. 손가락이 움직인다. 가느다랗고 길고 하얀 손가락이 남자의 손에 닿자 남자는 어린 아기가 엄마의 손을 잡듯 꼭 잡는다.

남자는 손가락이 예쁜 여자를 쳐다본다. 그녀의 머리에는 하얀 캡이 씌워져 있다. 하얀 캡에는 오선이 그려져 있다. 오선 위에서 가느다랗고 길고 하얀 손가락이 춤을 춘다. 아침에 눈을 뜨면 가느다랗고 길고 하얀 손가락을 볼 수 있었으면 좋겠다. 베갯잇 건너 가느다랗고 길고 하얀 손가락이 보이고, 그 너머에서 맑은 햇살이 비췄으면, 그 가느다랗고 길고 하얀 손가락을 보면서 눈뜰 수 있었으면 좋겠다는 생각을 했다.

다시 의사들이 모여 있다. 의사들은 도대체 누가 남자에게 희망을 주었느냐고 묻고 있다. 의사들은 서로를 쳐다보며 아무도 그에게 희망을 줄 수 없었노라고 고백한다. 남자는 이제 당당히 대답한다. 가느다랗고 길고 하얀 손가락이라고….

의사들은 자기의 손가락을 쳐다보다가 옆 사람의 손가락을 쳐다본다. 가운데 있던 머리가 허옇게 쉰 신사가 금빛 청진기를 남자의 가슴에 댄다. 그러고 나서 이제 남자에게도 삶의 의지가 있다고 차트에 기록한다.

"희망을 가진 자는 떠나도 됩니다."

주치의의 회진이 끝나고 밤이 되면 손가락이 예쁜 여자가 회진을 시작한다. 그녀는 금빛 청진기 대신 가느다랗고 길고 하얀 손가락을 가졌다. 그 손가락으로 남자의 가슴과 머리를 진찰한다. 물론 마지막 그녀의 처방은 한결같이 그녀의 가느다랗고 길고 하얀 손가락으로 남자의 손을 쓰다듬는 것이다.

어느 날 손가락이 예쁜 여자가 여느 날처럼 다시 회진을 돌기 위해 남자의 병실을 방문했을 때 침대는 비어 있었다. 떠나야 할 때는 항상 희망이 남아 있을 때라는 것을 손을 사랑했던 남자는 알았다.

*

남자는 출근을 했다. 다시 신입직원을 뽑아야 한다.

"손가락을 들어 보세요."

손가락을 사랑하는 남자의 말에 여자들이 일제히 손가락을 앞으로 내어 보였다. 팔을 앞으로 쭉 뻗고 손바닥이 앞으로 보이도록 내민 여자는 남자가 알던 여자와 얼굴이 닮았다. 하지만 가늘고 긴 모양이 아니라 두껍고 힘이 있는 손가락이었다. 손등이 앞으로 보이도록 내민 여자는 가늘고 길고 약해 보였지만 검은 피부였다. 다른 여자는 한 손만 앞으로 내밀었는데 무릎 위에 올려놓은 다른 손에는 새끼손가락이 없었다. 네 번째 까만 원피스를 입은 여자는 어쩔 줄 몰라 손바닥을 앞으로 했다가 손등을 앞으로 했다가 반복했다. 다섯 번째는 남자였는데 손가락이 하는 일과 무슨 상관이 있느냐며 질문을 했다.
　다른 옆에 앉은 심사관이 손가락을 사랑하는 남자를 쳐다봤다. 그러더니 손가락을 사랑하는 남자보다 더 열심히 손가락들을 쳐다봤다.

　남자에게는 새로운 습관이 생겼다. 사람을 만나면 손가락을 보는 습관, 이 습관 때문에 남자는 여자들로부터 많은 오해를 받기도 했다.

　손가락이 예쁜 여자가 지금 어디에서 살고 있는지 남자는 알지 못한다. 남자가 되찾은 것이 있다면 노란 유채밭에서 활짝 웃으며 뒤돌아보던 사진 한 장!
　이상하게도 여자의 얼굴은 심하게 아웃포커싱이 된 반면, 그녀의 가느다랗고 길고 하얀 손가락은 석양을 받아 또렷하게 빛나고 있었다. 바람이 불면 그녀의 보들보들하고 따뜻한 손가락의 감촉이 남자의 손가락 사이에 느껴졌다.

　긴 겨울이 지났다. 겨울은 많은 것을 앗아 갔다. 그러나 늘 그렇듯이 텅 빈 마른 들판에 싹이 나고, 꽃이 피고 새들이 날아오듯이 새로운 것들이 다시 그 빈자리들을 채운다.
　남자는 지하철역에서 친구를 기다리고 있다. 지나가는 사람들을 구경하는 것도 그다지 나쁜 일은 아니다. 지나가는 사람들을 그저 바라보고 있노라면 대개는 사람들의 사는 모습들이 상상이 간다. 간혹 전혀 정체를 알 수 없을 것 같은 사람도 있기는 하다. 친구가 늦다.

플랫폼 저쪽에서 한 여자가 걸어온다.

아포리아

민수는 노트를 북북 찢어 내고 있다. 스프링노트는 찢어 내도 표시가 나지 않았다. 좀 얇아지긴 하겠지만 스프링에 남은 찢긴 페이지들의 잔해를 털어 내면 누구도 거기에 무엇이 적혀 있었는지 알아낼 수 없다.

찢긴 노트에는 알 수 없는 문장들이 적혀 있다.

'XX 은행 703210-32-3984792'

급하게 휘갈겨 쓴 은행 계좌번호이다. 이름이 적혀 있지 않아서 누구의 계좌인지 알 수 없었다. 한참을 생각했지만, 연상되는 누군가를 유추해 낼 수 없었다.

어쩌면 아내가 송금해 달라고 민수에게 부탁한 것인지도 몰랐다. 아내는 남들이 다 하는 인터넷 뱅킹이나 스마트 뱅킹 따위를 하지 못한다. 돈을 보낼 일이 있으면 남편인 민수에게 부탁했다. 하지만 아내가 부탁한 것은 아니다. 아내는 늘 계좌번호와 함께 받는 사람의 이름을 휴대전화 문자로 민수에게 보냈다. 계좌번호만 가르쳐 주었다가 숫자 하나가 틀려서 다른 사람의 계좌로 송금했다가 고역을 치른 적이 있기 때문이다.

민수는 계좌번호를 바라보다가 생각에 잠겼다. 알아내 보아야 대단치 않은 것일 텐데, 기억 속에 있지 않다는 것은 중요하지 않다는 이유를 가지고 있다.

다음 페이지에는 마무리되지 않은 시구가 적혀 있다.

집어등

어둠 속에 있으며 나는
나의 잃어버린 것을 생각해
밝아지는데 자꾸만 희미해져 가는 것
어둠 속에 너무 오래 머물고 있어
딱딱하고 두꺼워진 등껍질
도저히 깨어지지 않을 듯한
견고해 보였다

열두 시가 막 넘은 시간이었다. 하루가 다 지나고 단 일 초도 남지 않은 시간, 누군가 방문을 두드렸다.

"집어등 보러 가지 않을래요?"

민수는 커튼을 열고 바다 쪽을 향해 눈을 들었다. 칠흑처럼 새카만 바다 위에 하늘의 별처럼 한 떼의 불빛이 깜빡이고 있었다.
 민수는 제주에서 처음 만난, 아니 호텔 복도에서 처음 만난 여자가 방문을 두드리면서 집어등을 보러 가자는 말을 한 이유를 생각해 보려 했지만 딱히 생각나지 않았다. 그날의 어둠 속에 묻혀 버릴 듯 새까맣던 그녀의 눈동자만 자꾸 떠올랐다.

'chore'
 따분한 하루였다. 하고 싶은 일도, 하기 싫은 일도 없었다. 아니 그냥 아무 일도 없었다. 집안일이라고 따분한 것만은 아니었다. 하고 싶은 일이 무엇일지 생각했지만, 마땅히 떠오르지 않았다. 《필경사 바틀비》처럼 삼십 년을 열심히 일했다. 열심히 일을 했지만, 그것이 하고 싶어 하던 일은 아니었다. 그동안은 하고 싶은 일이라는 게 무엇이냐고 생각해 본 적도 없었다. 어쩌면 지금은 그 생각이라는 것도 별로 하고 싶은 것이 아닐지도 몰랐다.

'바이오틴'
 피부와 두발에 좋은 영향, 혈구 생성과 남성 호르몬 분비에 관여, 피부라는 단어를 읽는 순간 겨드랑이가 가려워졌다. 어릴 때 엄마는 민수가 열두 살이 되면 겨드랑이가 가려워지고 날개가 나기 시작할 거라고 말해 주었다. 산속 외딴집에서 태어난 민수는 세 살 때 엄마 등에 업혀 기차를 타고 외가인 경주에 다녀온 이후에는 열 살까지 바깥 구경을 하지 못했다. 민수가 열두 살이 되어 겨드랑이에서 날개가 나면 가장 먼저 할 일은 마당에서 모이를 먹다가 솔개가 산 너머로 채어 간 암탉을 찾아오는 일이었다. 그러고는 엄마를 날개에 태우고 하늘을 날아다닐 생각이었다. 엄마는 민수가 열 살 때 마을로 나가 집으로 오지 않았다.

'날개를 펴는 장소'

좁았다. 그 세상은 반 평, 큰 날개를 접고 앉아 있기에는 부족한, 언제부터 자라나기 시작한 날개는 지고 다니기에는 무거웠다. 날지 못하는 날개를 달고 다니는 짐승이 되어 작은 방을 나와 거리를 다닌다. 사람들은 날개를 쳐다보며 신기해하고, 얼마를 주고 샀느냐, 정말 이 날개로 하늘을 날 수 있느냐, 얼마나 먼 곳까지 날아 보았느냐며 민수의 주위를 맴돌더니 이내 지쳐 스스로 질문들을 닫아 버리고 집으로 돌아갔다.

언덕 위의 솔바람이 멎고 해도 서산에 기운 지 오래, 멀리 초승달에 걸린 구름마저 잠잠히 민수를 바라보고 있다가 무심해져 달아나고, 큰 날개와 약한 몸뚱어리 아래 갈빗대만 앙상하다. 민수가 힘을 주자 날개의 끝에 달린 연한 깃털이 파르르 떨리고 멈추지 않는 박동이 심장으로부터 힘줄을 타고 날개에 퍼진다. 펴진 날개는 하늘을 다 가려버려 언덕 아래 땅, 시커먼 웅덩이 같은 하늘이 보일 뿐이다.

날개를 펼 장소를 찾은 것이 아니었다. 민수는 사람들로부터 큰 날개를 감출 곳을 찾기 위해 이 언덕을 찾은 것이다.

날개를 펴자 멈추었던 바람이 다시 일기 시작하고 서서히 바람을 탄다. 날개를 한번 저을 때마다 산이 바뀌고 강이 흘러간다. 위로 솟구쳐 구름으로 들어간다. 안개 너머에 하얀 형상의 또 다른 날개들이 둘러서 있다.

푹 눌러쓴 이불 아래 민수는 울먹이며 깨어 버린 꿈에서 잃어버린 날개를 부른다. 어깻죽지가 매끈하다.

'도면'

민수는 지난달 새로 지은 아파트로 이사를 왔다. 전에 살던 아파트가 재개발된다는 소문이 있었지만 벌써 17년째 소문만 그대로였다. 시내 외곽에 새로 지은 아파트는 시내의 다른 같은 면적의 아파트보다는 훨씬 쌌다. 새집을 노래 부르던 아내가 미분양 아파트를 계약금 천만 원을 주고 계약해 버린 것이 2년 전이었다.

이사하기 6개월 전부터 아내는 스물일곱 평의 아파트를 채우기 위해 이곳저곳 가구점을 찾아다녔다. 아파트 평수를 묻는 가구점 주인에게는 서른 평이라고 말했다. 백화점과 유명 가구판매점을 돌아다녔다. 그곳에서는 주로 신혼부부들과 그 부모들을 만났다. 그러나 정작 가구를 산 곳은 대구 인근인 경산에 있는 중고 가구판매점이었다. 새 거나 다름없이 반품으로 들어온 것이라고 주인은 아내에게 이야기했지만, 민수가 보기에는 그저 중고품이었다.

안방에 놓을 침대와 화장대는 전에 본 백화점에서 새 가구로 샀다. 찢어진 노트의 '도면'에는 스물일곱 평의 아파트에 들어가야 할 가구의 치수와 제품명이 꼼꼼하게 적혀 있었다. 민수가 도면에 '서재'라고 써 두었던 장소는 빨간 펜으로 '드레스룸'으로 고쳐져 있었다. 도면의 아래에는 당구장 표시로 '침대와 화장대는 꼭 새것으로 살 것'이라고 적혀 있었다.

'말의 보폭'

말은 얼마나 느리게, 또는 빠르게 해야 하는 것일까? 느리면 지루하고 빠르면 생각할 틈이 없다. 민수는 아내에게 하지 못한 말이 있다는 것을 기억해 냈다. 며칠 전부터 이야기해야 했지만, 차일피일 미루고 있었다. 최저임금이 7,530원에서 8,350원으로 올랐다. 시급이 오른 만큼 아파트 대출금을 갚을 기간은 20년보다 줄어들 것이다. 학교에 다니는 아이들 용돈도 조금 올려 줄 수 있을 것으로 기대했던 민수는 더 큰 어려움에 빠졌다. 영업부에 있는 네 사람 중 한 사람은 그만두어야 한다는 소문이 퍼졌다. 영업직원 중에서 쉰이 넘은 사람은 민수 혼자였다. 명예퇴직이라도 할 수 있으면 좋겠지만 이미 4년 전에 명예퇴

직을 하고 비정규직으로 다시 근무하고 있는 터였다.

 직장을 그만두고 다른 직장을 구해야 한다는 말은 그 보폭이 얼마가 될지 몰랐다. 아마 입으로 전해 줄 수 없는 말일 수도 있었다.

'위기를 넘기는 방식'

 민수는 안경을 벗고 안경알을 닦았다. 안경에는 얼굴에서 묻은 기름때와 눈물이 묻어 있어서 잘 닦이지 않는다. 슬픈 일이 있어서 눈물이 나는 것이 아니었다. 안구건조증 때문에 바람이 조금만 불어도 눈물이 나왔다. 안경을 내려놓고 두 손으로 눈을 지그시 눌렀다. 눈이 위협을 느끼는 것처럼 손가락을 피해서 눈알이 굴러다녔다. 생소한 느낌이었다. 마치 다른 사람의 눈이거나, 다른 사람의 손이 만난 것 같았다.

 낯섦이라는 두려움이 손끝으로 전해졌다. 아무것도 생각나지 않았다. 과거와 현재에 대해서 기억에 남은 것이 없었다. 민수는 약병에 든 수면제를 꺼냈다. 햄릿에 나오는 대사를 기억해 냈다. '죽는 것은 잠자는 것' 그저 잠들면 다시 기억해 낼 수 있을 것 같았다. 한 알, 두 알 그리고 다시 한 알을 더 집어 들었다. 아침까지는 푹 잘 수 있을 것이다. 따뜻한 물 한 잔에 알약을 떨어트렸다. 하얀 알약이 물속에 가라앉더니 하얀 기포를 만들며 부서졌다. 컵을 살짝 흔들자 하얀 가루들이 잔의 바닥에 흩어졌다. 새끼손가락으로 잔을 휘휘 젓은 다음 목구멍으로 삼켰다.

 알약을 쉽게 먹는 방법은 가루를 만들어 물에 타서 먹는 것이라는 것쯤은 민수도 알고 있었다.

'친숙하지 않은 것'

　가장 많이 겪고 듣는 이야기, 가장 큰 사건은 태어나는 것보다 한 인간이 지상에서 사라지는 죽음, 어쩌면 일상이다. 부고는 문자로 돌아다니고 죽음의 소식은 무감각하게 다가온다. 타인의 죽음의 소식에 잠깐 고개를 숙이다가도 어느새 일상으로 돌아와 다시 웃거나 치기 어린 장난스러움에 빠져든다. 그러나 그 죽음이 나의 죽음이라고 생각을 하면 상황은 달라진다. 나는 나의 죽음을 단 한 번도 겪지 못했고 내가 없는 세상은 상상할 수가 없다. 내가 죽어 땅에 묻히더라도 지구는 여전히 사람들과 동물, 식물들의 생명을 이어 주겠지만 나에게 있어 모든 것은 함께 사라진다. 우주에 나의 의식만 남아서 돌아다닌다고 할지라도 지금의 육체를 지닌 인간 '민수'와는 다른 의식의 덩어리로만 남을 뿐이다. 그 절망의 크기 때문에 죽음은 절대 친숙한 소재가 될 수 없다. 분자가 되는 화학적 분해 작용만 남아 있을 뿐, 아무것도 남아 있지 않게 된다.

　죽음, 그 친숙하지 않은 개념을 떠올리자면 이 모든 것이 소용없는 짓에 불과하다. 이름을 남긴 듯, 누가 나를 추억하듯 결국 나란 존재가 사라지고 나면, 나란 존재를 누가 불명예스럽게 하더라도 그건 의미 없는 일이기 때문이다. 죽음은 좀처럼 퇴고할 수 없는 글의 소재일 뿐이다.

'아포리아'

어딘가 막다른 골목에 서 있는 것 같은 느낌이 들었다. 차는 7번 국도를 따라 달리고 있었다. 그러다가 곧 하늘로 이륙할 듯 바닷가의 항구 양쪽에 서 있는 빨간 등대와 하얀 등대 사이로 난 쭉 뻗은 길을 날아오를 듯 달렸다. 하얗게 구름이 피어올랐다. 더 이상 이 세상에서 이루어야 할 꿈은 없었다. 민수는 운전대에서 손을 뗴었다. 겨드랑이가 간지러웠다. 다른 손으로 겨드랑이를 만졌다. 손가락 끝으로 하얀 감촉이 느껴졌다. 보드랍고 까칠한 느낌이다. 날개는 점점 솟아 나와 손등을 뚫고 나왔다. 푸른 하늘과 파란 바다가 어느새 하나가 되었다. 눈앞에 하얀 포말이 일어났다.

아무 소리도 들리지 않는다

"잠시 후 우회전입니다."

검은 SUV 차량의 내비게이션 앱에서 나오는 지시에 남자는 반응하고 있었다.

"지금부터 1킬로미터 직진 후 목적지 부근입니다."

내비게이션은 신도시(사람들은 이곳을 '데이터 밸리'라고 불렀다)를 정확하게 찾아서 안내해 주었다.

도착한 큰 저택의 1층에서는 시끌벅적하게 파티가 열리고 있었다. 파티가 열리고 있는 중앙 거실의 가운데에는 빅데이터를 상징하는 수백 개의 광디스크가 집적된 모양을 한 조각상이 천장으로부터 쏟아지는 화려한 조명을 받으며 서 있다.

남자는 곧장 2층으로 올라가 푸른빛의 유리로 된 동굴 같은 복도를 통과했다. 남자는 복도를 통과할 때마다 기분이 좋지 않았다. 푸른 조명이 몸에 닿을 때마다 피부는 까칠하게 솟아올랐고, 생각은 멈추는 것 같았다.

사장은 그곳이 스트레스를 줄이는 원적외선을 방출하는 공간이라며 비싼 돈을 들여서 설치한 것이라고 자랑하곤 했다. 복도 끝에 있는 문을 열자 커다란 서재 겸 사무실이 나왔다. 거기에 남자의 친구인 K 사장이 그를 기다리고 있었다. K 사장은 빅데이터 분야에서는 최고의 수집가이자 분석가로 통했다. 그래서 창업을 시작한 지 6개월 만에 월 매출 2억이 넘는 회사의 CEO가 되었다.

전자제품 서비스센터에서 일하는 남자는 신도시인 데이터 밸리에 새로운 지점이 생기면서 전출을 왔다. 페이스북에서 남자가 초등학교 동창이라는 사실을 K 사장이 알게 되면서 두 사람의 관계가 시작되었다. 학연과 지연이라는 두 가지 인연과 함께 믿을 만한 컴퓨터 수리공이 필요했던 K 사장과 더 많은 수입이 필요했던 남자는 이해관계가 맞았다. 그리고 어느 날부터 K 사장은 남자에게 데이터 검색로봇으로 자료를 모아 오라고 요구했다. 남자는 그 대가로 받는 수입이 서비스센터에서 받는 월급보다 더 많았다.

"다 끝났어. 케이블 접촉에 문제가 있었던 모양이야. 한번 돌려 봐."

K 사장은 컴퓨터에 저장된 데이터들을 살펴보고 나서 바탕화면에 스타게이트의 문처럼 생긴 아이콘을 클릭해서 데이터베이스 분석 프로그램을 실행했다.

아이콘을 바라본 순간 남자의 손가락도 K 사장의 손가락처럼 까닥거리며 저절로 반응했다

순식간에 수백만 개의 데이터들이 파란 모니터에 나타나고 사라지기를 반복하다가 어느 순간 멈춰 섰다. 채 일 분도 지나지 않아서였다. 남자는 모니터에서 언뜻 'TRUE 0, FALSE ALL'이라는 문구를 읽을 수 있었다.

"오늘도 건질 게 없네. 아! 참 수고했어. 괜찮으면 아래에서 칵테일 한 잔하고 가. 아는 친구가 있을지 몰라. 난 급하게 해야 할 일이 있어서."

K 사장은 검고 무표정한 눈으로 봉투 하나를 내밀며 남자를 쳐다보았다. 남자는 K 사장의 방에서 나와 1층으로 향했다.

남자가 막 1층 거실로 내려가는 순간, 갑자기 귀가 먹먹해졌다. 그러더니 들어올 때까지만 해도 시끄럽게 북적거리던 홀에서 아무 소리가 들리지 않았다. 남자는 정신을 집중해서 들어 보려고 했으나 마찬가지였다.

남자는 정신이 아득해졌다. 어제 이비인후과에 진료를 예약해 두었다가 급한 일로 다녀오지 못한 것이 갑자기 생각났다.

며칠 전부터 남자는 잠을 제대로 자지 못했다. 계속 꿈을 꿨다. 어떤 날은 K 사장의 방문 앞에 있는 그 파란 복도에 서 있기도 했고, 스타게이트에 나오는 시간여행의 문 앞에 서 있기도 했다. 어떤 때는 즐겨 하는 게임의 캐릭터들이 남자의 옷을 입고 버티고 서 있었다. 꿈을 꾼 밤이면 귀에 심한 통증을 느꼈고 어지러워서 견디기가 어려웠다. 그러나 아침이면 언제 그랬냐는 듯 통증도 어지럼증도 사라졌다.

남자는 2층에서 1층으로 내려왔다. 1층 홀 바닥에 발을 내딛는 순간 소리가 다시 들리기 시작했다.

술잔이 부딪치는 소리, 포크가 접시에 닿을 때 나는 달그락거리는 소리, 컵에 물 따르는 소리, 소시지가 오븐 위에서 툭툭 터지는 소리, 바람에 커튼이 날리면서 창문에 부딪히는 작은 소리까지…….

그런데 사람의 목소리는 들리지 않았다. 주위를 빙 둘러보니 홀 가운데에 하얀 손가락으로 붉은 포도주잔을 든 화려한 드레스를 차려입은 여자들과 턱시도 차림의 나비넥타이를 한 남자들이 마주 보며 이야기하고 있었다. 그러나 그들의 소리는 들리지 않았다. 팬터마임 대회라도 열린 것처럼 사람들은 서로를 쳐다보며 입을 움직이고 있었다. 남자는 사람들 틈을 비집고 들어가 귀를 기울여 보았으나 누구의 목소리도 들을 수 없었다.

남자는 혼란스러워졌다. 빨리 거기를 빠져나오지 않으면 미쳐 버릴 것 같았다. 귓속이 참을 수 없을 정도로 아파 왔다. 남자는 구역질을 참으며 베란다로 나왔다. 아직 다 차지 않은 상현달이 동쪽 하늘에 하얗게 떠 있었다. 베란다 끝에서 누군가 중얼거리는 소리가 들렸다. 여자의 목소리였다.

"왜 소리가 안 들리지? 귀에 문제가 생긴 것이 틀림없어."

남자는 그 소리를 듣는 순간 가슴이 쿵쿵거렸다. 손으로 가슴을 꾹 눌렀다. 가슴앓이처럼 가슴의 가장자리가 아팠다. 귀의 통증은 사라졌다.
여자가 베란다의 가장자리에 서서 구름 뒤로 얼굴을 내민 달빛을 받으며 까맣고 긴 머리를 뒤로 젖히고는 수영장에서 막 나온 사람처럼 자기 귀를 툭툭 치고 있었다. 남자가 가까이 다가가자, 인기척에 깜짝 놀란 것 같은 표정을 짓더니 다시 아무 일이 없었다는 듯 남자의 옆을 지나 현관을 향해 걸어갔다. 남자는 길을 비켜 주며 여자를 향해 소리쳤다.

"혹시 내 목소리 들려요?"

여자가 놀란 표정으로 돌아보며 남자를 훑어보았다.

"홀에서는 아무 소리가 안 들려서, 그래서 내, 내 귀가 먹었나 했어요. 그런데 조금 전에 그쪽의 목소리가 들렸어요."

남자는 두 손을 허리 위로 들어 올리며 여자를 안심시켰다.

"아! 저도 그래요. 이게 도대체 무슨 일이지요?"

여자가 난처한 표정으로 되물었다.

"모르겠어요. 우선 여기를 나가야 할 것 같은데, 같이 가실래요?"

여자는 놀란 마음이 조금 진정되었는지 남자를 쳐다보며 이야기했다. 남자에게 그 눈빛이 익숙했다. 진한 갈색의 깊고 큰 눈이었다. 남자는 K 사장에게 올라가 이 상황을 이야기해 볼까도 생각했지만, 이내 그 생각을 포기했다.

남자는 여자와 함께 그 집을 나와 레온 스트리트를 걷고 있다. 사람들은 데이터 밸리에 새로 생긴 길을 레온 스트리트라고 불렀다. 신도시 건설을 주장한 시장이 스페인 여행을 하고 온 후에 거리 이름을 붙여서 그렇게 됐다는 이야기와 첨단 디지털 도시를 표현하기 위해서 영화 '매트릭스'의 네오를 레온으로 착각해서 그렇게 부른다는 이야기도 있었다.

남자는 K 사장에게 전화를 해서 차를 하루 빌릴까 하다가 그만뒀다. 두 사람은 아무 말 없이 그렇게 한참을 걸었다. 먼저 침묵을 깬 사람은 여자였다.

"길이 노랗네요."

밤이 깊어질수록 레온 스트리트의 노란 나트륨 가로등이 점점 진해지고 있었다.

"네."

남자도 침묵이 끝날 때가 되었다고 생각하는지 짧게 답했다.

"그런데 우리 지금 어디로 가고 있지요?"

여자가 남자를 쳐다보며 물었다.

"집에 가야지요."

남자는 무의식적으로 대답한 게 겸연쩍었는지 여자에게 미안한 표정을 지었다.

"그런데 아까부터 계속 생각했는데 집이 어디인지 모르겠어요."

여자가 혼란스러워 보이는 표정을 하고 남자를 쳐다보았다.

"예?"

"저녁 그 파티에서 갑자기 사람들의 목소리가 들리지 않더니 지금은 내가 누구인지 모르겠어요. 사람들이 말하는 기억상실증에 걸린 것 같아요. 내가 어디에서 태어나고, 부모가 누구이고, 집이 어디인지 또 내가 거기에 왜 갔는지 아무것도 기억나지 않아요. 그런데 이상하게도 난 지금 너무 뭐랄까? 아무런 불편함도 느낄 수 없어요. 차분해요. 제 이름은 혜민이예요. 정혜민……. 아마 그럴 거예요. 아까 주민등록증을 봤어요. 아 거기에 주소도 있겠네요. 그럼 집을 찾을 수 있겠네요. 그쪽은요?"

여자는 남자가 대답할 틈도 없이 조금은 횡설수설하며 이야기했다.

"아! 이런 나도 기억나지 않네요. 이건 건망증이 아니겠지요? 꿈에는 가끔 제가 누구인지 모를 때가 있기는 했는데……."

남자는 혼란스러운지 가로등 아래에 주저앉았다. 여자는 가로등 불빛을 찾아 날아온 불나방들을 피해서 저만치 떨어져 있었다. 남자는 무슨 생각이 들었는지 주머니에서 뭔가를 꺼냈다.

"아! 제 이름은 김성훈인가 봅니다. 김성훈, 이거 제 사진 맞겠지요?"

남자는 자신의 그것으로 생각하는 운전면허증을 지갑에서 꺼내서 보여 주었다. 여자는 그 운전면허증을 받더니 가로등 아래로 달려가 꼼꼼히 들여다보았다.

"당신이 맞는 것 같아요."

여자가 운전면허증을 돌려주며 말했다. 여자는 남자보다 차분했다. 마치 예전에도 이런 일이 있었던 것처럼 보였다. 여자는 혼란스러워하는 남자를 한참 쳐다보다가 그녀의 명함을 지갑에서 꺼냈다.

"이 주소를 찾아가 봐야겠어요. 혹시 모르니 연락처를 좀 주실래요?"

남자는 여자의 명함을 받아 들었다. 명함에는 "디자이너 정혜민"이라는 은박의 글씨와 함께 휴대전화 번호와 개인 이메일 주소가 또렷이 적혀 있었다. 남자는 혹시나 하는 불안감에 여자의 주민등록증에 적혀 있는 주소를 여자에게서 받은 명함 뒤에 적어 두었다. 여자의 집은 신도시와는 멀리 떨어진 구도심에 있었다.

남자가 택시에서 내려 운전면허증에 적힌 주소의 아파트를 찾아가고 있을 때 휴대전화가 울리더니 그녀의 목소리가 들려왔다.

"집을 못 찾겠어요. 저 좀 도와주세요?"

남자의 집은 아파트여서 찾기가 어렵지 않았지만, 여자의 집은 일반 주택이었다. 게다가 도로명 주소로 바뀌는 바람에 전에 알고 있던 주소의 관념으로는 집을 찾기가 어려웠다. 주소를 들고 삼십 분이 지나서야 콘크리트로 된 2층 건물 앞에 갈 수 있었다. 가정집의 용도로 지은 건물은 아닌 것 같았다.

"혹시 열쇠는 있어요?"

여자가 핸드백 안을 살폈다. 핸드백 속에서 보라색 립스틱이 튀어나와 바닥으로 떨어져 경사로를 따라 굴러 내려갔다. 여자는 힐끗 쳐다보더니 별로 중요하지 않다는 듯 다시 핸드백 속으로 눈을 돌렸다. 남자가 따라가 립스틱을 주웠다.

"열쇠가 없는 것 같은데요?"
"지갑 좀 봐도 될까요?"

여자가 핸드백에서 지갑을 꺼내 남자에게 내밀었다. 남자가 여자의 지갑에 꽂힌 카드들을 살펴보았다. 신용카드와 현금카드 외에도 각종 할인 카드가 빼곡히 꽂혀 있었다. 그 카드 중 '시크릿 오피스'라고 적힌 카드를 꺼내 현관에 대자 잠금장치가 스르륵 하며 열리는 소리가 났다. 남자가 문을 살며시 밀자, 현관 천장에 달린 노란 전등이 환하게 어둠을 밝혔다.

"그럼 전 가 볼게요."

남자가 여자에게 말했다.

"아……. 괜찮으시다면 차 한잔하고 가세요."

여자가 상황이 이상하다고 생각했는지 얼굴을 붉히며 남자를 쳐다봤다. 집 안은 호텔 객실 같았다. 카드를 현관 옆 키홀더에 꽂자, 이곳저곳에서 불이 밝혀졌다. 형광등 하나만으로 사는 남자의 집과는 딴판이었다.

"컴퓨터 좀 써도 될까요?"

여자가 차를 준비하기 위해 부엌으로 가자 남자가 물었다.

"아. 네…."

여자는 남자에게 창 오른쪽에 책이 빽빽이 꽂혀 있는 책장 옆에 있는 컴퓨터를 손가락으로 가리키며 말했다. 서재에는 디자인과 관련된 책들이 주로 꽂혀 있었는데 그사이에 《꿈의 해몽》이라는 제목과 《뻐꾸기 둥지 위로 날아간 새》라는 제목의 책이 남자의 눈에 띄었다. 남자는 여자에게 자신이 꾼 꿈을 이야기해 볼까 하는 생각을 하면서 컴퓨터의 전원을 켰다.

 남자가 검색창에 '갑자기 사람들의 목소리가 안 들려요.'라고 입력하자 수많은 대답이 화면에 우르르 몰려나왔다.

 '이통치통'이라는 닉네임을 쓰고 있는 사람은 '귀가 아프시다구요? 이통치통이비인후과로 오세요.' 그리고 '이어폰 함부로 쓰면 귀를 망칩니다.', '보청기는 대국 보청기입니다.'라는 글들도 보였다. 'KOKO69'라는 아이디를 쓰는 사람은 '귀를 잘못 애무하면 오는 부작용입니다. 치료를 원하면 $$$.69.com을 눌러 주세요.' 등 이상한 글들이 쏟아지거나 야릇한 사이트로 연결되었다. 그 이외에도 '토끼 귀나 당나귀 귀를 가진 사람들의 모임', '국경 없는 이비인후과', '귀 아픈 사람들을 위한 힐링', '귀소본능' 등 갖가지 이름의 카페들도 있었다.
 그러던 중 남자가 '소리를 찾는 사람들'이라는 카페를 클릭하자 화면이 검게 변하더니 점점 밝아지면서 '갑자기 사람들의 목소리가 들리지 않은 적이 있습니까?'라는 메시지가 화면을 가득 채웠다. 그리고 더 자세한 내용을 보려고 했으나 다른 내용은 회원 공개로 되어 있다. 남자는 서둘러 회원가입을 시작했다. 가명으로 가입을 시도했으나 실명인증이 되지 않아 실패하고 나서 포기하려는데 여자가 다가왔다.

 "아! 아까 우리가 겪은 일 때문에 좀 알아보려고요."
 "뭐라도 찾았어요?"

"아니 아직, 그런데 이 카페는 뭐가 있을 것 같아요. 다른 곳은······."

남자는 회원가입에 실패한 카페를 다시 열었다. 그러자 이번에는 '당신이 듣지 못한 소리를 찾아드립니다.'라는 메시지가 화면에 나타났다. 남자는 다시 회원가입을 시작했다. 여자는 그 과정을 뒤에서 지켜보았다. 남자가 주민등록번호를 입력했다.

'아······. 나보다 두 살 어리네?'

뒤에 서 있는 여자가 신경 쓰였는지 남자의 어깨가 들썩였다. 여자가 내어 온 차는 다 식은 채 겨우 옅은 수증기를 찻잔 주위로 흘리고 있었다. 회원가입이 끝나자 조금 더 카페의 정체를 알 만한 자료들이 나왔다. 그러다가 눈에 띄는 글을 발견했다.

[인포 히스테리] 또는 [정보 카오스 증후군]으로 불림.
정보화 사회의 부작용. 아직 사회에서 발견되는 사례가 극히 적음. 인터넷의 과다한 정보에 너무 노출되어서 생기는 정신질환. 스마트폰의 사용으로 더 치명적인 결과를 낳기도 함. 정보를 구분하는 능력이 극히 떨어져서 정보를 아예 받아들이려 하지 않고 거부하는 것. 심리학에서 말하는 칵테일 효과와 비슷함. 칵테일 효과란 인간이 하루 종일 주위에서 들려오는 다양한 소리를, 귀를 통해 듣지만, 모든 소리를 지각하지는 않은 것을 설명해 주는 심리학의 용어인데, 칵테일파티에서 자신이 원하는 이성의 소리만 유독 분명하게 들리는 현상을 설명. 2012년 5월, 미국

연구팀은 칵테일 효과가 두뇌 움직임과 관련이 있다는 증거를 과학적으로 입증해 화제가 되기도 함. 주요 증상은 사람이 많은 곳에서 음성을 정확히 구분하지 못하여 신호가 아닌 소음으로 인식함. 정상적인 사람에게는 들리는 소리도 증상이 있는 사람의 귀에는 들리지 않음. 예외적으로 함께 오래 생활하는 가족이나 가까운 사람들의 경우는 그 사람의 음성 주파수가 이미 인지되어 있어 신호를 구분해 낼 수 있음. 따라서 대중적인 활동은 곤란하나 가족 간의 의사소통에는 문제가 없음. 그러나 대개 기억상실을 동반하기 때문에 생기는 문제가 더 크다고 보고됨. 보통은 최초 증상이 발생하고 12시간 동안 계속됨.

치료법

1. 컴퓨터와 스마트폰 등 모든 인터넷을 접속할 수 있는 매체와 접촉을 피할 것.
2. 가족이나 가까운 사람과 계속 대화를 시도하고, 증상이 호전되지 않을 경우는 최초에 증상이 발생했던 곳으로 가서 다시 사람들과 대화를 시도해 볼 것. 가까운 사람과 가능하면 동행할 것.
3. 12시간을 초과하는 기억의 상실은 매우 예외적인 사항이므로 이 카페의 매니저와 상의 바람.

※ 빅데이터 분석용 로봇을 사용하면 부작용을 줄일 수 있다는 보고가 있음.

여기까지 읽고 나자 두 사람은 동시에 한숨을 쉬었다.

"이 카페의 글이 사실이라면 열두 시간 동안 우리의 기억이 돌아오지 않을 수 있다는 이야기네요?"

옆에 서 있던 여자가 남자를 보며 '이제 어쩌지요?' 하는 표정으로 내려다보며 말했다.

"모르겠어요. 지금으로서는, 우선 열두 시간이 지나 봐야 뭐라도 할 수 있을 것 같아요. 그래도 다행이네요. 이 글이 사실이라면 기억은 회복되겠지만 안 그러면 어쩌죠? 사실 전에도 가끔 밤에 머리가 심하게 아프고 귀가 들리지 않은 적이 있었어요."

남자는 다시 귀가 아파져 오는 것 같아 얼굴을 찡그렸다.

"어쨌든 열두 시간이 지나면 이 글이 사실인지 알 수 있겠네요. 그리고 이 글대로라면 아마 우리는 전에 서로 알던 사이라야 될 것 같은데 어쩐지 익숙한 거 같기도 하고 아닌 것 같기도 해요."

여자는 남자의 얼굴을 기억 속에서 찾아내려는 듯 뚫어지게 쳐다보았다.

남자는 멍하니 컴퓨터를 쳐다보다가 컴퓨터와 접촉을 피하라고 했던 카페의 글이 생각났는지 컴퓨터를 꺼 버렸다. 그러고는 '컴퓨터와 접촉은 피하라면서 인터넷 카페는 왜 만들어 놓은 거지?'라는 생각을 했다. 컴퓨터 옆에 있는 프린터에서 남자가 조금 전 캡처한 화면이 출력되어 나왔다.

"혹시 몰라서 카페의 주소와 연락처를 출력했어요. 도움이 될지도 모를 것 같아서요."

남자가 프린트된 종이를 여자에게 내밀었다. 그리고 스마트폰을 꺼내 사진으로 찍으려다 카페 매니저의 연락처를 손바닥에 옮겨 적었다.

"이제 가 볼게요. 혹시 열두 시간이 지나도 기억이 돌아오지 않으면 연락하기로 해요."

남자는 다 식은 차를 들어 홀짝 마시고는 이층집을 나왔다. 다시 머리가 아파져 왔다.

*

아침이다. 남자는 침대에 누워 있다. 꿈을 꾼 것 같다. 무슨 일이 있었는지 기억이 나지 않았다. 손바닥에 적힌 전화번호와 주머니에서 나온 명함을 번갈아 바라보며 기억해 내려 했으나 소용이 없었다. 잊어버린 꿈은 기억하려 할수록 기억에서 사라지게 마련이다.
늘 그렇듯 정수기에서 찬물을 한 컵 가득 받아서 식탁 위에 놓인 알약을 한 움큼 삼켰다. 머리가 깨질 것 같았다. 아침은 밥 대신 건강보조식품으로 때웠다.
어제 다녀온 고객들에게 문자 메시지도 보내야 하고, K 사장에게 보낼 자료들도 정리해야 했다. K 사장에게 보낼 자료들이야 검색로봇이 찾아 줄 테지만 문자 메시지를 보내는 건 귀찮았다. '고객님! 최선을 다해 모시겠습니다. 매우 만족 부탁합니다.'라는 마지막 문장이 항상 속을 뒤틀리게 했다. 남자는 컴퓨터를 켜고 습관처럼 포털사이트에 접속했다. 판단은 필요 없었다. 남자를 유일하게 받아 주는 공간이었다. 어느 곳이나 친구가 넘쳤다.

'참 그 트위터에 이상한 글을 올린 축구선수는 악플로 고생하겠지?', '이번에 마약을 했다는 인터걸은 뭐라고 변명을 해 댔을까?', '인터걸이 사귀는 남자가 있다고 했는데?', '참! 아까 축구선수 트위터부터 봐야지', '중국에서 지진이 났다고 하던데?', '방글라데시에서는 여객선이 침몰했다고', '서남아시아의 에볼라라고 하는 치명적인 질병의 원인은 뭐지?' 남자는 궁금한 것이 많았다. 찾아보지 않으면 미칠 것만 같았다. 여섯 시간째 컴퓨터 앞에 앉아 있다. 스마트폰을 충전하기 위해 잠시 자리를 벗어난 것을 빼고는 그 자리에서 꼼짝도 하지 않았다.

남자는 컴퓨터를 수리하러 다니면서도 세상의 많은 정보들을 모으고 있었다. 인터넷상에서 벌어지는 많은 일들을 찾아내고 분석하고 결론을 내렸다. 그뿐 아니라 K 사장이 말하는 빅데이터도 모아야 했다. 사실 그건 별로 어려운 일이 아니었다. 그냥 컴퓨터에 설치된 검색로봇만 실행시켜 놓으면 알아서 검색해서 저장까지 되었고, K 사장에게 일주일에 한 번 가져다주면 그만이었다. 왜 그 일을 자신에게 시키는지 남자는 묻지 않았다. 그냥 오랜 친구를 도와주는 것으로 생각했고 남자에게도 경제적으로 큰 도움이 되었다. 컴퓨터와 가까이 있을 수 있는 일이라면 남자는 좋았다. K 사장은 매주 토요일 저녁에는 항상 자기 집에서 칵테일파티를 열었다.

　다시 네 시간이 지나갔다. 남자는 시장기를 느꼈다. 어지러웠다. 천장이 빙글빙글 돌기 시작했다. 현관문 두드리는 소리가 들린다. 며칠 전 초인종이 낙뢰에 고장 난 것을 고치지 못한 것이 생각났다. 어지럽다. 문밖에 어떤 여자가 서 있다. 겨우 손잡이를 잡아 돌렸을 때쯤 다급하게 그의 이름을 부르는 여자의 목소리가 들렸다. 목소리가 귀에 익숙하다. 갑자기 아무것도 보이지 않는다. 현관문도 사라지고 문밖에 서 있던 여자도 사라진다. 남자는 지독한 통증을 느끼며 그 자리에 쓰러졌다.

　여자는 남자를 겨우 거실 바닥에 눕혔다. 남자를 내려다보고 있다. '그렇다! 성훈이가 틀림없어! 김성훈.' 여자는 자기가 내려다보고 있는 남자가 어릴 적 산마을에서 담장 너머로 꽃을 던지고 달아나곤 하던 두 살 아래 성훈이라고 확신했다. 팔에는 장미 가시에 찔린 흔적이 그대로 있다.

　'그런데 어젯밤에는 왜 기억이 나지 않았을까?'

　남자는 눈을 떴다. 옆에 누가 앉아 있다.

'그녀다. 어제저녁에 그 칵테일파티에서 유일하게 그에게 목소리를 들려준 그녀다. 그런데 여긴 어떻게 왔을까? 그녀가 부르는 소리가 들린다. 성훈아! 성훈이 맞지?'

여자의 손길이 남자의 뺨을 부드럽게 스치고 지나갔다. 남자는 다시 잠에 빠져들었다.

햇살이 골목길에 내려앉고 있다. 따뜻한 바람이 분다. 일곱 살쯤 되어 보이는 여자아이가 대문 앞에서 땅바닥에 무엇인가를 그리고 있다. 남자아이 하나가 엄마의 손을 잡고 걸어온다. 남자아이는 여자아이를 보면서 걷는다. 여자아이의 옆을 스치듯 지나간다. 남자아이가 뒤를 돌아보며 걷고 있다. 엄마도 같이 돌아본다. 엄마가 아이의 어깨를 돌려서 골목 끝으로 간다. 하나, 둘, 셋, 넷. 여자아이의 집과 남자아이의 집 사이에 네 개의 대문이 더 있다. 끼익~ 대문 여는 소리와 함께 골목도 집도 사라진다. 대문만 남아 있다. 어디선가 많이 본 듯한 대문, 스타게이트…….
남자아이는 대문을 밀었다. 대문을 밀어내자, 여자아이가 서 있다. 손에는 빨간 앵두가 소복이 쌓여 있다. 남자아이의 침 삼키는 소리가 골목에 울려 퍼진다.

다시 골목길이다. 교복을 입은 남자아이 하나가 대문 앞을 서성인다. 자전거가 옆에 서 있다. 담장 너머로 능소화가 피었다. 나비 몇 마리가 앉지 못한 채 주변을 배회했다. 축축하게 습기가 얼룩을 매긴 담벼락에 펼쳐진 나뭇가지처럼 양손을 하늘로 펴고 매달린 듯 피어 있다. 남자아이의 손에 꽃이 들려 있다. 빨간 장미다. 담장 너머로 꽃을 던진다. 꽃이 하늘 높이 올라가더니 꽃비가 되어 내린다. 집 마당과 대문과 골목까지 빨간 장미꽃잎이 흩날린다.

골목길로 꽃상여가 지나간다. 하얀 종이꽃을 달았다. 남자아이의 손에는 검은 액자가 들려 있다. 여자아이가 대문을 열고 나와서 그 광경을 본다. 여자아이와 남자아이의 눈이 마주쳤다. 남자아이가 고개를 숙인다. 상여가 멀어져 간다.

이삿짐을 실은 트럭 한 대가 비좁은 골목을 겨우겨우 느리게 지나고 있다. 운전석 옆자리 조수석에 남자아이가 타고 있다. 차가 조금 더 느리게 지나가면 좋겠다고 생각한다. 그녀의 집이다. 섬돌 아래 하얀 운동화가 가지런히 놓여 있다. 고양이 한 마리가 마루에 쪼그리고 앉아 있다.

남자는 눈을 떴다. 옆에 그녀가 앉아 있다. 깜짝 놀라서 황급히 일어났다. 다행히 옷은 입고 있다.

"어떻게 여기에······."

남자가 잠이 덜 깬 얼굴로 걱정스러운 표정을 하고 쳐다보고 있는 여자를 향해 물었다.

"너 김성훈 맞지? 산곡리에 살던. 난 그 능소화 집의 정혜민이야. 모르겠어?"

남자는 여자가 무슨 말을 하는지 이해할 수 없다는 표정이다. 그녀를 어제저녁 칵테일파티에서 만났을 뿐이다. 다른 기억은 없다. 열두 시간이면 기억이 회복될 거라고 했다. 운전면허증의 주소를 보고 집을 찾아왔었다. 그리고 나서는 열두 시간이 지나면 기억이 회복될 줄 알았다. '그런데 무슨 일이 생긴 거지?'라고 생각하며 다시 여자를 쳐다보았다.

"혹시 다시 컴퓨터를 사용했어요?"

여자가 컴퓨터에 전원이 켜져 있는 걸 보고 다그치듯 남자에게 물었다. 남자는 위협적이다시피 한 여자의 반응에 놀라 컴퓨터가 왜 켜져 있는지 모르겠다는 듯 고개를 흔들었다.
여자는 체념한 듯 남자에게 종이 한 장을 내밀었다.

"어제 당신이 떠나고 나서 프린터에서 나온 건데 바닥에 떨어졌던 모양이에요. 그쪽이 꼭 읽어 봐야 할 것 같아서 가져왔는데. 좀 늦었네요. 저도 아침에야 발견해서……."

남자는 여자가 내미는 종이를 받아서 읽어 내려갔다.

주의 사항

1. 기억이 회복된 후에는 24시간 이내 인터넷 접속을 하면 심각한 부작용이 올 수 있으며, 기억상실이 다시 생길 수 있다는 보고가 있음. 그런 경우 기억상실의 증상은 24시간 또는 그 이상으로 지속될 수 있으며 장기기억뿐만 아니라 단기기억의 손실도 예상되며 기억이 회복되더라도 3~5일 주기로 그 증상이 다시 나타날 수 있음

※ 이 경우에는 특별한 치료가 필요함. 치료는 특별치료실에서 과거를 회상하는 단서들을 찾아서 기억의 일부를 복구하는 프로그램을 시행함. 치료할 때 피치료자의 아픈 과거가 무작위로 회상되는 경우에는 정신적 쇼크가 올 수도 있음. 가능하면 과거에 기억을 공유하는 가족이나 지인을 치료 과정에 포함하여야 함.

그리고 그 끝에는 매니저의 연락처가 덧붙여져 있었다.

"그런데 혜민 씨? 맞죠? 혜민 씨는 괜찮은가요? 기억이 돌아왔나요?"

남자는 여자가 내민 종이를 다 읽고 나더니 말도 안 된다는 표정으로 여자를 보며 물었다.

"난 이제 괜찮아요. 그 말이 맞는 것 같아요. 열두 시간이 지나면 괜찮아진다고 하던데, 아마 성훈 씨는 문제가 다시 생긴 것 같아요. 저 컴퓨터 때문에, 아! 자세한 건 나중에 이야기하기로 해요. 지금은 성훈 씨의 기억을 회복하는 게 중요해요. 이 카페의 매니저에게 연락해 보

는 게 좋을 것 같아요."

여자는 전원이 켜져 있는 컴퓨터를 노려보며 말했다.

"그런데 자꾸 꿈을 꿔요. 꿈을 꾸고 나면 머리가 아파서 견딜 수 없어요. 지금은 그나마 좀 나아요. 자꾸만 어떤 골목길을 지나가는 꿈을 꿔요…."

남자는 구름이 가득한 창밖을 보며 혼잣말하듯 말을 흐렸다.

여자가 카페의 매니저에게 전화를 했다. 그러자 한 시간쯤 후 검은색 세단 한 대가 아파트 아래로 왔다. 여자와 남자는 자동차 뒷자리에 타고 난 후 기사가 준 안대로 눈을 가렸다. 그 장소를 누구도 알아서는 안 된다는 것, 그것이 치료 조건의 일부였다.

차가 도착하자 흰 가운을 입은 중년의 신사가 남자와 여자를 맞았다. 생각했던 것과는 달리 아주 온화한 성품의 소유자처럼 보였다. 치료실의 지하 한쪽 모퉁이에는 세 대의 컴퓨터가 검은 케이블로 연결되어 있다. 가운데의 한 대는 좀 더 컸다. 전원을 켜자 벌 떼가 날아다니는 소리처럼 윙윙거리는 소리가 났다. 여자는 큐빅처럼 생긴 그 방에 들어온 순간 얼마 전 읽은 책인 《뻐꾸기 둥지 위로 날아간 새》에 나오는 맥 머피가 떠오르는 바람에 다리가 후들거렸다.

"혹시 이거 ECT는 아니겠지요?"
"아! ECT를 알고 계시다니 놀라운데요? 아마 좀 비슷할 겁니다."

매니저는 두 손을 바닥으로 향하게 한 채 두 사람을 안심시키려는 듯 대답했다. 여자는 자기도 과거에 심리학 공부를 한 때가 있었다는 사실을 이야기하려다 그만두었다.

매니저는 《뻐꾸기 둥지 위로 날아간 새》라는 책이 영화화되면서 정신질환 치료에 가져온 부정적 이미지들과 전기 충격 치료의 긍정적 기능과 사례들에 대해 진지하게 설명했다.

"ECT의 치료 과정에서의 전기 충격 때문에 기억상실이 있을 수 있지만 대부분 바로 회복됩니다. 임상적으로도 증명이 되었지요. 제 환자 중에서 ECT의 치료 과정에서 잃어버린 기억을 회복하면서 오히려 기억이 더 정밀해지고 또렷해지는 사례를 발견했어요. 그래서 병원에서 치료를 포기한 기억상실 환자에게 ECT와 동료 연상법을 함께 적용해서 기억상실을 치료하는 방법을 개발했는데 어떤 병원에서도 받아 주지 않더군요. 아마 여기서 치료하고 나간 사람이 열 명은 넘을 겁니다. 믿기 어려우시면 그만두셔도 됩니다. 그런 말도 있잖아요. 믿음은 바라는 것들의 실제라고요. 컴퓨터를 다시 부팅하는 것과 비슷하다고 보시면 됩니다. 컴퓨터는 이제 보고 싶지도 않겠지만……."

여자가 남자에게 매니저의 이야기를 마치 동시 통역사처럼 전해 주는 것을 지켜본 매니저는 설명을 이어 나갔다.

"기억을 회복하는 것도 중요하지만, 소리를 듣지 못하는 이유는 카페에서도 보셨겠지만, 심리학에서 말하는 칵테일 효과와 비슷합니다. 빅데이터와 그 데이터를 기반으로 분석할 경우, 질병이나 사회현상의 변화에 관한 새로운 시각이나 법칙을 발견할 가능성이 커지기도 하지만 상대적으로 정확한 분석을 어렵게 하고 문제를 더 미궁에 빠지게 할 수 있어요. 쉽게 말하면 정보가 많다고 다 좋은 것은 아닙니다. 정확한 정보인 '신호'와 이를 방해하는 '소음'을 잘 분리해야 하지요. 그런데 너무 많은 정보에 노출되기를 반복하다 보면 소음 때문에 신호를 분리해 내지 못하게 되고 나중에는 모든 신호를 거부해 버리게 되죠. 그러면 아무 소리도 들을 수 없게 됩니다. 소리를 다시 들으려면 최초에 그 일이 발생했던 상황과 가장 유사한 장소에서 소리를 채집해서 다시 듣는 훈련을 해야 합니다. 이 장비가 그것을 도와줄 겁니다."

매니저는 가운데에 윙윙거리는 커다란 컴퓨터를 손으로 가리키며 말했다. 컴퓨터의 모니터에는 작은 벌들이 8자를 그리며 뫼비우스의 띠를 돌듯 화면 위를 쉴 새 없이 돌고 있었다. 여자는 남자에게 매니저의 이야기들을 요약해 다시 이야기해 주었다.
  치료실의 한쪽 벽에는 의사면허증이 액자에 걸려 있었다. 매니저로 보이는 의사의 사진이 묘한 표정으로 웃고 있었다.

남자의 기억을 찾기 위한 치료가 시작되었다. 전기충격기와 컴퓨터로부터 나온 검고 하얀 줄이 남자의 머리에 연결되었다. 남자는 그 모양이 흡사 두 마리의 뱀이 서로 몸을 꼬면서 승천하는 모양 같다는 생각이 들었다. 여자에게는 DNA 나선구조와 흡사하게 보였다. 그들에게는 어떤 형태이든 구원자가 필요했다.

혹시 모를 충격에 대비해서 남자는 수면 상태에 들어갔고 몸은 침대에 결박되었다. 여자의 머리에는 하얀 두 갈래의 전선이 연결되어 있다. 매니저는 두 사람을 번갈아 쳐다보더니 입가에 희미하고 야릇한 미소를 띠면서 빨갛게 생긴 스위치를 지그시 눌렀다.

가끔 남자의 몸이 침대에서 들썩거리며 작은 경련을 일으켰다. 가운데에 있는 컴퓨터 모니터에서 벌들이 움직이는 속도가 빨라지고 윙윙거리는 소리도 점점 커졌다. 그러다가 갑자기 모든 소음이 사라지고 '삐~' 하고 버저가 울리는 소리가 규칙적으로 들렸다.

남자아이가 엄마의 손을 잡고 걸어오고 있다. 여자아이의 발 앞에 멈췄다. 여자아이는 땅바닥에 자기 이름을 쓰고 있다. '너는 김성훈이야!' 남자아이가 대문을 열었다. 여자아이가 서 있다. 여자아이가 남자아이를 보고 말한다. '너는 김성훈이야.' 하늘에서 장미꽃이 쏟아진다. 꽃상여가 지나간다. 이삿짐을 실은 트럭 한 대가 골목길을 빠져나간다. 여자아이가 손을 흔든다.

매니저가 머리에서 컴퓨터와 연결된 선을 떼어 내자 여자가 먼저 눈을 떴다. 매니저는 여자가 쉽게 침상에서 일어날 수 있도록 도우면서 말했다.

"혜민 씨가 오래전 기억을 비교적 분명하게 기억하고 있어서 동료 연상법이 매우 효과가 있습니다. 남자분은 아마 한동안 잠을 잘 겁니다. 깨어나면 기억이 얼마나 회복되었는지 알겠지요. 여긴 제가 있을 테니 전에 소리를 잃어버린 곳에 가서 소리를 좀 채집해 주시겠어요?"

여자는 잠을 설친 것 같은 피로를 느꼈다.

"성훈이는 괜찮을까요?"

여자는 자기의 입에서 자신도 모르게 남자의 이름이 튀어나왔다는 것이 신기하다는 표정을 지으며 매니저를 쳐다보았다. 매니저는 대답 대신 싱긋 웃어 보였다. 여자는 어쨌든 찾아오길 잘했다는 생각이 들었다. 남자가 기억을 잃은 지 5일이 지났다. 그러고 보니 다시 토요일이다.

"언제쯤 깨어날까요? 원래 소리를 잃은 그 자리에 성훈 씨가 같이 가는 게 도움이 되지 않을까요?"

여자가 누워 있는 남자를 보며 말했다.

"아마 내일 아침까지는 쉬는 게 나을 것 같습니다. 제가 같이 가면 좋겠는데 여기 성훈 씨를 혼자 둘 수도 없어서요. 시간이 더 지나면 회복이 힘들어질 수 있습니다."

*

여자는 저택으로 들어서고 있다. 어둠이 레온 스트리트로 몰려오고 있었다. 저택은 마치 아무 일이 없었다는 듯 그날과 같이 북적거렸다. 홀 가운데서 K 사장이 일장 연설을 하고 있다. 오늘은 하얀 연미복을 입고 있었다.

"빅데이터 사업에서 가장 중요한 것은 가치입니다. 초대용량의 데이터, 다양한 형태, 빠른 생성 속도에 가치를 더하여야 합니다. 저는 여러분이 가져오는 데이터에 최고의 가치를 더할 것입니다. 빅데이터는 디지털 시대 최고의 권력이자 부의 원천입니다. 빅데이터는 여러분에게 새로운 세상을 선사할 것입니다."

갑자기 여자는 그날의 기억이 되살아나 몸을 부르르 떨었다. 시간이 좀 지난 탓인지 몇몇은 이미 취기가 올라 파티장을 빠져나가는 모습도 보였다. 여자는 매니저가 준 소리 채취기를 홀 가운데에 있는 조각상 아래에 숨겨 놓았다. 그때 까만 셔츠차림의 남자가 여자에게 다가왔다. 셔츠의 가슴 오른쪽에는 'BDA'라는 회사의 이니셜이 박혀 있었다. K 사장이었다.

"지난주에는 왜 아무 말도 없이 갔지?"

남자가 여자의 허리를 안아서 몸을 뒤로 돌리며 이야기했다. 여자는 남자의 손길에 몸을 움찔했으나 아무렇지도 않다는 듯 남자를 올려다보았다. 여자는 말 대신 뒤꿈치를 들어 남자에게 가볍게 키스했다. 그러자 남자가 팔에 힘을 주면서 말했다.

"다시 자료를 좀 모아 줘야 할 것 같아. 오늘 그 친구가 오지 않았어. 연락도 되지 않고, 전에 하던 대로 다음 주까지 자료를 부탁해. 좀 급하게 됐어. 필요한 사항은 메일로 보내 놓을게."

남자는 다짐을 받아야겠다는 듯 여자를 노려보았다. 그러고 나서는 2층으로 올라가며 누군가에게 전화를 했다. 목소리는 속삭이는 듯했지만 격앙되어 보였다.

사람들은 두 사람에게 무관심한 채 자기들만의 파티를 계속했다. 한두 사람이 K 사장이 지나갈 때 눈인사를 나누는 정도였다. 여자는 파티에 온 사람들의 소리에 귀를 기울여 보았으나 인터넷에 떠도는 그저 그런 이야기들을 되풀이하고 있었다. 여자에게는 누구도 다가와 말을 거는 사람이 없었다. 여자는 K 사장에게 파티를 매주마다 여는 이유를 물어보았으나 K 사장은 그냥 사업에 필요한 거라고만 말할 뿐이었다.

여자는 발코니로 나왔다. 건너편에서 성훈이 자기를 부를 것 같았다. 중학교 일 학년이었던 성훈이 이사 가고 난 후 K가 그 집으로 이사를 왔다. 그때 동네에서는 성훈과 동갑내기였던 K를 제외하고는 그 집으로 들어가는 사람도 나오는 사람도 보지 못했다. 여자는 이십 년 후에 D 메트로폴리스에서 만난 이 유능한 CEO로 성공한 K가 손을 내밀었을 때 뿌리치지 못한 것이 후회스러웠다. 동쪽 하늘에 보름달이 떠서 휘영청 동네를 밝히고 있었다. 멀리 보이는 레온 스트리트는 노란 나트륨 가로등에 달빛이 섞여 길은 샛노란 은빛으로 빛났다.

여자는 저택에서 나와 공중전화 박스 옆에 기다리고 있던 차를 탔다. 안대를 가리고 있긴 했지만, 차는 시내를 벗어나 외곽으로 향하고 있다는 것 정도는 알 수 있었다. 처음 거기로 갈 때에는 경황이 없어 어디로 가는지 짐작조차 할 수 없었다. 여자는 몸의 온 감각을 동원해 차가 가는 방향과 거리를 가늠했다.

'이십 미터에서 우회전 후 바로 좌회전, 십 분쯤 지난 후 신호대기 그리고 이십 분 정도 직진 후 우회전, 다시 이십 분에서 삼십 분 정도 직진' 그렇게 세다가 여자는 그만 잠이 들고 말았다. 운전사가 여자를 깨웠을 때는 이미 건물 앞이었다. 운전사의 안내를 받아 다시 그 치료실로 돌아왔을 때까지 한 시간 삼십 분쯤의 시간이 지났다.

남자는 이제 잠에서 깨어 이리저리 돌아다니고 있었다. 여자가 들어오자 반가운 듯 활짝 웃으며 여자에게로 걸어왔다.

"나 이제 돌아왔어요. 완벽해요. 산곡리 능소화 집 맞죠? 와 세상 참 좁아요."

남자는 흥분한 표정이 역력했다. 여자는 남자의 반응이 의외로 단순하고 어딘지 들떠 있다는 생각이 들었다. 차라리 지난주 저택에서 만나서 레온 스트리트를 걸을 때의 그 남자로 돌아갔으면 좋겠다고 생각했다.

매니저는 잠시 두 사람의 만남을 지켜보고 있었다. 그러다가 말할 때가 되었다고 생각했는지 두 사람을 불렀다. 그리고 나서는 사무원과 운전사를 연이어 부르더니 어제 신도시에서 일어난 강도 사건에 관해서 이야기하라고 했다. 여자는 무슨 영문인지 몰라 가만히 서 있다가 남자가 여전히 두 사람의 대화를 듣지 못한다는 사실을 깨달았다. 그때 매니저가 다시 확인시키듯 이야기했다.

"이제 기억이 돌아왔으니, 소리를 되찾아야 합니다. 이제 겨우 몸을 회복했으니 며칠 있다가 다시 차를 보내겠습니다. 그리고 말씀드리지 못한 것이 있는데 추가로 치료비는 필요 없지만 저의 존재는 비밀입니다. 해 주실 수 있겠지요?"

여자는 고개를 끄떡거린 후 남자와 차에 올랐다. 두 눈에는 다시 안

대가 씌워졌다. 여러 가지 의문스러운 부분이 있었지만, 지금은 치료가 우선이었다.

*

여자의 이층집 출입문 아래에 조간신문과 함께 우유가 세 통이 쌓여 있었다. 여자는 2층 주택이 아닌 1층 사무실로 향했다. 사무실에는 여직원 한 명만 남아 있었다.

"그만 들어가. 다들 삼 일 정도 쉬라고 했으니, 그때까지 같이 쉬어도 돼."

아직 고등학생티를 벗지 못한 말괄량이처럼 생긴 여자애가 얼굴이 화색을 띠며 대답했다.

"정말요? 정말 쉬어도 돼요? 일당은 주실 거죠. 실장님?"
"그래. 대신 혹시 모르니 휴대폰은 끄면 안 돼 알았지!"

여자애가 미리 준비라도 했다는 듯 책상 위에 놓여 있던 빨간 핸드백을 들더니 사무실 문을 열고 뛰어나갔다.

"성훈아! 먼저 올라가 있어. 난 사무실에서 처리할 일이 좀 있어서.

금방 올라갈게."

 여자가 남자에게 카드 열쇠를 내밀었다. 남자는 갑자기 여자가 이름을 불러서 당황스러운 듯 카드를 받아 잠시 머뭇거리다가 2층으로 올라가는 계단으로 향했다. 여자는 남자를 그냥 집으로 돌려보내고 싶었지만 혼자 보내면 또다시 남자가 기억을 잃어버릴 수도 있다는 생각이 들었다. 다 회복될 때까지는 어쩔 수 없었다. 이해하기 어려웠지만 K 사장의 부탁이기도 했다.

 여자의 집 거실에 있는 동그란 원, 그 원은 임의로 그린 것이 아니라 여자가 터키 여행에서 사 온 동그란 양탄자였다. 가운데에는 알 수 없는 고대어가 금박으로 박혀 있었는데 꽤 오래된 골동품같이 신비한 느낌을 주는 물건이었다. 두 사람은 원 안에 놓인 패브릭으로 만들어진 소파에 마주 앉았다.
 그녀는 포도주를 한 병 가지고 나왔다. 두 사람 사이의 거리는 1미터 정도이다. 두 사람은 꿈을 꾸고 있는 것 같았다. 기억이 잠깐 머릿속 어느 저장고에 격리되어 있었던 시간이 있었지만, 이제는 모든 기억이 다시 제자리로 돌아와 온전하게 자리 잡고 있다.
 포도주 잔을 마주 부딪치기 위해 둘은 허리를 앞으로 쭉 내밀어야 했다. 그게 어색했던지 두 사람은 웃었다. 결국 남자가 여자의 곁으로 자리를 옮겼다. 어깨가 살짝 닿았다. 그리고 고개를 돌릴 때마다 어깨와 팔꿈치가 닿았다. 두 사람 사이에서 일어난 비자연적인 현상에도 불구하고 두 사람이 공유하고 있는 어린 날의 기억은 그들을 끈끈히 묶어 주고 있었다. 다만 아직 둘 다 K 사장에 대해 이야기하는 것을 주저하고 있었다.

여자는 포도주 잔을 비웠다. 그리고 다시 포도주 잔을 내밀어 남자가 따라 주는 포도주를 받았다.

여자는 남자가 산곡리를 떠난 후 마을이 어떻게 변했는지 그리고 새로 이사 온 집과 K에 관한 이야기, 어른이 되어서 다시 K를 만나고 그와 같이 일하게 된 이야기를 늘어놓았다. 여자가 K에 관한 이야기를 할 때에는 눈 끝이 파르르 떨렸다. 남자는 여자의 이야기를 들으면서 술 대신 차가운 물을 연신 마셔 댔다.

그렇게 시간이 지나고 여자는 남자의 어깨에 기대어 잠이 들었다. 남자는 여자를 침대에 눕혔다. '혜민 누나' 이제는 누나라는 말이 쑥스러웠다.

자정이다. 하루가 바뀌는 시간, 초침이 딸깍하고 수직의 경계를 넘어서면 다른 날이다. 그 딸깍거림으로 하루가 바뀌고 한 달이 바뀌고 해가 달라진다. 그러면 사람의 마음도 징검다리를 건너듯 다른 마음을 가슴에 품는다. 잠시도 멈추지 않는 3차원의 시간의 세계에서는 사실 딸깍거림이 필요하거나 존재할 수 없다. 늘 연속되는 시간의 긴 줄에 매달려 있는 것이다. 그러기에 경계란 것은 애초부터 없는 것이다. 다만 그 경계라는 것은 구분 짓기를 좋아하는 분별력 없는 인간이 그 자신의 한계인지도 모르고 만들어 놓은 웅덩이일 뿐이다. 그럼에도 자정이 되면 무슨 새로운 세상이라도 눈앞에 열리는 것처럼 들뜨는 것은 할 수 없다. 낮이면 정신이 뭉텅하여 생각, 기억, 감성 그 어느 것도 제대로 된 것이 없지만, 자정이 되면 정신이 번쩍 드는 것은 그런 인간의 세계에 길들여져 왔기 때문이다. 긴 하루가 지나고 길어질지 아니면 정신을 차리지 못할 정도로 숨 가쁘게 달려가야 할지 모를 그 하루의 경계에 남자는 서 있다.

남자는 여자가 침대에서 곤히 자고 있는 것을 한동안 쳐다보다가 소파에 몸을 눕혔다. 천장이 빙빙 돌기 시작했다.

남자는 깜깜한 골목길 앞에 서 있다. 골목길의 건너에는 그녀가 서 있다. 발밑도 분간하기 어려울 정도로 깜깜했던 골목이 발을 들여놓는 순간 사방에서 빛이 쏟아지며 환해졌다. 새하얗게 빛나는 광물로 만들어진 벽은 환한 빛을 뿜어내고 있었고 바닥에는 까만 대리석이 반짝거렸다. 어디에서인지 갑자기 알아들을 수 없는 소리들이 날아와 골목을 채우기 시작했다. 그러더니 점점 더 크고 복잡한 소리로 엉켜서 주파수를 찾지 못한 AM 라디오처럼 삑삑거리는 소리로 골목을 가득 채웠다. 세상의 모든 소리들이 이 골목 안으로 모여드는 것 같았다. 귀를 막고 소리를 듣지 않으려고 했지만, 소용이 없었다. 이 상황을 벗어나야 했다. 길 건너에서 자신을 부르는 소리가 들렸다. "성훈아, 성훈아" 남자는 여자가 부르는 소리를 소음들 속에서 골라 들으려고 애쓰고 있었다.

남자가 눈을 떴다. 아침 햇살에 눈이 부셨다. 누나가 창가에 서 있었다. '내일이면 이 집을 떠나야 한다. 그리고 혜민 누나와도 헤어져야 한다.' 남자는 그런 생각이 들자 이대로도 좋겠다고 생각되었다. 내가 좋아하는 사람의 소리만 들을 수 있다면야 세상의 모든 것은 소음에 불과했다.

"무슨 생각을 그렇게 골똘히 해?"
"별거 아니야. 그냥 누나가 고마워서."
"뭐? 누나라고? 호호 그렇게 부르니 이상하다."
"그럼, 뭐라고 부를까? 혜민 씨라고 부르기도 그렇잖아."

여자도 남자가 그렇게 부르는 게 이상하다고 생각했다.

"우리 오늘 어디 산책이나 갈까? 치료는 내일 하기로 했으니 오늘 하루쯤은 어딜 다녀와도 괜찮을 것 같은데? 집에 먹을 것도 없어."

남자는 무슨 대답을 해야 할지 몰랐다. 고등학교를 졸업하고서는 가족이라고는 없었던 그에게 이제 가족이 생긴 것 같았다. 그의 친구는 컴퓨터와 기계뿐이었다.

"갈 데가 있어. 어서 나와!"

여자가 남자를 재촉했다. 차는 5번 국도를 내달려 어느 산골에 도착했다. 남자가 주머니에서 사진을 꺼냈다. 늘 꿈에 보이던 골목길에 사내아이가 엄마의 손을 잡고 있는 사진이었다. 골목은 하얀 시멘트로 포장되어 있었고 흙벽돌로 이어진 골목길은 시멘트 블록으로 바뀌었다.

"뭐가 생각나는 게 있어?"
"저기 누나가 있었지."
"너희 집은 저 위쪽이었어. 넌 늘 우리 집 앞을 지나갔지."
"그런데 아무것도 남아 있지 않아. 골목이 우리를 기억할까?"
"내가 널 기억하잖아."

여자가 남자를 쳐다봤다. 남자는 가만히 여자의 손을 잡았다. 여자가 기대어 왔다. 둘은 그렇게 한참을 말없이 걸었다. 다시 침묵이 시작되었다.

*

남자와 여자는 다시 그 치료실에 와 있다. 남자가 침대에 누워 있고 여자는 남자의 손을 잡고 있다. 매니저는 윙윙 소리가 나는 컴퓨터에서 나온 파란 케이블을 남자의 귀를 덮고 있는 커다란 헤드폰과 연결했다. 매니저와 여자도 헤드폰을 하나씩 쓰고 있다. 매니저가 마우스를 클릭하자 소리가 초록색 파동으로 모니터에 나타났다. 헤드폰으로 저택의 파티장에서 채취한 소리들이 들렸다. 스피커로 나오는 것 같은 피아노 소리, 샴페인 병 따는 소리, 잔이 떨어지는 소리, 구두 소리 그리고 문이 열리는 소리들 속에서 사람들의 말하는 소리가 함께 들렸다. 남자는 오랜만에 듣는 사람들의 목소리에 공포감을 느꼈다. 남자는 머리를 좌우로 흔들어 그 공포를 이기려 했다. 그리고 그 소리들 속에서 소음과 신호를, 주변 음과 사람의 말을 구별해 보려고 애썼다. 남자의 입에서는 신음이 흘러나왔고 이마에서는 식은땀이 배어 나왔다. 그러다가 갑자기 출렁이던 파도가 잔잔해지듯이 파동이 규칙적으로 흔들리기 시작했다. 헤드폰에서는 이제 소리가 나누어서 나오기 시작했다. 모든 소리 가운데 단 한 사람의 목소리만 걸러져 나와 남자의 귀로 들렸다. 나머지는 모두 소음으로 들렸다.

"지난주에는 왜 아무 말도 없이 갔지?"
"다시 자료를 좀 모아 줘야 할 것 같아. 오늘 그 친구가 오지 않았어. 연락도 되지 않고, 전에 하던 대로 다음 주까지 자료를 부탁해. 필요한 사항은 메일로 보내 놓을게."

K 사장의 목소리였다. 여자가 매니저를 바라보았다. 남자는 괴롭다는 듯이 몸을 흔들어 댔다.

"할 수 없었어요. 현재로서는 환자에게 가장 영향을 크게 줄 수 있는 신호는 K 사장의 목소리입니다."

매니저는 여자에게 헤드폰을 벗으라고 손짓하더니 단호하게 이야기했다.

"이제는 결과를 기다려 보는 수밖에 없습니다. 제가 할 수 있는 건 다 했습니다. 혹시 전처럼 다시 기억상실증이 재발하면 연락 주십시오."

그 말을 끝으로 매니저는 남자에게서 헤드폰을 벗기고 팔에 주사를 놓았다. 진정제였다. 여자는 자기도 진정제가 필요하다고 생각했다.

*

남자와 여자가 산속으로 들어온 지 여섯 달이 넘었다. 산은 계절마다 남자와 여자에게 신호를 보내왔다. 남자에게는 그보다 더 좋은 치료법은 없었다. 더 좋은 것은 자연 속에서는 소음이 없다는 것이었다. 모든 소리가 치료제이고 안정제였다. 그래서 소음과 신호를 구별할 필요도 없어졌다.

오늘 그들에게 유일한 소음원이 하나 생겼다. 그건 등산객이 두고 간 라디오 하나였다.

마침 라디오에서는 어제저녁에 터진 희대의 개인정보유출 사태를 몇 시간째 보도하고 있다. 능력 있는 빅데이터 분석가이자 CEO로 알려진 K 사장이 사실은 자신의 돈과 명성을 이용하여 개인정보와 기업의 부당 거래자료 등의 블랙 데이터를 수집해서 사업에 이용하거나 기업과 사채업자들에게 음성적으로 거래한 사실이 밝혀졌으며, 체포되기 직전 중국으로 도피했다는 내용이었다. 현재 경찰과 검찰은 인터폴 및 중국 경찰과 공조하여 수사하고 있지만 중국이 너무 넓어서 수사에 애를 먹고 있다는 소식이었다.

한편, 이번 사건은 익명을 요구한 어떤 여자의 투서로 밝혀지게 되었는데, 아마 K 사장과 원한 관계가 있는 것으로 보인다고 추측성 기사를 내놓았다. 함께 잡힌 ETC 정신병원의 정신과의사였던 Y 모 씨는 D 메트로폴리스의 산속에 무면허 의료시설을 지은 뒤 학계에서 검증되지 않은 의료행위를 하다가 검거되었으나, 며칠 전 자신의 시술로 위기에 처한 환자를 치료한 환자가 있었다며, 자신은 사실 K 사장에게 이용당한 피해자라며 결백을 주장하고 있다고 전했다. 그는 십년 전에 모 텔레비전 방송에서 진행하는 프로그램에 최면술사로 출연한 적이 있었고, 그 일로 일하던 ETC 정신병원에서 해고된 적이 있다는 내용이었다.

"그런데 언제부터 알고 있었던 거야?"

남자가 여자의 손을 끌어당겨 나무 그루터기로 만든 의자에 앉히며 물었다.

"우리가 듣지 못한 소리가 있었어. 그 파티에서도 그리고 그 치료실에도. 치료실에서 두 번째 당신을 치료하기 전에 혹시나 해서 소리를 채취한 것을 집에 복사해 두었는데 이상하게 치료에 사용한 것이 용량이 작게 나타나더라고. 아무래도 이상해서 성훈 씨가 잘 때 다시 들어 봤는데 알고 보니 그 둘이 한 패였어. 내가 성훈 씨의 치료를 위해 소리를 채집하러 갔던 날 두 사람의 통화가 녹음되었던 거지. 우리를 치료해 준다고 할 때부터 의심이 들긴 했는데 두 사람이 자기들의 범죄가 외부로 노출되는 것을 막으려고 우리의 기억을 잃게 한 거야. 알지? 그 검색로봇, 그걸 쓰면 늘 우울해지고 기분도 나빠졌었잖아. 거기에 그런 장치가 있었어. 다른 게 더 있었는지도 모르지. 사실은 우리를 치료해 준 게 아니고 강한 최면을 건 것 같아. 성훈 씨는 나보다 마음이 더 복잡하고 혼란한 상태여서 더 쉽게 최면에 걸려든 거지. 그리고 더 오래 최면상태에 있었고. 다른 피해자들도 있다는데 어떻게 됐는지는 모르겠어. 실제로 정신병원으로 간 사람들도 있다는 이야기도 있고. 그래도 우린 다행이야."

남자의 표정이 갑자기 심각해졌다.

"왜 그래? 무슨 문제 있어?"
"난 그 친구가 고마워."
"뭐라고?"
"우리를 다시 만나게 해 주었잖아. 혹시 내 기억 속의 혜민이가 진짜가 아니면 어쩌지?"
"아! 그건 그렇네. 그런데 김성훈 씨 맞아요?"

남자는 여자의 장난이 귀엽다는 듯이 여자의 어깨를 끌어당겼다.

"그런데 그 많은 데이터들은 다 어쨌어?"
"아 빅데이터들? 저기 배낭 속에 넣어 왔어. 산속에 묻어 버리려고."
"아니, 아직 버리지 않았단 말이야?"

가죽구두

현관문 앞에 낯선 신발이 하나 놓여 있다. 누군가 또 초대받은 사람이 있는 모양이다. 이틀이 멀다고 집에는 손님이 찾아왔다. 어디에서 만났는지 무슨 이유에서인지는 알 수 없지만 지난 다섯 달 동안 퇴근을 하면 일주일에 두세 번꼴은 낯선 신발이 현관에 가지런히 놓여 있다.

처음에는 나이가 들어 적적하신 아버지가 오랫동안 만나지 못한 사람들을 만나는 것이겠지 하는 생각을 했다. 그런데 한두 사람이 아니고 벌써 집을 찾아와서 아버지를 만난 사람이 수십 명이 넘다 보니 내 궁금증은 거의 병이 될 지경이다.

몇 번씩이나 사람들을 왜 만나고 하필 집으로 사람들을 초대하느냐고 물어보기도 했지만, 그럴 때마다 아버지는 웃기만 하셨다. 그리고 고작 '그냥 내 방에서 조용히 이야기만 하다가 가는데 걱정 안 해도 된다.'라고만 대답할 뿐이었다. 도대체 무슨 이야기를 하는지 알 수 없다. 아버지 방에 도청 장치를 해 볼까라는 생각까지 한 적이 있다.

오늘은 남자가 아닌 여자다. 다른 어떤 날의 신발보다도 더 낯선 신발이었다. 흔히 잘 아는 브랜드의 신발은 아닌데 고급스럽지는 않지만 특별한 느낌이 들었다. 아버지의 손님은 네 사람 중 한 사람은 여자였다. 초대되는 사람들의 연령층은 매우 다양했는데 어떤 때는 아주 어린 초등학생도 있었다. 그런 때에는 혹시 부모님이 찾지 않을까 걱정이 되기도 했지만, 단 한 번도 시끄러운 일이 생긴 적은 없었다.

퇴근해서 집에 들어오는 날에는 현관의 신발을 살핀다. 낯선 신발을 바라보며 신발 주인의 성별과 나이와 신분을 추측했다. 어떤 날에는 신발 주인의 성격이나 성향까지 추리했다. 오늘은 30대쯤 되는 여자가 틀림없다. 이제까지 찾아온 모든 사람 중에서 가장 멀리서 아버지를 찾아온 것이 틀림없다. 남자는 아버지 방의 문이 열리기를 기다렸다. 오늘은 다른 날과 다르게 무척 긴장됐다.

남자는 방에서 천천히 소리가 나지 않게 문을 열고 거실로 나왔다. 그리고 아버지의 방에서 손님이 나오기를 기다렸다. 아버지를 찾아온 손님 중에 남자가 익히 알거나 안면이 있던 사람은 한 사람도 없었다. 오늘도 그건 마찬가지일 것이다. 가슴이 뛰기 시작했다. 이유를 모르겠다.

방문이 열렸다. 그리고 여자의 그림자가 먼저 방문을 나왔다. 긴 머리의 날씬한 몸매로 보아 남자가 생각한 나이보다 더 젊을지도 모른다. 남자는 고개를 들었다. 그리고 그녀와 눈이 마주쳤다.

"내 구두 어디 있지요?"

남자와 눈이 마주치자, 그녀는 구두를 찾았다. 처음 사람을 만나며 하는 통상의 인사치레 같은 것은 없었다. 집에 들어오면 현관의 신발들을 가지런히 정리하는 버릇이 있는 남자는 조금 전 아버지의 외출용 구두 하나와 남자가 퇴근하면서 신었던 단화를 제외하고 그녀가 신고 온 가죽구두를 포함해 모든 신발을 신발장에 넣었다. 무심결에 한 행동이었다.

"혹시 내 구두를 치우셨어요?"

그녀는 걱정스러운 눈으로 남자를 바라보며 다시 물었다. 도대체 아버지의 초청을 받은 이 여자는 어떤 사람일까? 하는 생각에 마음을 쏟다 보니 그녀의 질문을 놓치고 말았다.

그때 방문이 열렸다. 아버지는 보통은 손님이 나갈 때 마중을 나오는 일이 없었는데 약간의 소동 때문인지 방문을 밀며 거실로 나왔다. 그리고 식탁 의자를 지팡이 삼아 서서 두 사람을 쳐다보고 있었다.

"아 그 가죽구두 말이죠? 제가 집에 오면 신발을 정리하는 버릇이 있어서 신발장 안에…."

그렇게 말하면서 남자는 부리나케 신발장 문을 열었다. 그리고 신발, 그 가죽구두를 찾았다. 그런데 구두는 신발장 어디에도 없었다.

갑자기 여자가 재채기를 했다. 한 번, 두 번, 세 번, 재채기가 그치지를 않았다. 남자는 거실로 달려가 티슈 박스를 가져와 건네주고는 부엌으로 달려가 생수를 받아 그녀에게 건네려 했으나 도무지 재채기가 멈추지 않는 바람에 건네줄 수가 없었다. 여자는 재채기가 멈추지 않자 현관으로 비틀거리며 뛰어갔다. 그리고 허둥거리며 현관문을 밀었다. 남자가 문을 열어 주는 것을 도와주려 하자 남자를 향해 소리쳤다.

"가까이 오지 말아요."

그러고는 복도로 나가더니 창문을 열고 몸을 창밖으로 내밀었다. 그러자 재채기 소리가 조금씩 줄어들더니 마침내 재채기가 멈췄다. 여자의 재채기가 멈추는 걸 확인한 남자는 다시 신발장에서 그녀의 신발, 가죽구두를 찾기 시작했다. 아무리 그 상황을 되짚어 보아도 생각이 나지 않았다. 가죽구두를 신발장으로 분명히 넣었다는 생각 외에는 다른 어떤 것도 기억에는 없었다.

여자는 아직도 맨발로 복도에 서 있었다. 그리고 다시 남자가 있는 쪽으로 다가오지 못하고 난감한 표정을 지었다.

"아니 이게 어떻게 된 건지 모르겠어요. 신발이 사라져 버렸어요. 분명 가죽구두를 신발장에 넣었는데…."

그러면서 남자는 다시 신발장 안으로 휴대전화에 달린 플래시를 비춰 가며 여자의 가죽구두를 찾았다. 그러더니 신발장에서 신발을 모조리 꺼내서 다시 하나씩 신발장으로 넣기 시작했다. 마지막으로 그가 조금 전까지 신고 있던 브라운 톤의 단화를 신발장으로 넣었다. 남자의 신발에는 조금 전 집 뒤에 나 있는 산책로에서 묻은 듯한 흙이 묻어 있었다.

"다 찾아봐도 없어요. 이제 어쩌죠? 정말 어떻게 된 건지 모르겠어요."

남자는 낭패스러운 얼굴로 여자를 바라보며 말했다.

여자는 아파트 건너편으로 노을이 남아 있는 하늘에 초승달이 하얗게 떠 있는 것을 보고 있었다. 갑자기 눈물이 났다. 그믐이 지나고 첫 번째 초승달이 뜨는 날이면 그녀에게서 무엇이 하나씩 없어졌다. 초승달 때문이 아니라 그믐의 어두움이 그런 짓을 한다고 생각했다. 남자가 계속 신발장에서 그녀의 가죽구두를 찾고 있지만 아무리 찾아도 찾을 수 없을 것이다. 그녀는 그동안 잃어버린 물건들을 이제는 다 기억할 수조차 없다. 소지품뿐만 아니라 그녀와 가까이 지냈던 사람들도 초승달이 뜨는 날이면 사라져 버리고 다시 나타나지 않았다. 엄마가 그랬다.

엄마가 없어지던 날도 초승달이 뜬 어느 저녁이었다. 오늘은 또 무엇이 그녀에게서 사라져 버릴까, 걱정하고 있을 때 남동생에게서 전화가 왔다.

"엄마 누나 집에 갔어?"

"뭐? 그게 무슨 소리야?"

"몰라. 아침에 나가서 아직 안 들어왔어."

"엄마가 아침에 왜 집을 나가?"

"어쨌든 거긴 안 왔단 말이지?"

그 후로 엄마는 어디에도 나타나지 않았다. 경찰에 실종신고를 해 두었지만, 소식이 없었다. 현상금을 걸고 전단지를 만들어 온 동네에 뿌리고 찾아봤지만, 소용이 없었다. 그믐날의 밤이 그녀에게서 엄마를 빼앗아 갔다. 차오르기 시작하는 초승달은 그녀에게 절망이었다. 갑자기 눈물이 났다. 차가운 맨발로 아파트 복도에 서 있어서인지 한기가 몸을 부르르 떨게 했다.

갑자기 하늘이 흐려지더니 눈이 내리기 시작했다. 초승달도 구름 뒤로 사라졌다.

"그만 찾으세요!"

"네?"

"그만 찾으시라고요. 혹시 제가 신을 만한 신발이 있을까요?"

남자는 다시 신발장을 뒤지기 시작했다. 가죽구두가 계속 머릿속에 맴돌았지만 그래도 이 상황이 해결될 기미가 보이는 것 같아 다행이라고 생각되었다.

*

　신발이 사라진 그날 이후 남자는 여자에 대해서 까맣게 잊고 있었다. 그날 이후로도 아버지는 계속해서 사람들을 만나고 있다. 요즘 들어 만나는 사람 중에는 여자가 거의 없었다. 그냥 그저 아버지 또래이거나 몇 살 정도 아래의 사람들이 찾아왔다. 여자가 간혹 있기는 했지만, 우리 집에서 가죽구두를 잃어버렸던 여자처럼 젊은 여자는 없었다.

　그녀를 다시 만난 것은 올해 겨울 들어 가장 추웠던 소한이 하루 지난 날이었다. 추운 날씨만 되면 엄습하는 흉통 때문에 집을 나서기가 싫었지만, 지난번에 가죽구두를 신었던 여자가 샌들을 신고 가고 난 후, 집에서 마땅히 신을 간편한 신발이 필요했다.

　집을 나와서 번화가 쪽 네거리로 갔다. 지나다니면서 차창 밖으로 신발가게를 본 것 같았다. 신발가게는 떡볶이집과 복덕방 사이에 있었다. 으레 가게들은 같은 종류들이 같이 늘어서 있는 게 정상인데 거기에 가게들은 불협화음이라도 낼 요량으로 어울리지 않게 붙어 있었다. 가게에 들어서자마자 진열장 아래쪽에 놓인 샌들 종류를 살폈다. 신발을 고르느라 정신을 팔고 있는데 누군가 어깨를 툭툭 건드렸다.

　"아니…. 여길 어떻게?"
　"그건 제가 물어봐야 할 것 같은데요?"

"혹시 그 구두 때문에?"

"아니…. 그게 아니라 여긴 제 가게예요."

그 이야기를 듣자 남자는 가게를 다시 휙 둘러보았다. 가게는 작고 아담했다. 남자는 조금 전까지 들고 있던 샌들을 제자리에 올려놓으며 여자의 얼굴을 다시 쳐다보았다. 하얀 얼굴로 남자가 내려놓은 샌들을 바라보더니 샌들을 들어 남자에게 내밀었다.

그때였다. 갑자기 주변이 밝아지며 폭죽이 터지는 소리가 들렸다. 남자는 갑작스러운 폭죽 소리에 놀라 여자에게서 얼떨결에 샌들을 받아 들다가 바닥에 떨어뜨리고 말았다. 신발이 떨어지는 소리는 폭죽 소리에 묻혀 버렸다. 사방이 조용해지고 정적이 두 사람 사이에 다시 찾아왔다.

여자는 가게 밖으로 나와 하늘을 쳐다보았다. 하늘에는 수천의 불꽃들이 피어올랐다. 불꽃은 또 다른 불꽃을 낳았다. 남자도 여자를 따라 나왔다. 여자가 불꽃놀이를 쳐다보며 웃고 있다. 남자는 여자가 웃는 것을 처음 보았다. 불꽃을 바라보며 웃음 짓고 있던 여자도 남자를 바라보았다. 남자도 웃고 있었다. 웃던 두 남녀가 눈빛을 맞추고 있다가 갑자기 여자가 크게 웃자 남자는 어리둥절해했다. 그러다가 어색한 웃음으로 맞받아서 웃었다.

둘은 나란히 하늘을 쳐다보다가 하늘에서 불꽃이 사라지자 뒤돌아서 가게로 돌아왔다. 불꽃놀이가 끝나고 난 하늘에는 불꽃들이 남긴 연기들이 천천히 흩어지고 있었다.

"불꽃놀이를 좋아하시는 것 같네요."
"네."

여자가 짧게 대답했다. 다시 예전의 무표정한 얼굴로 돌아간 여자는 남자를 쳐다보고 다시 물었다.

"여기를 어떻게 아셨냐고요? 아까 물어봤는데."
"아, 그냥 샌들 하나 사려고 왔어요. 우연히…."

남자는 사실을 말하면서도 거짓을 말하는 것처럼 어색해졌다.

"아, 참 제가 샌들을 돌려드려야 하는데."

여자는 그 말과 동시에 진열대 끝에 하얀 비닐 팩에 들어 있는 샌들을 꺼내 보였다.

"이거 맞죠? 이것도 가져가요."

여자가 남자를 향해 샌들을 내밀었을 때, 남자는 어디론가 사라지고 없었다. 갑자기 어디로 가 버린 걸까? 여자는 손에 들고 있던 샌들이

든 비닐 팩을 다시 선반에 올려놓았다. 남자를 찾아 두리번거렸으나 가게 안에는 보이지 않았다. 갑자기 불길한 생각이 들었다.

여자는 3년 전 어느 겨울날이 생각났다. 그날은 그믐 다음 날이었는데 함께 불꽃놀이를 보던 어떤 남자가 아무 말 없이 여자를 남겨 두고 떠나 버렸다. 그렇지만 오늘 찾아온 사람과는 다른 그녀에게는 매우 소중한 사람이었다. 아직도 가끔 저 가게 문을 열고 그 남자가 들어오는 상상을 하기도 한다.

여자는 가게 한쪽에 놓인 소파에 앉아서 가게 문 쪽을 응시했다. 가게는 다른 날의 하루와 다르지 않게 별로 찾아오는 사람이 없었다. 겨울날은 대개 그랬다. 지난주에 피어오르기 시작한 난초가 추위에 다시 사그라졌다. 잠이 왔다. 달콤한 잠이다.

문을 보고 있는 여자의 눈에 한 남자가 문을 열고 들어오고 있다. 손에는 꽃을 들었다. 그녀가 좋아하는 하얀 데이지가 꽃다발 한가운데에 수북이 꽂혀 있다. 남자는 여자를 기다리고 있다. 그녀가 남자에게로 뛰어오기를 기다리고 있다. 드디어 남자가 돌아왔다. 여자는 천천히 눈을 뜨고 고개를 들었다. 꽃을 든 남자가 가게 문 앞에 서 있었다. 그리고 여자에게로 다가와 꽃을 내민다.

"가게에 꽃을 꽂아 두면 좋을 거 같아서요."
"그렇게 갑자기 가 버리면 어떡해요?"

여자가 갑자기 남자에게 화를 냈다. 그러고는 돌아서서 잰걸음으로 카운터로 가서 고개를 푹 숙인 채 머리를 감싸 쥐었다. 어깨가 들썩거리는 것으로 보아 울고 있는 것 같다.

남자는 다시 어안이 벙벙해졌다. 그리고 들고 있는 꽃을 어찌해야 할지 몰라 주위를 두리번거렸다. 꽃을 꽂을 만한 화병도 마땅히 둘 곳도 없었다. 남자는 꽃을 들고 여자에게로 다가갔다. 그리고 여자가 고개를 들 때까지 말없이 그저 그렇게 서 있었다. 무슨 말이라도 해야 할 것 같았지만 아무런 말도 할 수 없었다. 그녀가 그에게 화를 낼 만한 이유를 궁리해 보았다. 도무지 알아낼 수가 없었다.

여자의 어깨가 들썩거리는 것이 잦아들더니 한쪽 팔을 부르르 떨었다. 그리고 고개를 들더니 말없이 그를 쳐다보았다. 눈에는 아직도 눈물이 고여 있었고 눈은 충혈되어 빨갛게 보였다.
남자가 무슨 말을 하기 전에 그녀가 먼저 입을 열었다.

"왜 데이지를 사 오셨어요?"

여자가 남자에게 화를 낸 이유가 데이지꽃 때문이라는 이야기 같기도 해서 남자의 눈이 다시 커졌다.

"아니. 그게…."

"데이지꽃은 잘 사 오신 것 같아요. 하지만 그렇게 말없이 가 버리지는 말아요."

여자는 걱정이 가득한 눈으로 남자를 바라보았다. 그리고 다시 말을 이었다.

"난 당신이 또 사라져 버린 줄 알았어요. 그 신발처럼…."
"아, 난 그저, 꽃을…. 미안해요."

남자는 여자의 어깨를 감싸며 그녀의 눈을 보았다. 여자의 몸은 곧 쓰러질 듯 힘이 빠져 남자의 가슴에 안겼다.

*

남자는 혼자 책상 앞에 있다. 그리고 아까부터 무언가 중얼거린다. 남자의 머릿속을 지나가는 단어, 술어들이 입으로부터 나와 방 안을 채운다. 남자는 허공에서 자신이 뱉은 말들을 이리저리 살피다가 덥석덥석 잡아서 다시 삼킨다. 삼켜진 말들은 남자의 식도와 위장, 십이지장, 소장, 대장을 거쳐 혈관을 타고 심장으로, 머리로 가서 다른 단어들을 끌고 나온다.

'그 사람은 도대체 누구지? 나는 뭐지? 아버지의 방에 무슨 이유로 온 걸까? 우리 집에서 갑자기 사라져 버린 가죽구두는 어디로 갔을까? 그 가죽구두가 참 인상적이었는데 그것이 혹시 사라져 버린 이유가 아닐까? 초승달만 뜨면 무언가 그녀에게서 사라져 버린다는데 정말 그 이유가 궁금하다. 참 그것이 사실일까? 그녀는 왜 하필이면 신발가게를 하고 있을까? 내가 왜 하필 그 신발가게를 찾아갔을까? 참 그녀는 왜 내가 준 구두를 신지 않은 걸까? 신발가게로 내가 갈 수밖에 없는 이유는 혹시 그녀가 의도한 것이 아닐까?'

어제저녁 그녀를 만나고 난 이후로 남자는 아침까지 잠을 자지 않았다. 어디엔가 맞지 않는 퍼즐 조각이 분명히 있는데 도저히 찾아낼 수 없었다. 초등학생 4학년 때 어떤 여자애가 퍼즐을 맞춰 보라며 보드판 한 장과 퍼즐 조각 한 꾸러미를 내밀던 기억이 났다. 그때도 마지막 하나의 퍼즐을 맞출 수가 없었다. 결국 그 아이는 내 앞에서 울음을 터트려 버렸다.

퍼즐의 앞면만 보다가 뒷면에 적힌 그 아이의 이름을 보지 못했다. 의미 없는 가로세로의 모양이 그녀의 이름인 줄 알았으면 쉽게 맞췄을 퍼즐을 모양이 비슷비슷한 수십 개의 퍼즐을 구분하려 하다가 실패한 일이 생각났다.

그녀의 뒷면에는 무엇이 있을까? 달의 뒷면같이 우리가 보지 못하는 것을 추리하는 방법은 상상하고 생각하기 나름이다.

남자는 허공에서 물음표들을 골라 다시 목구멍으로 삼켰다. 목구멍이 쓰렸다. 헛구역질이 났다. 물음표는 위장에서 반쯤 펴졌다. 아래에 달린 우산 손잡이는 대장을 거쳐 직장으로 빠져 내려갔다. 혈관 속으로는 이제 일자로 펴진 느낌표를 닮은 막대기가 흐르고 있다. 곧 다시 세상으로 나올 것이다.

*

  그녀의 두 번째 방문이다. 남자의 집에 아버지의 손님으로 첫 번째 방문한 후 다시 그 집을 찾아온 사람은 없었다. 그러나 이제 그 기록은 깨어졌다. 그녀가 다시 남자의 집에 온 것이다. 하지만 엄밀하게 말하면 아버지의 손님으로서 두 번째 온 사람은 한 사람도 없다. 그녀는 남자의 손님으로 집을 찾았다.

  남자가 그녀에게 꽃을 주었을 때 그녀의 얼굴은 꿈을 꾸는 듯했다. 실제로 꽃을 들고 서 있는 남자를 꿈에서 본 것으로 착각했다고 한다. 그러고는 초승달이 뜨면 또 사라져 버릴 무엇 때문에 불안하다고 했다. 그래서 헤어질 사람을 만들지 않았고 그녀가 정을 붙일 만한 대상을 멀리했다고 했다.

  그녀의 품 안에는 하얀 털로 얼굴을 가린 개 한 마리가 눈을 뜨고 남자를 쳐다보고 있었다. 그녀는 개를 좀 맡아 달라고 했다.

"또 언제 사라져 버릴지 몰라서 좀 맡기려고요."
"나까지 사라져 버리면 어쩌려고요."
"아! 그것도 그렇지만 이상하게 자꾸 개리가 신경이 쓰여서요."

"개리? 아 개 이름이 개리인가요?"

개리라는 말을 듣자, 그녀의 품속에 있던 개가 고개를 번쩍 쳐들고 주위를 살폈다.

"아는 사람이 당신밖에 없어요. 부탁해요. 그리고 여기서 가져간 신발이 어제 초승달이 뜰 때 없어져 버렸어요. 그래서 이걸 가져왔어요."

그녀는 종이 팩을 앞으로 내밀었다. 종이 팩 안에는 하얀색 샌들이 들어 있었다.

"개를 키워 본 적이 없어서 어째야 할지 모르겠네요."

남자는 개리를 바라보며 그렇게 대답했다. 여자가 남자를 쳐다봤다. 거절할 수 없었다.

*

"개리야?"

개리가 없어졌다. 조금 전까지도 묶여 있던 목줄의 고리가 끊어졌다. 아주 잠깐 사이의 일이었다.

남자는 갑자기 여자가 궁금해졌다. 여자의 주변에서 무엇이 사라지는 초승달이 뜨는 날의 아침이다. 그렇다면 지금 개리가 갑자기 사라져 버린 것도 그 때문이 아닐까? 남자는 그 생각이 자꾸만 들어서 개를 찾는 일에 집중할 수가 없었다.
 신호가 울렸다.

"여보세요?"
"네."
"지금 손님이 있어서요. 나중에 전화할게요."

 그리고 전화가 끊겼다. 남자는 여자가 다시 전화하기를 기다렸다. 그리고 개리를 묶고 있던 끊어진 고리를 살폈다. 그리고 생각했다.
 '고리'가 원인이었다. 고리가 끊어져 있었다. 그렇다면 그녀가 초승달이 뜨는 날마다 무엇인가를 자꾸만 잃어버리게 하는 이유, 그녀에게서 무엇이 끊어졌을까?
 그녀의 어떤 고리가 끊어졌기에 자꾸만 잃어버리는 걸까? 그녀와 초승달의 관계를 단단하게 묶고 있는 걸까? 묶여 있는 고리와 끊어진 고리는 각각 무엇을 의미하는 것일까? 남자가 그렇게 고민하고 있을 때 전화벨이 울렸다. 그녀가 아니었다. 집이었다. 현관에서 개리가 문을 발로 긁고 있는 것을 아버지가 보고서 전화를 했다. 오늘은 초승달이 뜨는 날이고 그녀는 아직 잃을 것이 남았다. 무엇이 그녀에게서 사라질 것인가?

*

갑자기 여자가 남자에게서 사라졌다. 보름이 지나고 다시 보름 정도의 날짜가 더 지나간 것 같다. 여자와 남자 사이에 그 한 달 정도의 시간에는 몇 가지 일이 있었다. 여자가 남자의 집으로 찾아갔다. 이번에는 남자의 아버지를 만나러 간 게 아니라 남자를, 정확히는 남자에게 지난번에 가져간 샌들을 돌려주기 위해서 갔다. 그리고 샌들을 돌려주면서 그 안에 하얀색 운동화 한 켤레도 같이 넣어서 돌려줬다. 거기에 대한 보답으로 남자는 다시 여자의 가게로 찾아갔다. 이번에는 꽃을 들고 찾아간 게 아니라 《잃어버린 물건들을 찾는 법》이라는 작자 미상의 책 한 권을 사 들고 갔다. 그리고 다시 그녀는 거기에 대한 보상으로 에티오피아산 커피 한 봉지를 들고 찾아갔다.

남자는 그 커피를 마시기 위해 일회용 커피를 끊고 커피 원두 분쇄용 핸드 머신을 샀다. 하지만 아버지는 계속 일회용 커피를 고집했다. 아버지는 핸드드립 커피를 마셔 보고는 그게 무슨 커피냐고 남자에게 핀잔을 줬다.

남자가 다시 핸드드립으로 뽑은 커피를 보온병에 넣어서 그녀의 가게로 갔을 때의 일이다. 남자가 도착한 시간은 아침 열 시가 좀 넘은 토요일 오후였다. 가게의 문은 열려 있었고 여자는 어디로 갔는지 보이지 않았다. 남자는 여자가 곧 나타날 것으로 생각했지만, 정오가 다 되도록 여자는 나타나지 않았다.

남자는 가게 문을 열어 놓고 집으로 돌아갈 수 없어 계속 기다렸다. 가게 문이 열려 있기 때문이 아니라 여자가 걱정되어서였다.

그렇게 정오가 지나고 오후가 다 지나도록 여자는 나타나지 않았다. 남자는 혹시 여자가 사라진 게 아니라 자신이 그녀에게서 사라져 버린 것인지도 모른다는 생각이 들었다.

남자는 가게 문 안쪽 화분 아래에서 열쇠를 찾았다. 남자가 가게 문을 잠그고 근처를 돌아보기로 했다. 문에는 휴대전화 번호와 사연을 적었다.

남자가 근처의 공원을 지날 때였다. 휴대전화로 전화가 왔다. 여자가 아니었다. 아버지였다. 여자가 남자의 집에 와 있는데 남자가 사라진 것 같다고 이야기하고 있다며 무슨 소리냐고 아버지가 물었다. 남자가 집에 도착했을 때 여자는 사라지고 없었다. 그리고 그 후 어디에서도 여자를 찾을 수 없었다.

남자는 자꾸만 낮의 상황이 떠올랐다. 공원에서 갑자기 한 남자와 함께 있는 여자가 얼핏 그녀 같았다는 생각에 많은 생각들이 머릿속을 가득 채웠다. 배신감이 들었다. 밥을 먹는 둥 마는 둥 하고 다시 옷을 입었다. 당연히 없을 신발장 안의 가죽구두를 다시 찾아보았다. 가죽구두가 다시 나타나는 날이 과연 있을지 모르겠지만 분명 그 속에서 사라진 물건이니 언젠가는 다시 나타날 것이라고 생각되었다.

남자는 다시 그 여자의 가게로 갔다. 지나가는 사람들을 유심히 살폈지만, 남자가 기대하는 대로 여자를 닮은 사람은 어디에도 없었다.

여자의 가게로 가기 위해서는 공원을 지나야 했다. 낮에는 가로수 사이에 난 길에 발 디딜 틈이 없을 정도로 가득 앉아 있던 비둘기들이 어디로 다 사라졌는지 비둘기들이 남기고 간 배설물들만 길 이곳저곳에 보였다. 저쪽에서는 청소부가 비둘기의 배설물을 치우느라 이리저리 호스로 물을 뿌리며 바닥을 닦아 내고 있었다.

그 여자로 보이는 여자와 다른 남자가 나란히 앉아 있던 공원의 벤치가 보였다. 벤치를 손으로 만져 보아야 여전히 차고 냉기가 흐르는 나무 조각만 만져질 뿐이었다. 혹시 그녀가 가게로 돌아왔을지도 모른다는 생각에 발걸음이 빨라졌다.

'과연 그녀가 맞을까? 그녀가 돌아와 있는 것이 좋을까? 아니면 다른 남자와 있었던 사람이 그녀라면 차라리 아직 돌아오지 않았으면 좋을까?' 그런 생각에 발길이 조금 느려졌지만 이내 그녀의 신발가게 앞까지 남자는 오고 말았다.

남자는 습관적으로 빨랫줄을 쳐다보았다. 빨랫줄에는 아무것도 보이지 않았다.

*

 그녀다! 비를 흠뻑 맞은 그녀가 가게 안에 보였다. 잔뜩 젖어 있는 그녀를 향해 남자는 수건을 내밀었다. 그러나 그녀는 수건을 받지 않았다. 그리고 고개를 오른쪽으로 돌리더니 두 손으로 긴 머리를 모아서 빨래를 짜듯 빗물을 짰다. 빗물은 형광등 불빛에 반짝거리며 바닥으로 떨어져 내렸다. 금세 바닥에 물이 흥건해졌다. 남자는 그녀에게 내밀었던 수건으로 바닥에 흐르는 물을 훔쳤다. 빗물은 그녀의 머리에서 계속 떨어져 내렸다. 빗물 한 방울이 남자의 뺨 위로 떨어졌다. 그리고 흘러서 남자의 입가로 흘러내렸다. 팔로 빗물을 닦았다. 빗물에서 짠맛이 났다. 남자는 그녀를 올려다보았다. 여자는 눈물을 참느라 형광등을 바라보고 있었다. 형광등의 한쪽 끝이 멀겋게 변색되어 곧 꺼져 버릴 것 같았다. 어디서 날아왔는지 빨간 등에 검은 점들이 총총히 박혀 있는 딱정벌레 한 마리가 껌벅거리는 형광등 쪽으로 날아왔다. 그러고는 형광등 주위를 빙빙 돌다가 어느 순간 '딱' 소리를 내며 전구와 부딪쳤다. 그 순간 아까부터 껌벅거리던 형광등이 번개가 칠 때처럼 환해지더니 '퍽' 하고 꺼져 버렸다.
 사방이 깜깜해졌다. 여자는 더 이상 눈물을 감추지 않아도 될 것 같았다. 남자는 어두운 공간을 더듬어 그녀를 찾았다. 두 사람은 방 한가운데 앉아 서로 등을 기대고 앉았다. 어둠이 익숙해지자 서로를 조금씩 알아보기 시작했다.

두 사람은 거리로 나왔다. 어디로 갈지 정하지는 않았지만 어디론가 함께 가는 것이 두 사람을 위해서, 특별히 여자를 위해서는 나을 것 같았다. 남자는 다음 초승달이 뜰 때까지는 함께할 수 있을 것이라는 생각이 들었다.

토순이

토순이가 집으로 온 날은 아파트 베란다 건너편으로 보이는 공원의 나무들에 초록빛이 스멀스멀 올라올 때였다. 아파트는 학산을 끼고 돌아 흐르는 긴 강처럼 둘러싸고 있어 건너편 천둥산 꼭대기에 올라서 보면 마치 학이 알을 품고 있는 둥지처럼 보였다.

"오늘 토끼 택배 오면 받아 줘."
"토끼가 택배로 와?"

나는 토끼가 택배로 온다는 아내의 말에 잠시 당황했다. 무슨 짐짝도 아니고 살아있는 생물이 박스로 포장되어 화물차에 실려서 온다는 사실에 화가 났다. 얼마 전 영화에서 본 끔찍한 장면, 화물선의 컨테이너에 갇혀 죽은 밀항자, 부패한 시신에서조차 고통에 일그러진 얼굴, 죽음과 대면한 자의 두려움을 연상하게 했다. 그 생각을 하는 순간 역겨운 냄새가 수화기에서 몰려나왔고 구역질이 났다. 살아 있는 것에 대한 예의가 아니었다.

"하필이면 왜 오늘 와?"
"오늘이 무슨 날이야?"

나는 화를 내려다 말고 참았다. 진즉에 그런 대화는 도움이 되지 않았다. 오래 함께 살아 보면 필요한 대화인지 싸움만 만들 대화인지는 알 수 있었다. 말을 내뱉기 전에 그걸 알아 멈출 때도 있지만 어떤 때는 알면서도 말이 나가 버릴 때도 있었다. 오늘은 다행히 말이 목구멍에서 멈췄다. 덕분에 낮에 먹은 가자미 가시가 아직 목구멍에 걸린 듯 찜찜하다.

십오 년 전이었다. 난 그때 사무실에 있었다. 평소에는 워낙 건강하게 보이던 엄마였기에 건강에 대해서는 걱정을 하지 않았었다. 아내로부터 엄마가 아프다는 전화를 받고 난 병원으로 뛰어갔다. 우선 황달 증상부터 치료해야 한다며 네모난 안경을 쓴 의사가 처치 동의서를 내밀었다. 으레 그렇듯이 처치 과정에서 무슨 일이 생길 수도 있다는 내용과 내가 그 동의서에 빽빽이 적혀 있는 여러 가지 가정들을 받아들여야 시술이 가능하다는 것이었다. 그걸 읽어 볼 겨를은 없었다. 주치의는 엄마에게 말기 췌장암을 선고했다. 육 개월이 보통이고 길어야 일 년이라고 했다. 수술은 가능하지만, 성공할 확률이 낮고 수술 중에 사망할 확률도 매우 높다고 했다.

그리고 엄마는 마지막 아홉 달을 집에서 반, 병원에서 나머지 반을 보내고 가셨다. 오늘이 십오 년이 되는 날이다. 나는 D 병원의 호스피스 병동의 침상 아래에서 다섯 달을 보냈다. 거기서 밤을 보내고 아침에 일어나 출근을 했고 형수들이 내려와 아침에 나와 교대를 했다.

"괜찮다."

그게 엄마의 말이었다. 엄마는 그런 존재였다. 괜찮은, 무엇이 어떻게 되어도, 배가 고파도, 몸이 아파도, 잠이 부족해도, 피곤함에 지쳐도 괜찮은. 그래서 아들은 배가 고프지 않았고 부족한 게 없었다. 엄마가 괜찮지 않을 때가 있었는데 그때는 아들이 아프거나 배가 고프거나 외로울 때나 힘들어할 때였다. 그런 엄마가 이제는 없다는 게 슬펐다. 그래서 내가 엄마 산소에라도 가는 날이면 나도 '다 괜찮아, 엄마.'라고 넋두리를 했다. 힘이 들고 피곤해도, 몸이 저리고 아파도, 이곳저곳 아픈 데가 생기고 그래서 약을 입에 달고 살아도, 아이들 때문에 겨우겨우 학비를 대고 살림을 겨우 살아 낼 만큼의 형편에 있어도 '다 괜찮아.'라고. 엄마의 따뜻한 눈길과 웃음은 늘 내게 힘이었는데 아프지 않게 보내 드렸으면 좋았었는데 하는 마음이 든다. 며칠 전부터 늦게 올라온 사랑니는 쉰이 다 되어서야 겨우 철부지를 면한다는 하늘의 표시인지도 모른다. 갑자기 사랑니가 쑤신다.

아이들은 오래전부터 애완용 강아지를 키우고 싶어 했는데 난 아파트에서는 절대로 동물을 키우지 않겠다고 선을 그었고 혹시라도 근교의 단독주택으로 이사라도 가면 허락해 주겠다고 했다. 그런데 이번에는 아이들이 아닌 아내가 고집을 부렸다. 아니 아내는 그런 스타일이 아니었다. 내가 반대할 만한 일이 있으면 언제나 먼저 사고부터 치는 쪽이었다. 이 층에 방 두 칸짜리 전세를 살다가 아이들 때문에 좀 더 큰 집으로 이사를 할 때에도 난 근교의 좀 더 큰 전원주택으로 가고 싶어 했지만, 아내는 아파트에서 살기를 원했다. 내가 해외 출장을 다녀와서 집을 찾았을 때는 벌써 지금 살고 있는 아파트 주인과 매매계약을 하고 계약금까지 주고 난 후였다. 집 앞에 산이 있어서 베란다 문만 열면 전원주택과 다를 바 없다며 나를 설득하고 말았다. 아이를 엄마에게 맡기고 학습지 교사로 일하면서도 얼마 안 되는 자신의 수입 전체를 아이들 교구와 책을 사는 데 다 써 버렸다. 생활비야 당신이 벌어서 오면 되고 자기가 번 돈은 쓰고 싶은 데 쓰겠다는 투였다. 그런 아내를 알기에 난 딱 한 달뿐이라고 전제를 달았다. 한 달이 지나면 다시 토끼를 산곳에 다시 보내든지, 집 앞 초등학교나 동물원에 기증하거나, 다른 사람에게 분양하든지 해야 한다고 다짐을 받았다. 아내는 그렇게 하겠다고 했다. 사실 아내는 매우 적극적인 여자였다. 새로 구한 직장인 어린이집에서 아이들 체험활동을 하는데 토끼의 성장 과정을 체험하는 프로그램을 진행하려면 어린 토끼가 필요하다고 했다. 그러면 어린이집에 토끼를 두면 되지 않겠느냐는 나의 말에 어린이집에는 쥐가 있어서 토끼를 물어 죽일지 모른다고 했다. 그게 무슨 말도 안 되는 소리냐고 내가 반박했지만, 이번에는 원장이 허락을 하지 않는다고 못을 박았다. 어린이집의 토끼 체험 프로그램은 한 달 동안 진행됐다.

택배로 배달되어 온 상자는 가로세로 육십 센티미터가량의 정육면체였다. 상자의 양옆에는 토끼가 숨을 쉴 수 있도록 손가락이 겨우 들어갈 만한 직사각형의 구멍 두 개가 뚫려 있었다. 청 테이프를 뜯어내자 굵은 철사로 만든 토끼장이 보였고 구석에 토끼 한 마리가 웅크리고 있었다. 사실 눈보다는 코가 더 빨리 토끼의 존재를 확인했다. 평소에도 냄새에 민감한 나는 부엌에서 양파를 까고 있기만 해도 거실에서 눈물을 흘리고는 했다. 멜로 영화라도 보는 날이면 오해받기 십상이었.

승용차로 가더라도 토끼를 보내온 곳의 주소는 세 시간이 넘게 달려야 하는 곳이었다. 그러니 적어도 이 답답한 상자 안에서 대여섯 시간은 족히 버텨야 했으리라. 얼마 전 뉴스에서 애완동물을 택배로 보내는 일을 못 하게 하는 법안을 국회에서 만들고 있다는 뉴스를 들은 적이 있다. 장기간 폐쇄된 공간에서 폐사하는 사례도 있다고 들었다. 역한 냄새가 났다. 토끼 오줌 냄새였다. 한 달 동안 냄새와 싸워야 할 생각을 하니 다시 편두통이 올 것 같았다. 토끼는 미동도 하지 않았다. 상자에서 토끼장을 들어낸 다음 베란다로 옮기고 베란다 창문을 열었다. 4월의 바람은 아직 찬 기운이 남아 있었다. 건너편 학산을 바라보며 한참을 그렇게 있었다. 숨쉬기가 좀 편해진 나는 그렇게 토끼를 베란다에 남겨 두고 내 방으로 돌아왔다. 그리고 아내의 휴대전화로 문자를 보냈다.

'토끼 도착했어.'

나는 아내에게 전화를 하지 않는다. 아이들을 돌보는 중에는 전화를 받기도 어렵지만 전화를 받을 수 있는 환경이라도 전화를 안 받을 때가 받을 때보다 훨씬 많았다. 그 이유는 주로 배터리가 없거나 매너모드로 두었다거나 아니면 소리를 못 들었다는 것이었다. 그래서 조급증 있는 나는 그냥 문자로 의사를 전달했고 평화를 위해서는 그게 나은 방법이었다. 문자를 보내자 어쩐 일인지 이내 아내에게서 답장이 왔다.

'어때, 예뻐? 살아 있지? 먹을 건? 쌀통 옆에 토끼 먹이 사 둔 거 있어 좀 꺼내서 담아 줘. 참 목욕은 절대 안 돼요.'

며칠 전 갑자기 손가락 마디들이 계속 쑤시고 아프다고 이야기했더니 자기도 그럴 때가 있다며 시간이 지나면 괜찮아질 거라고 이야기한 것이 생각이 나서 울화가 치밀었다.

*

형이 살고 있는 Y군 면소재지로 갔다. 엄마의 기일에 우리 오 남매는 늘 둘째 형의 집에 모였다. 큰형은 부산에 살고 있지만 집이 좁아서 손님을 맞을 곳이 못 된다며 늘 시골에 있는 둘째 형의 집으로 가자고 했다. 둘째 형수는 그것이 늘 불만이었다. 왜 혼자 왔느냐는 형과 형수들의 물음에 난 그냥 묵묵부답했다. 그것이 아내에 대한 복수였다. 대답이 없는 나에게 형과 형수들은 한 가지씩 걱정을 늘어놓았고 나는 사면받은 죄수처럼 그냥 고개만 조아릴 뿐이었다. 엄마가 내게 지워 준 그늘은 깊었다. 추도식 내내 엄마는 내게 물었다. '괜찮으냐고, 아이들 키우는 게 힘이 들지 않느냐고, 일은 힘들지 않냐고, 어디 아픈 데는 없냐고, 그래서 다 괜찮으냐고.' 엄마의 영정이 웃고 있었다.

 돌아오는 길은 캄캄했다. 다행히 큰 도로가 새로 났다. 전에 다니던 길은 가로등도 없이 양쪽 길가에 군데군데 인가가 있는 구불구불한 도로라서 어디서 갑자기 차나 사람이 튀어나올지 몰랐다. 그리고 농사철이 시작되어서 늦게까지 길에 경운기가 다니기도 했다.
 직선으로 쭉 뻗은 길은 방심하기에 좋은 길이었다. 한쪽 손으로 핸들을 잡고 창밖으로 멀리 군데군데 켜져 있는 마을의 불빛들을 바라보았다. 둘째 형이 고향을 떠나지 않은 것이 다행이었다. 그렇지 않았다면 아마 고향은 타향보다 더 먼 타향이 되어 버렸을 것이다.
 다시 앞을 보았을 때 나는 한가로이 새로 난 길 가운데를 걷고 있는 고라니 한 마리를 발견했다. 고라니는 나를 보더니 성큼성큼 나를 향해 뛰어오기 시작했다. 피해야겠다는 생각을 하기에는 차는 너무 빨랐고 고라니는 너무 가까이 있었다. 까만 눈동자는 무슨 할 말이 있는 눈빛이었다. 급하게 차를 세워서 주위를 살펴보았으나 길에도 차에도 고라니의 흔적은 없었다. 갑자기 오싹한 느낌이 들어 다시 차에 올랐다. 차들이 고속으로 주행하고 있어서 오래 세워 두면 내가 위험에 처할 수도 있었다. 산업도로라 대형 트럭들이 많이 다니는 길이었다. 얼마 전 차에 치여 죽은 고라니를 치우던 산림서의 직원이 교통사고를 당했다는 뉴스가 생각이 났다. 무슨 이유에서인지 지금의 이 일이 오늘 집으로 온 토끼와 연관이 있을 거라는 생각이 들었다.

"토순아! 토순아!"

밤 열두 시가 다 되어 현관에 들어오면서 내가 들은 첫 마디였다. 아내는 토끼가 암컷이라서 이름을 그냥 토순이라고 부르기로 했다고 설명했지만 내가 토끼의 이름을 부를 일은 없었다. 토끼의 주위에는 강아지를 사고 싶다고 조르던 둘째와 방금 학교에서 돌아온 올해 고등학교 삼 학년인 첫째까지 세 사람이 모여 있었다. 오랜만에 가족들이 해후를 했다. 토순이는 진한 감청색 눈에 하얀 털을 가진 드워프라고 불리는 애완용 토끼였다. 벌써 토끼장을 나와 온 집 안을 돌아다니며 적응을 끝마친 것처럼 보였다. 푸른 눈빛은 아직 한 달밖에 되지 않은 어린 동물이었지만 경계의 빛이 선명해서 그냥 보고 있어도 노려보는 것 같았다.

"당신 어디 갔다 와?"

아내가 기분이 좋은 듯 웃고 있었다. 웃는 얼굴에 대놓고 화를 낼 수도 없었다.

"여보! 여기 와 봐. 우리 토순이 한번 봐. 진짜 귀여워."

아내가 좀처럼 떨지 않던 아양을 떨었다. 나는 옷을 방에 던지고 욕실로 들어갔다. 물이 뜨거워지기까지 십여 초가 걸렸다. 거울 속의 나를 바라볼 자신이 없어졌다. 십 초가 수일 같았다. 뜨거운 물이 머리카락을 타고 어깨로 떨어졌다. 서 있는 것이 힘이 들었다. 욕조에 물이 반쯤 찼을 때 난 욕조에 얼굴을 묻었다. '어머니의 뱃속이 이랬을까?'

"여보! 여보! 뭐 해요? 문 열어 봐요."

욕실 문을 두드리는 소리가 났다. 잠이 들었던 것 같다. 겨우 마음을 다잡고 욕실을 나왔다. 아내가 그제야 걱정스럽다는 듯이 쳐다본다.

"오늘 무슨 일 있었어요?"

나는 오늘이 어머니 기일이라는 이야기를 할 수가 없었다. 그 이야기를 아내에게 꺼내기 싫었다. 이유는 나도 생각하기 싫었다. 아내가 토끼를 데리고 방으로 왔다. 아이들도 토끼를 따라 줄줄이 안방으로 들어왔다. 토끼가 이리저리 방 안을 쏘다니기 시작했다.

"토끼 좀 치워. 그리고 너희는 내일 학교 안 가?"

나의 목소리는 내가 듣기에도 먹구름이 낀 하늘처럼 짜증스럽게 들렸다. 아이들이 눈치를 보며 제 방으로 돌아갔다. 작은 아이는 토끼를 안고 나갔다.

"아까부터 왜 그래요? 무슨 일인데? 이야기를 해야 알지?"

아내의 말에도 가시가 돋기 시작했다. 나는 이때다 싶어 제대로 한 방을 먹였다.

"달력 좀 쳐다봐!"

아내는 화장대 옆에 놓인 달력을 쳐다보더니 화들짝 놀랐다.

"에구 어떡해! 오늘이 어무이 기일이네. 어쩌지? 낼 형님이 또 뭐라고 하겠네, 당신은 참…."

내게 뭐라고 말을 하고 싶었는데 차마 그러지 못하는 것 같았다. 난 괜히 미안해졌다. 늘 그렇듯이 난 에둘러 이야기했다.

"걱정 마! 내가 잘 이야기했어. 그렇다고 바뀔 것도 없지만, 오늘 어린이집에 중요한 일이 있어서 혼자 왔다고 했어."

그것으로 나는 완벽하게 아내를 눌렀다. 아내가 어머니의 기일을 기억하는 건 내게 아무것도 아니었다. 어머니는 나의 어머니일 뿐이니까.

아침부터 토끼가 거실을 돌아다니고 있었다. 속으로는 토끼가 무슨 죄가 있을까 싶었다. 그런 생각에는 '난 지 두 달도 안 된 새끼 토끼가 토끼농장에서 우리 집에 올 때까지 얼마나 고생을 많이 했을까?' 하는 연민에서 비롯된 것인지도 몰랐다.

토순이라 불리는 토끼는 내가 거실로 나가자 나를 보더니 앉은뱅이 책상 아래에 숨어 버렸다. 거실 한쪽 모퉁이에 찰흙이 돌돌 뭉쳐진 모양의 콩알만 한 똥들이 보였다. 그걸 본 순간 조금 전 토끼에 대해 가졌던 연민은 어디로 가 버렸는지 입에서 거친 소리가 났다.

"토끼 좀 치워!"
"좀 이따가 어린이집으로 데려갈 거예요! 토순아, 아저씨 무섭지?"

아내가 책상 아래에서 토끼를 꺼내 머리를 쓰다듬으며 말했다. 토끼가 눈치를 보듯이 나를 쳐다보았다. 이상한 기분이었다. 토끼의 눈에서 어제 만난 고라니의 눈빛이 겹쳐 보였다. 나는 그런 생각을 떨쳐 버리려고 눈을 감았다.

*

토끼는 월요일부터 토요일까지는 어린이집으로 옮겨졌다. 그리고 휴일이면 우리 집 베란다로 다시 돌아왔다. 아내는 어린이집의 토끼 체험 프로그램이 아이들과 학부모들로부터 아주 좋은 반응을 얻고 있다고 자랑했다. 그러고는 아이들이 토끼라고 그린 그림들을 내게 보여 주었다. 아이들이 그린 그림 중에는 토끼 귀, 토끼 눈, 그리고 긴 뒷다리만 그린 그림들이 많았다. 아내는 토끼에게 먹일 거라며 마트에서 토끼 간식들을 사 왔다. 내가 볼 수 없도록 가격표를 떼고 영수증을 감췄다.

"토끼와 친해지려면 직접 먹을 걸 줘야 한대요."

아내가 내게 건초를 한 움큼 쥐여 주었다. 토끼가 오면서부터 아내가 달라졌다. 다른 때보다 퇴근 시간도 빨라졌고 아침저녁 반찬들도 달라졌다. 그리고 설거지통에 쌓여 있던 설거지가 밀리지 않고 제때 말끔히 정리되었다. 일주일에 한 번 돌아갈까 말까 하던 세탁기도 더 자주 돌아갔다. 무엇보다 아내의 얼굴에 화색이 돌았다. 사정을 모르는 사람이라면 바람이라도 난 거 아니냐고 의심할 수도 있을 것 같았다.

나는 아내가 준 건초를 토끼에게 내밀자 토끼는 마치 나를 꼭 기억해 두겠다는 듯 까만 눈으로 나를 빠끔히 쳐다보면서 건초를 먹어 댔다. 아이들도 집에 돌아오자마자 토끼를 찾았다. 다 큰 고등학생 둘이 유치원생처럼 토끼를 들여다보고 좋아했다.

우리 가족은 토끼에 대해 새로 공부하기 시작했다. 가족 중에서 가장 나이가 많은 나는 어릴 때부터 기억하는 토끼에 대한 기억들을 헤집어서 아이들에게 이야깃거리들을 찾아냈고, 동물이라면 사족을 못 쓰는 둘째는 유치원에 다닐 때부터 지금까지 읽은 책에서 기억하는

(둘째는 유달리 책과 텔레비전에서 읽고 들은 동물에 대한 특징과 습성들을 잘 기억했다. 내셔널지오그래픽이 둘째가 가장 좋아하는 텔레비전 프로그램이다. 아이가 어릴 때 월드컵 경기를 본다고 채널을 돌렸다가 울음을 그치지 않아 따로 텔레비전을 하나 사기까지도 했었다) 모든 이야기를 쉬지 않고 계속했다. 우리는 둘째의 이야기가 끝날 때까지 기다려야 했다. 둘째가 그런 경우라면 큰아이는 토끼와의 직접적인 접촉을 시도했다. 야간 자율학습이 끝나서 열한 시가 넘는 시각에 집으로 돌아와서는 먼저 토끼장이 있는 베란다로 달려갔다. 그러고는 안고 쓰다듬고 심지어 얼굴에 대고 비볐다. 토끼도 그게 자기를 좋아하는 것인 줄 아는지 혀로 아이의 손등을 핥고 머리를 손바닥 아래로 들이밀었다. 아내는 토끼가 먹을 것을 마트에서 자꾸만 사다 날랐다. 아직 먹을 것이 충분해 보이는데도 그러기를 계속해서 더 이상 쌓아 둘 곳이 없을 지경이었다. 그러다가 우리는 우리가 가지고 있던 상식이 맞지 않다는 걸 깨달았는데 다른 토끼는 몰라도 토순이는 당근을 먹지 않았다. 아내가 토끼에게 주려고 사 온 당근 종류만 해도 열 가지가 넘었다. 신토불이라며 토끼가 원래 먹던 것이 아니어서 먹지 않을 수도 있다며 고집을 부렸다. 그러나 토끼는 당근을 주면 두 발로 밀어낼 뿐 냄새도 맡지 않았다. 나는 유난히 당근을 싫어하던 엄마가 생각이 났다. 그렇게 토끼는 생활의 일부이자 반려동물로 커 갔다.

"여보! 이제 토끼를 보낼 때가 된 거 같은데?"

토끼가 우리 집 베란다에 지낸 지 한 달이 지나갈 즈음 나는 아내에게 말을 꺼냈다. 그즈음에는 아내도 조금씩 토끼에게서 멀어져 가고 있었다. 토끼가 온 집 안을 다니며 똥을 흘리고 다녔고 오줌을 누기도 했다. 똥은 바싹 말라 있어서 견딜 만했으나 오줌은 냄새가 심해서 견디기가 어려웠다. 그나마 다행인 것은 오줌은 장소를 가려서 누었다. 토끼털이 날리는 것도 문제였다. 토끼의 털은 눈에 보이지 않을 정도로 가늘고 한숨만 쉬어도 날아오를 정도로 가벼웠다. 그래서 집 안 곳곳에 하얀 솜털들이 뭉쳐져 돌아다니기 시작했고 오래된 천식이 다시 심해진 듯 나는 기침을 해 댔다. 그런 눈치를 챘는지 아이들은 한사코 토끼를 보내는 것을 반대했다. 그런 이야기를 할라치면 작은아이는 반려동물을 학대하는 사람들이 제일 나쁜 사람들이라고 나를 몰아갔다.
 그러고도 보름이 더 지났다. 아내와 나는 이제는 무슨 방법을 찾아야겠다고 생각했다. 그러는 동안 식탁에 올라오는 반찬은 묵은 김치와 달걀부침 등으로 다시 회귀했고, 설거지통에도 참다못한 내가 손을 담그는 일이 잦아졌다. 목요일이나 금요일이 되면 신고 나갈 양말이 없어 세탁통을 뒤졌고 아이들은 양말을 뒤집어서 신고 나갔다. 이틀에 한 번꼴로 청소하던 토끼장은 사흘에 한 번, 일주일에 한 번씩 하더니 이제는 더 이상 토끼 똥이 쌓일 데가 없게 되어서야 억지 춘향으로 청소를 했다.
 토끼를 보내는 방법을 의논하기로 한 어느 토요일 저녁이었다. 저녁은 오랜만에 외식을 하자는 아내의 제안을 뿌리치고 중국집에 자장면과 우동 그리고 탕수육을 시켰다. 음식이 도착하기 전에 결단을 내릴

참이었다.

"그냥 키우면 안 돼?"

토끼를 보내자는 이야기를 시작하기도 전에 둘째가 포문을 열었다. 둘째는 자기가 생각하는 것을 분명히 밝혔다. 토끼는 칠 년 정도를 사는데 난 지 한 달 조금 넘어 우리 집에 왔으니 우리 식구나 마찬가지다. 그리고 어디서 읽었는데 오리는 태어나자마자 처음 본 존재를 부모로 알고 따라다닌다는데 그렇다면 토끼도 우리를 부모나 가족으로 생각할 것이고 우리가 토끼를 보내는 것은 인륜에도 어긋난다는 것이었다. 그리고 토끼가 지금 가장 행복하게 살 수 있는 곳은 바로 우리 집이므로 토끼의 행복을 박탈할 권리가 우리에게 없다는 것이었다.

첫째는 둘째의 말끝에 "맞아!" "맞아!"만 되풀이할 뿐이었다. 아내의 어린이집에서의 체험학습이 끝이 났다. 토끼를 엄마도 키우고 싶지만, 토끼가 비위생적이어서 똥도 자주 치워야 하고 곧 여름이 되면 냄새도 많이 나서 키우기 힘들다. 그리고 토끼털 때문에 아빠의 천식이 심해졌다. 또 하나는 토끼가 이제 몸집이 많이 커져서 사료를 너무 많이 먹는다. 사룟값이 한 달에 오만 원이 넘게 드는데 오만 원이면 너희들 좋아하는 통닭을 세 번을 사 줄 수 있다. 그리고 너희들이 원하면 토끼를 원래 살던 토끼농장으로 돌려보내 줄 수도 있고 아니면 근처 초등학교에 기증하면 아이들이 많이 귀여워해 줄 것이고 가끔 우리가 가서 볼 수도 있다는 거였다.

그렇게 열띤 토론이 한창일 때 누군가 현관을 두드렸다. 결론을 맺지 못한 채 음식이 배달되었다. 다 퍼진 자장면이 세상에서 제일 먹기 싫다고 하는 둘째 아들이 현관으로 뛰어나가 음식을 받아 왔다. 나는 토끼에 대해 말 한마디 해 보지 못하고 토론을 마쳐야 했다. 식사를 마치고 아이들은 제각기 학원으로 또 하나의 고개를 넘으러 떠났다.

*

그렇게 토끼의 행방이 흐지부지하고 있던 차에 토끼의 행동에 변화가 생겼다. 아내가 토끼 관리를 게을리하면서부터 토끼장을 치우고 먹이를 주고 물을 갈아 넣어 주는 것이 나의 일상이 되어 버렸다. 가끔 토끼장의 문을 열어 주면 고맙다는 듯이 내 다리 사이를 오가며 제 몸을 비벼 댔다. 행여나 손으로 머리를 쓰다듬을 때는 알 수 없는 소리를 내며 다리를 쭉 뻗어 온몸을 바닥에 대고 눈을 감았다. 토끼가 내는 소리는 흡사 고양이가 기분이 좋을 때 내는 '갸르릉' 거리는 소리와 비슷했다. 그런 일은 거의 매일 반복되었다. 내가 베란다 쪽으로 가는 발걸음 소리만 들어도 토끼는 토끼장에서 벌떡 일어나 잠겨 있는 문고리를 흔들어 댔다. 그럴 때마다 나는 그 행동에 대한 보상으로 문을 열어서 베란다에서 뛰어다니게 했고 토끼는 내 다리에 몸을 비벼 댔다. 그런 토끼의 행동은 다른 가족에게는 하지 않는 행동이었다. 심지어 토끼에 제 살을 비벼 대는 첫째에게도 토끼는 그런 행동을 하지 않았다. 내 입가에는 저절로 웃음이 나왔다.

그러던 어느 토요일이었다. 아이들은 보충수업이다, 학원이다 해서 다 집을 비우고 아내는 어린이집에서 부모 공개수업을 한다며 출근을 했다.

오월은 베란다 건너편 산 아래 아카시아들이 코를 쏘는 향기로 벌들을 부를 때다. 베란다 문을 열자, 아카시아꽃 향기가 몰려왔다. 거실에서 알랭 드 보통의 《왜 나는 너를 사랑하는가?》를 읽고 있었다. 아무리 읽어도 내가 누구를 사랑하는지 알 수 없었다.

토끼가 혼자서 문을 열고 토끼장에서 나왔다. 그리고 내게로 다가왔다. 그러고는 내 다리를 타고 내 가슴 위로 올라왔다. 토끼가 나를 보고 있다. 갈색의 깊고 푸른 눈, 까만 고라니의 눈, 엄마의 영정사진이 나를 보고 있다. 식은땀이 흘렀다. 나는 그 셋의 연관성을 생각했다. 모르겠다. 무언가 목을 누른다. 움직이려 하지만 내 팔을 또 다른 무엇이 누르고 있다. 갑자기 물 흐르는 소리가 들렸다. 그런데 그게 아니다. 비가 오고 있다. 갑자기 내리기 시작한 비가 숲속의 나뭇잎들을 내려치고 있었다. 나무들이 흔들렸다. 아카시아의 하얀 꽃들이 송이채 떨어졌다. 나무 아래에서 토끼들이 귀를 잡고 쓰러져 갔다. '아빠! 토끼 귀에 물이 들어가면 죽어!' 둘째의 절규가 들렸다. 토끼를 살려야 했다. 나는 숲으로 뛰어갔다. 발걸음이 떼어지지 않았다. 뛰려는 의지가 강하면 강할수록 다리는 더 굳어 갔고 마음은 답답해져 갔다. 어떻게든 토끼를 구해야 했다. 나는 정신을 차리고 마음을 다잡기 시작했다. '이건 꿈이야.'

그런 생각이 들자 나는 꿈에서 깨어났다. 기분이 나빴다. 엄마의 장례식 날 날아들어 온 하얀 나비 한 마리를 보았을 때의 기분이었다. 방충망의 그 촘촘한 구멍 사이를 어떻게 뚫고 들어왔는지 베란다에서 나비 한 마리가 훨훨 날고 있었다. 마치 엄마의 혼백이라도 되는 듯이 내 주위를 빙빙 돌았다. 나의 손짓과 동선에는 무심한 듯 그저 이리저리 날았다. 나는 나비를 위해 무언가를 해 주고 싶었지만, 마땅히 해 줄 것이 없었다. 베란다의 창문을 열어 주었다. 창밖을 보는 내 주위를, 한참을 서성이던 나비는 손을 흔드는 듯 날갯짓을 하며 창밖으로 나가 하늘로 날아 올라갔다. 나는 나비가 까만 점이 되고 다시 보이지 않을 때까지 하늘을 쳐다보았다. 그때부터 나는 베란다에 서면 나비가 날아갔던 쪽으로 쳐다보는 습관이 생겼다.

읽다가 만 책을 다시 집어 들었다. '사랑한다는 것은 이름을 불러 주는 것입니다' 누군가 지은 시구가 생각이 났다. 베란다로 나갔다. 하늘은 맑고 숲의 아카시아는 여전히 무성했다. 모처럼 동네 노인네들이 산 아래 공원 정자에 모여 화투 놀이를 하고 있다. 제 집에 들어앉아 있던 토끼가 내가 나온 걸 알았는지 뛰어나와 토끼장 입구의 문고리를 입으로 물어서 열려고 애쓰고 있었다. 나는 토끼의 눈을 쳐다보았다. 그저 토끼 눈일 뿐이었다.

"토순아! 문 열어 줄까?"

토끼는 갑작스러운 나의 호칭에 놀란 듯 토끼 눈을 하고 쳐다봤다. 그러더니 다시 문이나 열어 달라는 투로 문고리를 흔들어 댔다. 문을 열어 주자, 베란다의 이쪽과 저쪽을 번갈아 뛰어다녔다.《토끼전》에서 바다에서 놓여난 토끼가 까불어 대는 것 같았다. 그러더니 내 다리 주위를 빙빙 돌며 '꾸르르 꾸르르' 소리를 냈다. 토순이는 고구마와 사과를 좋아했다. 아내는 풋사과를 좋아했다. 첫째와 둘째를 가졌을 때도 풋사과만 찾았다. 한겨울에 딸기를 사는 것보다 풋사과를 사는 게 더 힘이 들었다. 그런 영향인지 둘째 아이도 유독 풋사과를 좋아했다. 나는 냉장고에서 풋사과를 꺼내 토순이가 먹기 좋게 잘라서 먹였다. 고구마는 따로 자르지 않아도 되었다. 아삭거리는 소리를 듣고 있자니 나도 배가 고파졌다.

*

부엌으로 가려는데 전화벨이 울렸다. 오랜만에 집 전화기로 전화가 왔다. 대개는 설문조사이거나 좋은 부동산이 있는데 투자할 생각이 없느냐 뭐 그런 전화들이 주로 집 전화로 왔다. 받으려 하자 전화가 끊기더니 곧 벨이 다시 울렸다.

"여보세요? 거기 김상현 씨 댁입니까?"

전화를 건 사람은 사십 대쯤의 남자였다. 목소리가 굵고 퉁명스러운 걸 보니 설문조사나 그런 건 아닌 것 같았다.

"예. 맞긴 하는데 지금 바빠요. 무슨 일로 전화했지요?"

딱히 바쁜 일이 없어도 빨리 전화를 끊어야겠다는 방어의식이 스스로 발동했다.

"8342 차주 맞으시죠? 혹시 지난 4월 7일 저녁 열한 시경에 5번 국도 상주 군위 사이에서 자동차 사고 난 적 있으시죠?"
"예? 아니……."
"아이고 여기 증거도 있고, 동네 주민이 신고도 했어요. 경찰서로 나오셔서 진술을 좀 해 주셔야 할 것 같습니다. 월요일 오전 열 시까지 중구경찰서 교통계로 나오십시오. 안 나오시면 따로 구속영장이 발부될 수도 있습니다. 저는 이태석 경장입니다."
"아니 대체……."

전화는 거기서 끊겼다. 4월 7일이라면 어머니의 기일이다. 시골에 다녀온 날이다. 그런데 사고라니? 기억이 나지 않았다. 죄를 지은 게 없는데도 덜컥 겁이 났다. 누가 오인하고 뺑소니 신고라도 했으면 여간 귀찮은 일이 아니다. 결과야 밝혀지겠지만 꽤 신경 쓰이는 일이다. 걸리는 게 있기는 했다. 그날 그 고라니……. 고라니의 까맣고 먹먹하던 눈빛이 생각났다. 꿈같기도 하고 아닌 것 같기도 했다. 설마 그건 아닐 거라고 생각하려 애썼다.

  나는 냉장고에서 풋사과를 하나 꺼내서 베어 물었다. 시큼했다. 먹다 만 것을 토순이에게 줘도 될까, 생각하다가 칼로 반쪽을 잘라 냈다. 토순이는 오늘따라 사과도 귀찮은지 턱으로 사과를 밀어냈다. 비가 오고 있었다. 빗길을 달리는 자동차 소리가 간간이 들렸다. 베란다 끝에 서 있는 내 다리 사이로 토순이가 왔다 갔다 했다. 오늘은 아무 소리도 내지 않았다. 그러다가 파이지도 않을 바닥을 박박 긁어 댔다. 멍하니 밖을 쳐다보고 있다가 토순이가 산이라는 데를 가 보았을까 하는 생각을 했다. 물론 한 번도 가 보지 않았을 것이다. 산이라는 데가 어떤 곳인지 이야기해 줄 가족도 토순이에게는 없었다. 생후 한 달이 못 되어 어미를 떠났으니, 가족이 무언지 알 기회도 없었다. 어쩌면 인간인 우리가 유일한 가족이었다.

  나는 애완견 숍으로 갔다. 둘째라면 훤히 꿰뚫고 있을 개들의 이름, 푸들 정도를 빼고는 하나도 모르겠다. 내가 들어서자 짖는 놈, 꼬리 흔드는 놈, 그냥 엎드려서 곁눈질만 하는 놈 등 제각각이다.

"토끼 목줄은 안 팔아요?"

정비 기사처럼 청바지에 바지 끈을 단 옷을 입은 젊은 아가씨가 눈이 동그래졌다.

"저기 저 강아지만 해요."

나는 구석에 쭈그리고 있는 검고 눈빛이 물렁물렁해 보이는 강아지를 가리켰다.

"토끼 키우세요? 언제 한번 데리고 오시면 안 돼요? 목줄은 끼워 보는 게 좋은데."

아가씨는 애원하는 표정으로 나를 쳐다보았다. 나는 그 눈길을 애써 무시하고 목줄 대신 긴 줄이 달린 강아지 옷을 샀다.

*

토순이는 옷을 입히는 내내 답답해서 죽겠다는 듯이 몸을 비틀어 대며 옷에서 빠져나가려고 애썼다. 토순이는 아직 아파트 현관도 나가 보지 못했다. 아파트의 긴 복도는 오후의 햇빛이 몰려와 무슨 고대의 회랑처럼 보였다.

비가 개인 후의 햇살은 복도에 난 창에 부딪혀 반짝반짝 빛났다. 공기에는 비 온 후라 흙냄새가 섞여 있었다. 토순이는 자꾸만 주위를 킁킁거리며 새로운 공기 냄새를 맡았다. 그리고 기분이 좋은지 펄쩍펄쩍 뛰다가 강아지 옷이 답답한지 몸을 비틀어 대다가 이내 포기하고 내 뒤를 졸졸 따라왔다. 사람들은 강아지인 줄 알고 쳐다보다가 "어? 토끼네?" 하며 신기해했다.

토순이는 보는 것마다, 마주치는 것마다 코를 킁킁거리며 냄새를 맡았다. 아파트 앞의 산 아래에 있는 휴일 농장에는 유채꽃들이 노랗게 피어 있었고 일찍 씨를 뿌린 곳에는 채소들이 파랗게 싹을 키워 올리고 있었다. 벌써 상추를 바구니에 담아 내다 파는 곳도 있었다. 공원 끝에는 토끼풀이 하얀 꽃을 피우며 잔디처럼 깔려 있었다. 토순이는 하얀 꽃에 코를 대고 냄새를 맡더니 토끼풀을 뜯어 먹기 시작했다. 나는 가끔은 토순이에게도 산책이 필요하겠다는 생각이 들었다. 길만 건너면 산인데 산에서 나는 풀냄새들을 그리워하고 풀밭을 뒹구는 꿈을 꾸지 않았을까? 아직 비가 온 후라 물기가 마르지 않은 풀잎들이 몸에 젖자, 몸을 부르르 떨었다. 마치 거기에 무엇이 있는 것처럼 우두커니 산 위를 한참 동안 바라보았다. 전에 산 주위를 산책하면서 산토끼를 본 적이 있다. 진한 갈색의 까만 눈의 토끼였다. 산 건너편에는 정수장이 있어서 철조망을 둘러쳐 사람들의 접근을 금지하고 있었다. 철조망 근처를 지나가다 보면 마치 DMZ처럼 그 안에는 토끼와 꿩 그리고 산새들이 부스럭거리는 소리가 유난스러웠다. 토순이를 거기에 놓아줘도 좋을 것 같다는 생각이 들었다. 며칠 전 지역뉴스에서 멧돼지와 너구리가 학산에서 내려와 주말농장을 훼손했다는 이야기를 듣지 않았다면 아마 그런 생각을 실행에 옮겼을 수도 있었다.

"너 여기서 살래?"

나는 토순이의 머리를 쓰다듬으며 의사를 타진했다. 토순이는 그저 내 손길이 좋다는 듯 '꾸르르 꾸르르' 소리만 낼 뿐이었다. 나는 그것이 무슨 의미인지 알 수 없었다. 나는 그저 기분이 좋으면 소리를 내는 거겠지 하고 짐작만 하고 있을 뿐이었다.

토순이는 순순히 나를 따라왔다. 나는 행여나 세상맛을 본 연후라 산에서 내려오지 않으려고 버틸까 염려가 되던 터였다. 다만, 가끔 산에서 새소리나 나뭇잎이 바람에 부대끼는 소리가 나면 뒤를 돌아보곤 했다.

토순이는 산에서 뛰어다닌 것이 피곤했든지 몸에 불편하게 차고 있는 강아지 옷이 부담스러웠든지 베란다의 시멘트 바닥에 몸을 쭉 뻗고 누워 있었다.

"어 이거 뭐야?"

학원에서 돌아온 둘째가 못 보던 강아지 옷이 신기하다는 듯 쳐다보며 눈을 반짝거렸다.

"그거? 추울까 봐 입혔다."

나는 거짓말을 했다. 둘째가 알면 당장에라도 산으로 토순이를 데리고 갈 게 뻔했다.

"어? 줄도 달렸네. 아빠! 토순이 산책시키고 와도 돼?"

둘째가 고집을 부리면 내가 이길 도리가 없었다. 그래서 하는 수 없이 오늘은 아빠가 다녀왔으니, 내일은 가도 좋다고 했다. 둘째는 아쉬워 죽겠다는 표정이었지만 그러겠다고 했다.

*

일요일 아침은 해가 뜨기도 전에 온 집 안이 난리가 났다. 토끼 한 마리를 사이에 두고 아내와 두 아들이 옷을 입히고 사료를 챙기고 냉장고에서 아끼던 풋사과를 꺼냈다. 나는 한바탕 소동 끝에 집 안이 조용해지자, 이불을 걷고 일어났다. 산 아래로 아내와 아이들이 토끼를 따라서 뛰어가고 있었다.

무슨 꿈을 꾼 듯했다. 꿈속에서 나는 산으로 갔다. 그리고 산에서 토끼도 고라니도 아닌 짐승을 만났다. 그 짐승은 검고 깊은 눈으로 나를 쳐다보기만 했다. 짐승의 몸은 안개에 가려 희미하게 그 형체만 흐리게 보였다.

이불이 밖에 내걸려 햇볕을 쬐고 있다. 아파트의 담장은 이끼를 먹어 먼지의 엉긴 흔적들이 푸르르 남았다. 어디에서 오는지 어디로 가는지도 모르는 전선들이 바람과 다투고 있다.
나는 전화벨 소리에 상념을 걷었다. 아내였다.

"여보! 빨리 좀 내려와 빨리. 큰일 났어!"

아내의 목소리는 무척 다급해 보였다. 염려하던 일이 생긴 것 같았다. 내려가 보니 토순이가 사라졌다며 둘째는 강아지 옷만 끌어안고 있었다.

"아빠는 좀 튼튼한 옷을 사 오지."

둘째가 괜한 트집을 잡았다. 토순이가 밤새 입혀 놓았던 옷을 이빨로 갉아 버린 것을 보지 못한 것이다. 하루 종일 산을 뒤졌으나 찾을 수가 없었다. 아내는 산을 오르는 사람들에게 혹시 하얗고 조그마한 토기를 보면 연락을 해 달라며 내 명함을 뿌려 댔다. 아내와 둘째는 혹시 모르니 주말농장에 가 보겠다고 했다. 첫째는 학원 갈 시간이 되었다며 집으로 들어가 버렸다. 나는 또 혼자가 되었다. 한 시간이면 오르내릴 수 있는 작은 산이었다. 혼자서 산의 이곳저곳을 돌아다녔으나 토순이는 흔적도 찾을 수 없었다. 다른 애완동물처럼 이름을 불러서 올 것 같지도 않았다. 몇 번 이름을 불러 볼까도 생각했지만, 용기가 나지 않았다. 일요일 저녁에는 가족이 다 같이 모였다. 엄마 기일에도 모이지 못한 가족이었다.

하루 종일 켜져 있던 텔레비전도 오늘은 꺼져 있다. 그 때문에 분위기는 더 심각해졌다. 처음에는 내가 옷을 사 온 것에서부터 시작해서 토끼 끈을 놓친 둘째, 그리고 그때 이웃집 새댁과 며칠 전에 산 구두

이야기를 하고 있었던 아내, 토끼가 없어졌는데도 학원에 갔다가 컴퓨터 게임방을 들렀다 왔다는 이유로 첫째까지 모두가 성토의 대상이 되었다. 그러다가 그동안 토순이에게 섭섭하게 했던 각자의 행동들을 다 자아비판 하듯이 내어놓았다. 이윽고 첫째와 둘째는 토끼가 산에서 다른 동물에게 잡아먹히지 않을까 걱정하기 시작했고, 아내는 아직 바깥 날씨는 밤이 되면 추울 거라고 걱정했다. 갑자기 나는 어머니의 산소에 잔디가 죽어서 며칠 후에는 다시 잔디를 사서 심어야겠다는 생각이 들었다. 그러고 보니 얼마 후면 어버이날이었다. 지난해 산소를 찾았을 때 피어 있던 할미꽃 두 송이가 생각이 났다. 핀 지 오래되어서 수염만 남은 할미꽃이었다.

*

월요일 아침에 휴대전화로 문자가 왔다. '열 시까지 중구경찰서 교통계로 나와 주십시오.' 나는 까맣게 잊고 있던 토요일 아침의 전화가 생각이 났다. 동사무소에는 좀 늦을 거라고 둘러댔다.

이태석 경장은 목소리보다 훨씬 젊었다. 삼십 대 후반의 깡마른 체격의 소유자였다. 목소리도 전화로 듣던 것보다 듣기가 편했다.

"선생님은 도로교통법 제54조의 사고 발생 시의 조치를 하지 않으셔서 피고소 되셨습니다. 소위 뺑소니에 해당합니다. 고소하신 분은 선생님이 지난 4월 7일 저녁 열한 시경 5번 국도 상주에서 군위 방향으로 가던 중 고소인 자신이 기르던 사슴을 선생님의 차가 치었고, 그리고 사고 조치 없이 현장을 떠났다고 고소를 했고, 관할 경찰서에서 우리에게 통보를 해 왔습니다. 그래서 몇 가지 사실을 확인하려고 합니다. 다행히 인사 사고가 아니어서 현장 조사는 필요 없지만……."

이 경장은 나에게 철제의자 하나를 권하고 나서는 컴퓨터 앞에 앉아 하나씩 묻기 시작했다. 나는 사실 그대로를 이야기했다. 그 도로와 거기서 사슴인지 고라니인지 모르지만 어떤 동물 같은 그것에 부딪힌 것 같은 느낌이 있었는데 내려 보니 아무것도 없었다는 사실, 그리고 차에도 어떤 흔적도 남지 않았다고 이야기했다. 필요하면 밖에 세워 둔 차를 확인해도 좋다고 했다. 다만 그 까만 눈동자에 대해서는 이야기를 할 수 없었는데 그것이 꿈이었는지 아니면 생시였는지 구분이 되지 않았기 때문이었다.

"그러니까 무언가 부딪치는 것 같았는데 내려 보니 아무것도 없었다는 말씀이지요? 그래서 그냥 현장을 이탈하신 거고요?"

이 경장은 내 이야기를 몇 마디로 요약해서 타이핑하더니 프린터에서 출력된 사건 조서에 서명을 하라고 내밀었다.

"그런데 고소를 하긴 했는데 다른 무엇을 요구하거나 한 게 없다며 고소가 접수된 경찰서에서 이상하다고 하던데……. 혹시 다른 연락 받은 건 없으시죠?"

이 경장은 사람들이 공무원이 사고를 내면 약점을 알고 어떻게든 돈을 뜯어내려 한다며 조심하라고 일러 주었다.

"아…… 같은 공무원이니까요. 조회하면 다 나와요. 혹 필요하면 이거 보고 한번 찾아가 보세요."

이 경장이 경계를 늦추며 쪽지 하나를 건넸다.

*

'단산리'라는 주소에 적힌 동네는 다른 마을과 달리 산비탈에 십여 가구가 모인 동네였다. 집 뒤로는 오래된 적송이 쭉 뻗어 있고 마을 아래쪽 논둑 가까이에는 자작나무 잎들이 바람에 뒤집혀 하얀 속살을 드러내고 있었다.

농번기가 시작된 탓인지 마을에는 인적을 찾아볼 수 없었다. 살짝 열린 대문을 밀자, 개 한 마리가 짖어 댔다. 한 마리가 짖자 온 동네의 개들이 다 짖어 대는 바람에 정신이 하나도 없어졌다. 그냥 돌아서 동네를 나왔다. 개들은 내가 동네와 한참 멀어지자 할 일을 다했다는 듯 조용해졌다.

동네로 들어갈 때는 보지 못했던 큰 나무 아래에 한 노인이 앉아 있었다. 노인은 나뭇가지로 땅바닥에 무언가 쓰고 있었다. 무엇인지는 알 수 없었지만, 노인에게서는 신비로운 기품이 있었다. 나는 쪽지에 적혀 있는 사람이 누군지를 물어보려다 그만두었다. 그런 일을 물어서는 안 될 사람인 것 같았다.

갑자기 비가 오기 시작했다. 언제부터인가 기후가 변했다. 갑작스럽게 비가 오다가 그치고 이내 개일 것 같다가도 다시 비가 왔다. 전에는 때를 맞춰 내리던 봄비가 요사이는 천둥과 번개를 동반해서 왔다. 봄에 핀 꽃들은 맥없이 지쳐 갔다. 나는 비를 피해 나무 아래 정자로 올라갔다. 노인에게 깍듯하게 목례를 갖추었다. 비가 금세 그칠 것 같지 않아 보였다.

앞이 보이지 않았다. 논밭도 마을도 산도 그리고 하늘마저 보이지 않았다. 온 세상이 회색으로 덮였다. 이 세상에 노인과 둘만 남은 것 같았다.

"내가 자네를 불렀네."

노인의 목소리는 작았지만 경솔하게 대답하기 어려운 목소리였다.

"예? 그게 무슨 말씀이신지?"

나는 공손하게 대답했다.

"토끼를 잃어버렸지?"

노인은 대답 대신 엉뚱하게도 토끼 이야기를 꺼냈다. 그러고는 땅바닥을 가리켰다. 땅바닥에는 묘하게 생긴 작은 집이 그려져 있었다. 비가 그쳤다. 노인은 자리를 툭툭 털더니 마을로 들어갔다. 마을에서 다시 개가 짖기 시작했다.

*

"아니 왜 집에 있어요?"

아내가 무슨 일인지 겨우 여섯 시가 조금 넘은 시간에 퇴근을 했다.

"아 오늘 머리가 좀 아파서 조퇴했어. 그런데 당신은 웬일이야. 이렇게 일찍, 오늘 계모임 있는 날 아니야?"

아내는 월요일마다 전에 살던 아파트에서 인연을 맺은 여자들과 모임을 가졌다. 그 외에도 고등학교 동창회, 대학교 동창회 등에 자주 갔다. 나는 전에는 그 모임들을 줄줄이 꿰고 있었으나 이제는 색동 어머니회니, 몬테소리 연구회니, YWCA 같은 곳에서 하는 모임을 하도 찾아다녀서 그냥 '모임이 많은가 보다.'라고 생각하고 말았다. 그런 모임들 때문에 토순이는 점점 더 내 몫이 되어 갔다.

"베란다에 좀 나가 봐!"

나는 큰일이라도 해 내었다는 투로 말을 던졌다.

"어! 토순이다. 토순아!"

아내는 잃었던 딸을 찾은 것처럼 기뻐서 날뛰었다. 그리고 나에게 다가오더니 나를 와락 끌어안았다. 얼굴이 상기되더니 나에게 입을 맞추려고 달려들었다.

"어? 왜 이래?"

나는 아내를 밀쳐 냈다.

"왜 이러다니요. 당신이 이뻐서 그렇지. 그런데 어떻게 찾았어요? 머리가 아파서 조퇴했다더니? 참, 머리는 이제 안 아파요?"

아내는 토순이를 찾은 게 신기하다는 듯 묻다가 내가 머리가 아파서 조퇴했다는 말이 신경이 쓰였던지 내 머리에 손을 갖다 댔다.

"아 그냥 머리가 아파서 산에 산책하러 갔는데 어떻게 들어갔는지 산꼭대기에 있는 산불감시초소에 땅굴을 파고 들어가 있더라고."

나는 그렇게 둘러댔다.

"야! 고놈 신기하네. 맞아! 토끼가 머리가 좋은 건 아이큐가 팔십이 넘는다더라고."

아내는 그러더니 곧장 냉장고에서 고구마와 풋사과를 내왔다.

"야! 토순아, 배고플 테니 많이 먹어. 엄마 보고 싶었지?"

토순이는 아내가 주는 고구마를 밀어냈다. 풋사과를 줘도 마찬가지 였다. 나는 토끼를 보고 자기를 엄마라고 하는 아내의 말투에 비위가 상했다. 다시 토순이가 싫어질 것 같았다. 그런 생각을 하는 와중에도 자꾸만 그 단산리의 백발노인이 생각났다. 귀찮아질 것 같던 고소 사건도 당사자가 취했다며 중구경찰서로부터 연락이 왔다. 어쩌면 그 노인이 내가 치었다는 고라니 아니 사슴의 주인인지도 몰랐다. 나는 언제 다시 시간을 내서 단산리에 다녀와야겠다는 생각이 들었다. 마치 꿈결 같았지만 '내가 자네를 불렀네.'라는 목소리가 자꾸만 귀에 울렸다. 그 노인이 바닥에 그린 그림은 다름 아닌 학산 꼭대기에 서있는 산불감시초소와 같은 모양이었다. 꼭대기에 붉은 천이 휘날리는 모습 까지 같았다. 내가 돌아와 학산 꼭대기로 올라가서 토끼를 그 안에서 발견했을 때 나는 다시 그 노인의 정체가 무엇인지 알고 싶어졌다. 이 유가 궁금했다. 왜 나를 불렀는지, 토끼 한 마리 때문에 나를 그렇게 먼 곳까지 불렀다고는 생각되지 않았다.

　나는 다음 날 다시 휴가를 냈다. 동장은 무슨 일인지 이유도 대지 않고 내가 휴가를 냈다고 자기에게 화를 냈다며 동기 공무원인 사무장이 투덜댔다. 나는 그냥 집안에 급한 볼일이 생겼다고 동장에게 따로 전화했다.

　단산리로 가는 길은 다른 날보다 한산했다. 새로 산허리를 뚫어서 낸 길은 보기에도 시원했다. 논밭은 막 초록으로 변하고 있었다. 내비게이션에서 나오는 안내음이 시끄럽게 느껴졌다. 두 번째로 가는 길이라 내비게이션은 필요가 없을 것 같았다. 눈과 손이 내비게이션으로 가는 순간이었다.

　차가 하늘로 붕 떠올랐다. 나도 덩달아 하늘로 날아올랐다. 눈앞에서 지난번에 보았던 고라니가 보였다. 고라니의 눈이 토끼와 닮아 있었다. 깊은 갈색의 눈이었다.

*

"도대체 거긴 뭐 하러 갔어요?"

　아내가 걱정이 가득한 얼굴로 내려 보고 있었다. 아내 뒤로 하얀 형광등 불빛이 눈이 부셨다. 나는 인상을 찡그렸다. 아내도 인상을 찡그리고 있었다.

"왜, 무슨 일 있어?"

나는 아내의 얼굴에 묻은 걱정의 정체가 알고 싶었다. 그날 내가 단산리로 가면서 부딪친 건 고라니였다고 한다. 나는 그 이야기를 들으며 혹시 고라니가 아니고 사슴이 아니냐고 물었다. 아내는 말도 안 되는 이야기를 한다며 혹시 머리가 어떻게 되지 않았느냐며 핀잔을 주었다. 오른쪽 옆구리가 아파 왔다.

"그래서 그 고라니는 어떻게 됐어?"

나는 고라니가 어떻게 됐는지 궁금했다.

"지금 고라니가 문제예요? 당신도 큰일 날 뻔했어요. 하마터면 내가 과부 될 뻔했다고요. 차가 폐차될 정도이니 고라니가 어떻게 살아요."

아내는 그렇게 대답하고는 밥을 받으러 간다며 복도로 나가 버렸다. 나는 원래 병원 밥을 싫어했다. 아니 엄마와 호스피스 병동에서 다섯 달을 같이 생활하면서도 밥은 꼭 나가서 먹었다. 엄마는 다섯 달 동안 밥을 먹지 못했다. 먹는 음식마다 다 토해 냈다. 엄마가 토해 낸 푸른 오물들에서는 내가 어릴 때 먹은 쑥국이 섞여 나왔다. 나는 병원만 오면 그때 생각이 났다. 내가 밀어내 놓은 밥은 아내가 먹었다. 나는 하루빨리 퇴원하고 싶었다. 갑자기 토순이도 보고 싶었다.

"여보 토순이는 잘 있지?"

내가 토순이의 안부를 묻자, 아내가 이상하다는 듯 한참을 말없이 쳐다봤다.

"그놈의 토끼가 도대체 사료를 먹으려 들지 않아요. 매일 잠만 자요. 그러다가 굶어 죽을지도 모르겠어요."

왜 당신이 토순이의 안부를 궁금해하느냐는 말투였다.

한 달 후 나는 퇴원을 했다. 다리는 걸을 만했지만, 아직 산을 오르기에는 무리였다. 그렇지만 고집을 부려 엄마의 산소가 있는 청산을 찾았다. 해마다 어버이날이면 찾는 산소를 올해는 와 보지 못했다. 내가 병원에 누워 있던 탓에 아내와 아들 둘이 다녀왔다고 했다. 산소로 가는 길에 할미꽃 두 송이가 기대어 서 있었다. 탐스러웠다.
엄마의 산소 곁에 작은 흙무덤이 하나 새로 생겼다. 나는 그게 무엇인지 묻지 않았다. 그저 엄마 산소에 웃자란 풀들을 손톱 밑에 풀물이 새파랗게 들 때까지 뽑아냈다.

소백

"잔액이 부족합니다."

현금인출기에서 흘러나오는 카랑카랑한 기계음이 은행 365일 코너의 좁은 네모 상자에 울려 퍼졌다. 인수는 의외로 갑작스러운 소음에 깜짝 놀라 뒤로 물러섰다. 플라스틱 전등갓 속에서 옅게 뿌려지는 푸른 네온등이 갑자기 흐릿해지는가 싶더니 다시 밝아졌다.

평소에는 보이지 않던 감시카메라가 인수가 움직이는 방향을 따라 움직였다. 인수는 재빨리 고개를 돌렸다. 조지 오웰의 《1984》 속 오웬이 된 것처럼 카메라의 시선에서 몸을 감추고 싶었다. 갑자기 어깻죽지부터 발끝까지 득달같이 오금이 저려 왔다.

주머니를 뒤적거려 보니 달그랑거리는 동전 몇 개가 손에 잡혔다.

인수는 길가에 함부로 버려져 있는 음료수 캔을 냅다 발로 차려다가 말고 지저분하지 않은 모서리를 새끼손가락을 살짝 하늘로 들어 올린 채 엄지와 검지로 집어 올렸다. 두리번거리며 쓰레기통을 찾았다. 아무리 주위를 둘러봐도 없다. 구청에서 길거리의 쓰레기통을 확 줄여버렸는데 사람들이 생활 쓰레기를 구청에서 판매하는 쓰레기봉투에 버리지 않고 공공용 쓰레기통에 그냥 몰래 버리는 탓이다.

쓰레기를 내다 모으는 곳에는 이제 감시카메라까지 달려 있다. 인수는 갑자기 감시카메라의 눈을 틀어막고 나쁜 짓을 하고 싶은 충동을 느꼈다.

인수는 사무실로 들어오면서 음료수 캔을 뒤로 감췄다. 전에는 자연스럽게 하던 행동이 이제는 부담스러웠다. 혹시라도 여직원들이 보면 남들이 발로 이리저리 차던 것을 사무실까지 들고 온다고 눈살을 찌푸릴지도 모를 일이다. 컴퓨터 자판 두드리는 소리가 작은 사무실 공간을 공허하게 채우고 있었다.

날씨가 무척 더웠다. 아스팔트가 발바닥에 붙을 것만 같다. 하지만 집에 빨리 들어갈 생각이 들지 않았다. 몇 년 전 중고로 산 에어컨은 고장이 나서 쓸 수가 없다. 혼자 사는 집이다 보니 수리비만 몇십만 원이 든다고 하여 그냥 여름을 버티고 있다.

사무실에 앉아 있자니 밀린 일에 파묻혀 있는 직원들 눈치가 보인다. 집에 들어가 등목이라도 하면 좀 나아지겠지, 생각하며 인수는 지하철역으로 향했다.

오 분 그리고 십 분이 넘어도 지하철은 오지 않는다. 더위에 지쳤는지 항의하는 사람도 없다. 이상한 일이다. 뉴스에서는 연일 철도파업과 교통대란을 우려하는 보도 일색이다.
 인수는 지친 사람들의 어깨들을 뒤로하고 다시 지상의 세계로 올라왔다. 버스정류장에 서서 버스를 기다린다. 올해 들어 버스를 처음 타는 것 같다. 전에는 버스를 탄 적도 가끔 있었는데 직장을 옮기는 바람에 몇 번 버스를 타야 집으로 가는지 알 수가 없다. 그사이 버스노선도 전부 바뀌어 버려서 노선표를 꼼꼼히 쳐다봐야 알 수가 있다. 더군다나 그놈의 버스는 뒤통수에 번호판이 다 지워져 있다. 대중교통 개선사업이 늦어지는 바람에 아직 노선이 확정되지 않아 어떤 버스는 임시번호판을 달고 다닌다. 신문에서 그런 기사를 본 적이 있지만 나와는 상관이 없을 줄 알았다.

 길은 꽤 멀었다. 지하철로는 십여 분이면 갈 수 있는 거리지만 걸어가기엔 너무 멀다. 벌써 한 시간은 걸어온 것 같다. 몸은 완전히 땀으로 푹 젖어 있다. 사람들이 힐끗힐끗 쳐다본다. 양복 차림에 땀을 뻘뻘 흘리며 걸어가고 있으니 이상한 모양이다.
 몇 번이나 택시를 타려다가 그만뒀다. 오기가 발동했다. 이왕 가는 김에 끝까지 걸어가 보자. 아직 삼십 분은 더 가야 한다. 자동차 미터기로 재어 본 기억으로는 육 킬로미터쯤 된 듯하다. 한 시간 삼십 분이면 될 거라는 생각이었지만 아직 한 시간은 더 가야 할 것 같다. 네거리에서는 어김없이 신호등이 인수의 발목을 잡았다.

사무실 나올 때 한참이던 햇볕도 이제는 노을로 변했다. 고층 건물 뒤로 비치는 남은 빛이 현기증을 나게 했다. 발이 몹시 불편하다. 피곤하면 부어오르는 발이 오늘따라 더 심하게 부어올랐다. 어차피 집에 가 봐야 혼자인 데다가 별반 찬도 마땅찮아 저녁을 먹고 들어가는 게 좋을 듯해서 가까운 식당을 찾았다.

"아줌마 여기 에어컨 없어요?"
"아이구 아저씨는 뭐 하다 오세요!"
"에어컨은 없지만 그래도 여기 선풍기 앞에 앉으면 나을 거요. 그렇게 젖어서 에어컨 바람 쐬면 감기 걸려요. 그리고 전기 요금 겁나서 에어컨 못 써요."
"뭐 드려요?"

환갑은 훌쩍 넘은 듯한 하얀 얼굴, 눈가에 깊은 주름이 파여 있고 손마디는 굵어져 있었지만, 주인 여자는 포근하고도 따뜻한 인상을 풍겼다.
인수는 마치 고향에 돌아온 것 같은 착각이 들었다. 매우 작은 식당이었다. 밖에 카운터와 세 개의 식탁이 있었고 조그마한 방 안에 따로 두 개의 앉은뱅이 식탁이 놓여 있었다. 작은 식당 같지 않게 식탁 위는 가지런히 정리가 되어 깨끗하게 닦여 있었다. 이런 골목의 식당에 파리 한 마리 보이지 않는 것이 이상할 정도였다.

"아주머니 혹시 저기 방 안에서 먹으면 안 될까요?"

인수는 조심스럽게 물었다. 혹시나 살림집으로도 쓰는 경우가 있어 저녁때에는 손님을 받지 않는 때도 있었기 때문이다.

"그렇게 하세요. 아저씨 편하실 대로 해요."

그러고는 방 안의 하나로 들어가더니 선풍기를 식탁으로 돌려서 켜 놓는다. 모처럼 만에 포식을 했다. 갑자기 몇 년 전 돌아가신 어머니가 생각났다. 비록 김치 한 접시, 두부 한 모에 된장찌개 한 그릇이었지만 얼마 만에 맛보는 손맛인가. 손님이 없어서인지 모르지만, 문밖까지 나와 바라보는 여자의 눈빛이 따뜻했다.

*

집으로 돌아온 인수는 현관문을 걸어 잠갔다. 현관에 달린 두 개의 보조키와 걸쇠를 걸어 놓고 욕실로 들어갔다. 문을 잠그는 것은 이제 오랜 습관이 되었다. 또 다른 습관은 욕실을 사용할 때 욕실 문을 열어 놓고 샤워하는 것이다. 처음에는 멀리 해외에 나가 있는 가족들이 혹시나 전화를 할지도 모른다는 생각에서였다. 그렇지만 시간이 지나면서 밀실 공포증 같은 것이 생겼다. 잠도 안방이 아니라 거실에서 잤다. 방 안에서 혼자 불을 끄고 누워 있으려면 섬뜩한 느낌이 들어 소스라치게 놀라고 때로는 나락에 떨어지는 것 같기도 하고, 가위에 눌리는 듯한 느낌에 몸서리를 치기도 했다. 거실에서 TV를 켜 둔 채 자다가 두세 시쯤 기분 나쁜 느낌이 들어 잠에서 깨면 TV에서 오래전의 오락 프로그램에서 출연자들이 괴기스럽게 웃어 대고 있는 것을 볼 때도 있었다.

날씨가 덥기는 더운 모양이다. 금방 찬물로 샤워를 하고 나왔음에도 금방 몸이 끈적끈적해진다. 여름이 빨리 끝났으면 하지만 겨울이 반갑지는 않다.

방에 들어가 옷을 갈아입으려다 말고 수건만 두른 채 침대에 벌렁 누웠다. 갑자기 눈시울이 뜨거워졌다. 보는 사람도 없는데 눈시울이 붉어진다는 느낌에 황급히 눈을 감았다. 눈을 감고 있자니 나락 위에 몸이 어지러이 떠 있는 듯 현기증이 난다. 어릴 적 홍역을 앓았을 때의 느낌과 비슷하다.

거실에 틀어 놓은 텔레비전에서 연쇄살인범이 잡혔다는 보도를 하고 있다. 마치 기자가 직접 잡은 듯 흥분한 어조로 거품을 내 물고 있다.

아무것도 없다
있는 것이 없다
누구나 다 흉내와 모방뿐이다
그 흉내의 모양이 더 가소롭다

같고

같고

또 같고

너무 다르다

왜 세상이 이 모양인가

아류의 세상에서라도 살고 싶건만

닮고 싶은 것이 세상에는 없다

나는 누구인가

누구로부터 나오지 않았다

어디에서부터 왔는지

알 수가 없다

천둥소리

아스라이 들리는 천둥소리만

나를 알게 하는 단서가 될 뿐이다

소리를 따라 헤맨다

깊음으로 들어간다

땅속을 파고

어두운 동굴을 지나

아래로 아래로 내려간다

지옥의 황충들이 마주 올라온다

마구 덤벼들 태세였는데

그냥 지나가고 만다

왜일까?
저들의 머리에는 촉수가 자라고 있다
어떤 존재가 저들의 머리에 촉수를 달았는가?
나의 두 눈과 마주친 황충의 우두머리는
황망히 꼬리를 내리고 비켜선다
누군가가 나를 기다리고 있다
누군가

어둠의 땅에도 빛은 있는가
완전하지 못한 어둠
칠흑처럼 어둡지만 거기에도 빛깔이 있다
어둠이 검은색으로 보이는 이유는
빛이 있기 때문이다
내려갈수록 어둠은 더 밝아진다
어디에서 흘러나오는지 모르지만
작은 한숨들
그리고
약하게 들리는 심장의 쿵쾅거림이 들려온다

분명 내 안에서 나오는 소리는 아니다
그럼 무엇인가
이 소리의 출처는 어디란 말인가
그리고 또한 이 어둠의 동굴은 어디에서 끝날 것인가
처음 발길을 들여놓았을 때의 두려움은 이제 남아 있질 않다

다만 남아 있다면
두려움의 흔적들만이 남아 있을 뿐이다.
그 무엇도
그 누구도
나를 위협할 수 없다
그건 내가 완전한 어두움을 찾고 있기 때문이다
그 완전한 어두움은 나를 두렵게 하지 못할 것이기에
다만 어슴푸레한 어두움들이
우리를 가끔은 두렵게 만들 뿐이다

인수는 시끄러운 소리에 잠에서 깨어났다. 이상하다. 꿈을 꾼 것인지 모르겠지만 기분이 몹시 나쁘다. 안방에서의 잠은 늘 편안하지 못했다. 잠을 깨운 것은 전화벨 소리였다.

수화기를 들었다. 수화기에서는 익숙한 영어 문장이 들려왔다. 잠이 덜 깬 상태였으나 그것이 뉴질랜드에서 온 수신자 부담 전화를 받을 거냐고 묻는 내용이라는 걸 알 수 있었다.

"Yes."

간단한 대답이 끝나고 통화가 연결되는 전자음이 들려왔다.

"여보! 나예요."

"어때요?"

"밥은 먹었어요?"

"애들은?"

"얼마나 필요한데?"

"응 알았어!"

부부라고 하기에는 간단한 통화였다. 인수는 아내의 인사말이 미처 끝나기도 전에 수화기를 내려놓았다.

한숨이 나왔다. 아이들이 보고 싶다. 거실에 나와 담배에 불을 붙였다. 희뿌연 연기가 허공에서 바람에 요동치더니 메케한 냄새만 남기고 사라졌다. 또다시 현기증이 났다.

무엇을 어떻게 해야 할지 막막하다. 답답함이 밀려온다. 명치 왼쪽에서부터 시작된 통증은 옆구리를 지나 가슴으로 다시 목뒤로 올라가더니 뒷머리까지 뻗쳤다. 인수는 목을 감싸 쥐었다. 한참을 감싸 쥐고 있노라니 답답함이 가라앉았다.

찬물을 한 컵 먹으려고 냉장고 문을 열었다. 물이 없다. 갑자기 울화통이 치밀었다. 애꿎은 냉장고 문을 발로 꽝 찼다.

"악!"

발이 냉장고의 모서리에 부딪히면서 금세 시커멓게 멍이 들었다. 슈퍼마켓은 문이 닫혀 있었다. 방학이라 학생들을 주로 상대하는 슈퍼

마켓은 개학 때가 아니면 제 맘대로다. 아픈 발을 이끌고 인수는 길 건너 24시 할인점으로 향했다. 인수는 생수 한 병을 사서 돌아서려다 말고 소주 한 병을 꺼내 들었다.

조금 전 다친 발이 쑤셔 왔다. 처음에는 그러려니 했으나 시간이 지나면서 더 많이 부어올랐고 술기운 때문인지 더 뻘겋게 보였다. 세숫대야에 찬물을 떠와 발을 담갔다. 한결 나아지는 것 같다. 인수는 발을 담근 채 상념에 잠겼다.

아이들이 달려오고 있었다.

"아빠!"

인수는 달려가서 아이들을 힘껏 끌어안았다. 인수의 눈에 눈물이 고였다.

"그래 얼굴 한번 보자."

아이들을 안고 있던 팔을 풀어 아이들의 얼굴을 보았다. 그 순간 인수는 소스라치게 놀라지 않을 수 없었다. 아이들의 눈동자가 새파란 게 아닌가?

인수는 끈적한 느낌에 몸서리를 쳤다. 세숫대야에 담아 놓은 물이 거실에 엎질러져 있었다.

"이런 나 원!"

 인수는 거실에 쏟아진 물기를 닦아 냈다. 그러고는 다시금 담배를 찾아 한 입 베어 물었다. 아까보다는 어지러움이 덜했다. 바람이 없어 그런지 연기는 조용한 공기의 흐름을 타고 천천히 천장으로 날아올라 희뿌연 둥근 형상이 되어 머무른다. 정말 바람 한 점 없는 여름밤이었다.

*

 햇살이 창틈을 비집고 들어와 거실 가운데에 주저앉았다. 어젯밤에는 꿈자리가 무척 사나웠다. 그런데 너무 많은 꿈을 꾼 탓인지 아니면 아무런 꿈도 꾸지 않았는데 혼란스러운 마음 탓인지는 몰라도 기억나는 게 없다.
 휴일이라도 마땅히 할 일도 없고 찾는 사람도 없다. 어제 다친 발은 많이 좋아진 듯하다. 일어나 걸어 보니 걸을 만하다. 그래도 산을 오르기에는 무리가 있을 것 같아 가까운 수목원을 향했다.
 수목원은 더위를 피해 나온 사람들로 문전성시를 이루었다. 때마침 드리워진 구름이 햇빛을 가려 주어 걸어 다니기에는 괜찮은 날씨다.
 꽃들 그리고 나무들, 참 예쁘게들 피었다. 패랭이, 제비꽃, 질경이, 토끼풀, 백일홍, 채송화, 평소에 도시에서 잘 보지 못하던 꽃들이 여기저기 피어 있었다. 과일만 철이 없이 볼 수 있는 줄 알았는데 이제는 꽃도 그렇다. 제철이 없다.

여기저기서 가족들이 모여 사진을 찍고 있었다. 수목원 한편에 넓게 조성해 놓은 잔디밭에 삼삼오오 모여 앉아 가져온 음식들을 나누고 또 뛰어다니고 하는 모습들이 인수에게 외로움과 쓸쓸함을 부채질했다. 그리움이란 불안이라 했던가? 이제 가족에 대한 그리움은 거의 불안이라 할 정도로 인수의 정서를 심각히 가라앉게 했다. 그런 생각 때문에 수목원을 관람하는 것을 포기하고 돌아 나왔다.

아침을 거른 탓인지 배가 고프다. 약간 쓰리기도 하다. 아마 규칙적이지 못한 식사 습관 때문에 위장이 탈이라도 난 모양이다. 불현듯 어제 저녁을 먹은 식당이 생각이 났다.
인수는 어렵지 않게 그 집을 찾을 수 있었다. 그러나 인수를 반기는 것은 "주일은 쉽니다."라는 낡은 여섯 자의 안내뿐이었다.

가족이 모두 뉴질랜드로 떠나고 난 후 인수는 휴일이 가장 지내기가 어려웠다. 사무실에 출근해서 바쁘게 일할 때만은 시름을 잊고 지낼 수 있었지만, 쉬는 날은 그렇지가 못했다. 그놈의 걱정이나 시름은 항상 그 틈을 비집고 들어와 광풍이 되어 인수를 몰아붙였다.
인수는 주말이면 여행 삼아 다니던 사진 찍는 일을 얼마 전에 그만두었다. 돈도 많이 들 뿐 아니라 좋은 사진을 찍으려면 여러 곳을 찾아다녀야 하는 데 막상 사진을 찍는 순간을 제외하고는 버스나 열차에서의 시간을 견디기에 어려웠다.
가끔 찾아오는 동생같이 지내는 후배라도 없으면 인수는 우울증에 걸려 버릴지도 몰랐다. 인수는 왠지 후배의 전화가 은근히 기다려졌다. 그렇다고 먼저 전화할 수도 없다.

생각에 빠져 있던 인수는 전화벨 소리에 깜짝 놀랐다. 뉴질랜드 아니면 후배 분명 둘 중의 하나일 것이다.

"형 뭐 해요? 나와요. 여기 집 앞이에요."
"커피나 한잔하자. 집으로 올라와."

그렇게 이야기하고는 인수는 가스레인지에 주전자를 올려놓고 물을 부었다. 가족이 떠난 후 다른 사람은 집에 들이지 않았으나 후배는 예외였다.
아내의 말이 생각났다.

"아니 물을 받아서 올리지 않고 왜 자꾸 빈 주전자부터 올리고 그래요? 그러다가 불이라도 나면 어쩌려고?"

인수는 약간 달아오른 주전자에 컵으로 물을 부었다. 어쩌다 물 붓는 것을 잊고 주전자만 올려놓았다가 금세 그 사실을 깨닫고 나중에 물을 부은 적이 있었는데 그 이후부터 뜨겁게 달구어진 주전자와 차가운 물이 만나는 그 순간을, 그 물이란 액체가 달구어진 철의 표면과의 만나 희뿌연 수증기가 되어 피어오르는 순간을 즐겼다. 거기에는 카타르시스가 있었다.

"형님이 타 주는 커피는 진짜 일품이란 말이야. 형수님 오실 때까지 아예 나랑 같이 삽시다."

후배가 너스레를 떨었다.

*

차는 시원하게 고속도로를 달리고 있었다. 모처럼 카메라 가방을 챙겨 나왔다. 가방에는 오랜 세월을 시위하듯 먼지가 깊이 배어 있었다.

"그냥 편하게 하루 놀다 오면 좋을 걸 그 가방은 뭐 하려고 들고 나와요?"

'시원하다. 시원하다.'

인수는 속으로 뇌까렸다. 고속도로 위를 달리는 차 안에서의 바깥 풍경은 휴가철의 막바지임을 알리듯 쭉 뻗은 새로 난 도로 위에 시원하게 달리는 차들과 한창 푸르름이 진할 대로 진해서 쥐어짜면 푸른 물 푹 배어 나올 것 같은 풀숲들, 하얗게 피어올라 산등성이를 그림처럼 수놓고 있는 뭉게구름, 오래된 기와집의 지붕에 고승처럼 우뚝 서서 자라나고 있는 와송 하며, 텃밭 한편에서 발갛게 익어 가고 있는 복숭아, 그리고 이제는 제법 굵어져 곧 시장으로 나올 듯한 사과가 주렁주렁 달린 사과나무가 빼곡한 과수원들, 인수는 그 광경들을 즐겼다.

인수는 몇 번인가 시골로 내려가 버릴까 생각한 적이 있었다. 그러나 이십 년 가까이 생활한 도시의 편리함이 인수를 전원으로 돌아가지 못하게 '텅' 하니 막아서 있었다.

멀리 바다가 보였다. 바다로 왔다. 다시는 이 바다를 보지 않으리라 맹세했었다. 그러나 인수는 그 맹세는 번번이 깨어졌다. 해마다 여기 이 바다를 찾아왔고 단 한 해도 오지 않은 적이 없었다.

칠 년 전 아내와 아이들을 떠나보내기 전에 함께 바다를 보자며 이곳으로 왔었다. 그래 칠 년이 지났다. 인수는 마치 이 바다에서 가족을 떠나보낸 것 같은 착각이 들었다. 한 발 바다를 향해 내디딘 발바닥에 차가운 모래가 감겨와 간지럼을 태웠다. 파도에 씻겨 내려가는 모래 위에 두 아이의 형상이 흐물거렸다.

며칠 전에 꾼 꿈이 기억났다. 인수는 그 꿈에서 철저히 혼자였다. 인수는 꿈을 기억해 낸 기이함에 화들짝 놀랐다. 그 꿈의 어두움이 인수를 덮쳐 왔다. 인수는 애써 머리를 흔들어 잊으려 했다.

"뭐 해요? 여기 와서 좀 도와줘요."

후배가 오래된 구식 텐트를 치느라 땀을 뻘뻘 흘리고 있었다. 늘 선배를 부려 먹던 후배가 오늘은 왜 저리도 열심인지 모르겠다.

 해가 산으로 넘어갔다. 분명히 바다 위로 해가 솟아올랐을 터인데 산으로 가 버렸다. 해는 바다에서 떠서 산으로 간다. 그리고 우리가 잠을 자는 동안 다시 돌아서 바다 저편에서 올라온다. 올라올 즈음이면 무엇을 먹었는지 산으로 갈 때의 힘없이 떨어지는 모습과 다르게 불쑥 뜨거운 불덩이로 솟아오른다. 해가 산으로 간 지 오래되었는데도 아직 해변은 시끄러운 피서객들의 소리로 분주하다. 해변을 따라 줄지어 늘어서 있는 민박집들 그리고 그 앞에 마주 자리한 횟집들이 휘황찬란한 네온의 조명과 울긋불긋한 얼굴로 피서객을 유혹한다.
 해변은 여름밤이 깊어 갈수록 더 난리법석이다. 폭죽 터트리는 소리와 술에 취한 사람들의 고성들이 아수라장이다.

 "형 술이나 한잔합시다."

 후배가 인수의 기분을 눈치챘는지 소주를 권했다. 한두 잔의 술잔이 오가고 취기가 올랐다.
 '마시기는 내가 마시는데 취하기는 바다가 취한다.' 누구의 시구인지도 모르겠지만 맞는 말이다.
 갑자기 조용하던 바다가 일렁이기 시작했다. 파도가 높아져 이제는 인수와 후배가 쳐 놓은 텐트를 집어삼킬 태세다.

"그만 갑시다. 내일 일출 보기는 힘들 거 같네요."
"너 술 먹었잖아."
"아참, 술을 먹은 거 같아야 말이지."

인수와 명현은 민박집으로 자리를 옮겼다.

명현! 좋은 이름이다. 명현의 한때 유학자로 유명하셨던 작고하신 후배의 할아버지가 직접 지어 주신 이름이다. 이름만큼 명현은 명철하고 현명한 친구였다. 매사에 빈틈이 없고 철저했지만, 그런 사람들에게서 풍기기 쉬운 차가움이나 오만함 따위는 없었다. 오히려 사람을 배려할 줄 아는 넓은 아량과 세상을 넓게 보는 눈 그리고 삶의 지혜를 가진 사람이었다. 단지 인수를 대할 때만은 그러한 철저함도 어른스러움도 없어 보였다. 그저 철없는 후배이자 동생이었다.

인수는 그게 좋았다. 그런 사람일수록 외로움은 더 클지 모른다고 인수는 생각했다. 오히려 가족을 모두 떠나보낸 나보다 사람들이 행복하게 보인다고 생각하는 저 친구가 더 외로운 사람일지 모른다고…….

어디론가 이끌려 간다. 털털거리는 디젤 엔진의 소리가 더운 여름을 더 시끄럽게 한다. 차선이 이상하게 그려져 있다. 오는 차선이 있고 가는 차선 그리고 다시 오는 차선이 길바닥에 그려져 있다. 운전대를 잡은 손과 등줄기에서 땀이 배어 나와 기분 나쁜 끈적거림에 몸서리가 쳐진다. 전에는 보이지 않던 집들이 보인다. 아니 언젠가 한 번쯤은 본 듯한 동네인 것 같다.

시골 동네에 떠도는 소문이 무성하다. 집집이 다 들로 나갔는지 문들이 꼭꼭 잠겨 있다. 얼마 전부터 동네에 한 주정뱅이가 사람들을 당혹하게 하고 있다. 불결하기 그지없는 몰골을 하고 굳게 닫힌 대문에다 오줌을 후려갈긴다. 다행히 인상은 험해 보이지 않는다. 다만 술에 흠뻑 취해 기분 나쁘게 웃는 웃음을 얼굴에 늘 달고 다닌다.

인수는 어떤 집 앞에 도착해 있다. 타고 온 녹슨 지프는 어디에 세워 두었는지 보이지 않는다.

"후~"

한숨이 깊은 곳에서부터 흘러나온다. 한숨 소리를 들었는지 키가 크고 가냘픈 얼굴의 한 여인이 문을 연다. 사뿐히 차려 나온 밥상을 맞는다. 멍하니 밥상을 한참 동안 쳐다보던 인수는 여인과 눈을 마주한다. 아주 맑은 눈이다. 말이 없다. 어째서 내가 여기까지 온 것일까? 여기는?

미령의 집이다. 와락 그녀를 껴안았다. 스무 살의 그녀의 집이다. 비가 온다. 추녀 끝으로 떨어지는 빗소리에 멍하니 앉아 그렇게 밖을 바라보았다. 인수를 이십 년이나 기다려 온 여자다. 비를 맞으며 걷고 있다. 인수의 등에는 여인이 업혀 있다. 깡마른 여자의 몸이 너무 무겁다. 멀리서 고함 소리가 들려온다. 얼굴에는 여전히 조소가 가득 차 있다. 인수는 그 남자를 미령의 집으로 데리고 왔다. 밥을 한 상 차려서 내주었다. 그러고는 집을 나왔다. 그 집을 나와 끝없는 모래사막을 걸었다. 목이 탔다.

'아 목마르다.'

*

희뿌연 새벽의 빛이 창틈을 비집고 들어와 방바닥에 이리저리 숨어들었다. 구석구석에 기승을 떨치던 어둠은 슬그머니 꼬리를 감추어 버렸다. 머리맡에 플라스틱 생수통의 마개를 열었다.

"쩝."

인수는 입맛을 다셨다. 물이 미지근하니 먹기가 딱 싫었다. 곤히 자고 있는 후배의 얼굴을 아무런 생각 없이 내려다보다가 주섬주섬 옷을 입었다.
이제는 아침 바람이 제법 살갑다. 바다를 향해 낡은 카메라의 셔터를 눌렀다.

"철커덕!"

차르륵 필름 감기는 소리가 오늘따라 너무나 크게 들린다. 세상의 모든 시름이 셔터 소리 속에 잊혀졌다. 무슨 시름이 있으랴, 눈앞에 저 넓은 바다가 있는데…….

저 멀리 작은 돌섬에 갈매기들이 옹기종기 모여서 바다의 아침을 맞고 있다. 온통 정신을 쏟아서 갈매기를 향해 셔터를 눌러 댔다. 갈매기들은 인수를 외면한 채 부산히 이리저리 날아올랐다가 다시 내려앉기를 반복했다.

언뜻 인기척을 느끼고 뒤를 돌아보니 명현이 서 있었다. 사진 찍는 모양이 재미난 듯 쳐다보고 있었다.

"언제부터 거기 있었어?"
"언제나 뒤돌아보나 보고 있었죠!"
"갈매기만 찍지 말고 나도 한 판 찍어 주소. 더 나이 들기 전에 형님한테 사진이나 한 판 박아 둬야지."

아침부터 매운탕을 먹고 싶다는 후배의 성화에 못 이겨 그러자고 했던 게 후회막급이다. 속이 쓰려 왔다.

그때 뒤에서 인수를 향해 꽁지머리를 한 작은 여자애가 달려왔다.

"아저씨!"
"오! 우리 공주님들 잘 있었어?"
"제수씨도 잘 계셨어요? 여긴 웬일이세요?"

인수는 명현을 쳐다보았다. 명현과 명현의 아내는 어디 같이 가서 저녁 식사나 하고 가자고 한다. 애원하다시피 하는 명현을 뿌리치고 인수는 뒤돌아 집으로 향하지만 이내 발길을 돌렸다. 명현의 이제 겨우 다섯 살 된 둘째 딸아이가 손을 잡고 놓아주지 않는다.

"아찌 같이 가."

애원하는 모양이 도저히 뿌리칠 수 없다.
오랜만에 인수의 얼굴이 환하게 밝아졌다. 그러면서 저도 모르게 긴 한숨을 내쉬었다.

"지훈이 엄마에게서 가끔 연락은 와요?"

명현의 아내가 물었다.

"네 가끔 와요. 잘 있다네요. 참 방학이 되면 지수 데리고 놀러 오라던데요?"

대답하는 인수의 얼굴 한쪽에서 명현은 알 수 없는 불안을 느꼈다.

*

"영화 〈로미오와 줄리엣〉의 오리지널 사운드트랙입니다."

　오래전 FM 라디오에서 녹음해 둔 〈로미오와 줄리엣〉의 아련한 선율과 슬픈 가사가 스피커를 통해 울려 나왔다. 언제부터 이 곡을 좋아했는지 모른다. 슬픈 음악은 사람을 위로한다. 다시 한숨이 흘러나온다.
　소나기가 온다. 여름밤의 소나기가 더운 아스팔트와 콘크리트 건물의 열기를 식히면서 먼지 냄새 그리고 시큼한 단내를 풍겼다.
　그녀는 비 오는 날을 좋아했다. 호숫가에 서서 비를 맞으며 그렇게 그를 기다리곤 했다. 그러고는 새까만 눈으로 말똥말똥 쳐다보며 손수건을 내밀어 머리를 닦아 달라고 했었다.
　인수는 아이들의 앨범을 꺼냈다. 가끔 혼자서 앨범을 꺼내 쓰다듬고 가족을 그리워하고 있는 자신을 생각하면 한없이 자신이 나약해 보이기도 하고 바보처럼 보였다. 그렇지만 아마 오늘은 이렇게 또 밤을 지새워야 할 것 같다.

인수는 눈을 질끈 감았다. 현기증이 나고 속이 울렁거렸다. 비행기가 요동을 쳤다. 인수는 다시 눈을 감았다. 그저 아이들 얼굴만 떠올랐다. 잠시 고요하게 하늘을 나는 듯하더니 곧 창밖은 아무것도 보이지 않는 시커먼 벽으로 변했다. 사람들이 잔뜩 겁을 먹고 놀라서 허둥대는 모습들이 눈앞에 보였다.
인수도 긴박한 두려움을 느꼈다. 비행기가 갑자기 곤두박질치기 시작했다. 마치 어릴 적 꿈에 갑자기 타다가 늘어난 그네처럼 그렇게 땅으로 내리꽂혔다. 인수는 깜짝 놀라 눈을 떴다.

"지훈아! 지훈아!"

여전히 어두컴컴했다. 한참을 눈을 뜨고 있노라니 주위가 밝아졌다. 인수의 손바닥에는 한 장의 사진이 들려 있었다. 그 바닷가에서 찍은 사진 한 장! 푸른 바다는 웃고 있었지만 빨간 등대는 울고 있었다. 그것이 가족들과의 마지막 여행이었다.

인수는 창고에서 작은 액자를 꺼내서 사진을 고이 끼워 놓았다. 원래 책상 앞에 놓여 있던 사진이었다. 앞에 보이지 않으면 좀 덜 그리워질 줄 알았는데 오히려 그리움이 더했다.

요즘은 하룻밤을 편안히 자는 날이 없다. 늘 꿈을 꾼다. 그리고 그 꿈들은 편린들이 되어 머리를 아프게 했다. 인수는 머리맡에 약통에서 아스피린을 한 알 꺼내 물었다. 입안에서 부서지는 쓴 알갱이들이 침샘을 자극했다. 그냥 삼켜 본 적이 없다. 왜 쓴 알약을 입안에서 으깨야 직성이 풀리는지 인수도 알 수 없다. 그냥 그러고 싶을 뿐이다.

지훈이는 사진 속에서 웃고 있었다. 며칠 전의 파란 눈의 아이가 아닌 새까만 눈의 아주 귀여운 얼굴이다.

천장에 떠다니는 뿌연 담배 연기가 갑자기 소용돌이쳤다. 가뜩이나 불면증에 시달리는 인수이었기에 오늘 남은 밤은 뜬눈으로 새워야 할 것 같았다. 내일 출근이 걱정이 되지만 억지로 누워 있어 봐야 잠 못 들기는 마찬가지다.

　비가 계속 오는 모양이다. 인수는 비를 좋아했다. 그리고 그녀는 물안개를 좋아했다. 며칠 전 꿈에서 미령을 만났다.

　'인아!'

　인수는 속으로 그 이름을 뇌까렸다. 인미령, 인수는 그 이름을 부르지 않았었다. 인씨라는 독특한 성 때문에 인아라고 불렀다.

　'인아는 지금 어디에 있을까?'

　아직 결혼을 하지 않고 혼자 산다는 이야기를 소문으로 들었다. 인수는 갑자기 그녀를 만나고 싶었다. 어디로 가야 그녀를 만날 수 있을까? 인수는 몇 시간째 컴퓨터 앞에서 그 이름을 찾았다. 그러나 그 이름은 어느 곳에도 없었다. 쉬 찾으리라는 생각은 아니었지만 흔하지 않은 이름이니 그래도 단서라도 발견할 수 있으리라 생각했었다.

　"후~"

　긴 한숨이 배어 나오고 이마에는 식은땀이 배어 나왔다. 벌써 아침은 저 멀리서 어둠을 몰아내며 울긋불긋 하늘을 물들이며 찾아오고 있었다. 아이들의 얼굴도 아내의 얼굴도 아닌 긴 머리에 갸름한 얼굴인 인아의 얼굴이 자꾸만 떠올랐다.

"이 대리 나 김 과장인데 오늘 월차 좀 내 줘. 몸이 좀 편치 않아. 부탁해."

통화가 끝나기도 전에 전화가 끊겼다. 인수는 전화를 집어 던지듯 내려놓고 침대에 다시 드러누웠다. 잠을 설쳐서인지 눈이 따끔거렸다. 창문 틈으로 비집고 들어온 햇살이 방 안에 차곡차곡 내려앉았다.

간밤에 잠을 설쳤는데도 머릿속은 점점 맑아져 왔다. 침대에 드러누워 잠을 청해 보았지만 통 잠이 오지 않는다. 오래된 아파트의 구내방송을 통해 노인정에서 정기 월례회가 있다는 안내방송이 나온다. 방송을 하는 여자의 목소리가 꼭 이십 년 전의 방송 멘트 같다.

장롱 문을 열어서 서랍 속에 넣어 둔 카메라를 꺼냈다. 필름이 없다. 냉장고 문을 열고 비닐봉지 안에 넣어 둔 필름을 찾아 카메라에 장착했다. 유효기간이 지난 필름이지만 몇 통 남지 않았다. 요즘은 다들 디지털로 된 카메라를 쓰는데, 아직도 필름을 쓰고 있다. 그냥 막연히 그 느낌이 좋았다.

*

인수는 지금 새로 개통된 중부고속도로를 달리고 있다. 목적지를 정하지 않고 나왔지만 차는 어디로 가야 하는지를 알고 있다. 오래된 지프가 가다가 엔진 고장이라도 일으키면 어찌할까 불안한 마음도 있었지만 지금 있는 곳이 사무실이 아닌 것이 무척 다행스러웠다.

"아저씨 더덕 사 가요. 5년 묵은 거라오."

산으로 올라가는 길에 더덕, 산나물 등 솎은 것을 파는 할머니가 손짓하며 부른다.

"네 할머니, 나중에 내려올 때 들를게요."

인수의 입에서 후유 후유 하는 소리가 저절로 나왔다. 너무나 오랜만에 오르는 산이라 그런지 숨이 무척 가빴다. 잠시 나무 그늘에 앉아 하늘을 바라보았다. 나뭇잎 사이로 내리쬐는 햇볕에 현기증이 났다.
배낭에서 카메라를 꺼내 햇살이 비치는 청단풍을 필름에 담았다. 아니 단풍잎이 아닌 잎에 비친 햇살을 담았다. 인수는 유난히 역광에서의 나뭇잎 사진을 찍기를 좋아한다. 그 투명함과 깨끗함을 즐겼다. 한참 가니 길이 좀 편해졌다. 산등성이에 올랐다. 오르는 길이 있기는 하지만 내려가는 길도 가끔 있다. 조금 더 가니 산장 하나가 보인다. 고지대라 하루에도 날씨가 수십 번씩 바뀌기 일쑤지만 그래도 오늘은 날씨가 매우 좋은 편이다.

"안에 누구 계세요?"

인수는 산장 문을 두드렸다. 인기척이 없다. 역시 생각했던 대로다. 벌써 이십 년이 지났으니 아직 여기에 있을 이유가 없다.

인수는 돌아서서 길을 재촉했다. 한 이십여 미터쯤을 갔을까? 인기척에 뒤를 돌아보았다. 산장의 창문이 열리고 수염이 덥수룩한 노중년의 남자가 보였다.

"누구여?"
"어! 아저씨!"

인수는 그 목소리만으로도 아저씨를 알아볼 수 있었다.

'아!'

사람은 오래 같이 있어야만 정이 드는 게 아닌가 보다. 단 두 번의 만남이었지만 산 아저씨와의 만남은 정말 특별한 만남이라는 생각이 들었다. 그리고 보니 아직 아저씨의 성과 이름마저 모른다. 그냥 아저씨, 산 아저씨라고만 기억했다. 이름이 무슨 소용이 있으랴. 삼십여 년 전 이 산장에 온 이후 아저씨는 이름을 써 본 기억이 없다고 하셨다. 아무도 그 이름을 묻지 않았고 그의 이름을 부르지 않았다.

"맞지? 그래 맞아! 어서 들어오게."

아저씨도 인수를 기억했다. 이십 년 전 갑작스러운 폭우에 겨우 찾아든 곳이 이 산장이었다. 혼자가 아니라 인아와 함께 올랐던 산이었기에 빗속을 내려가기가 어려워 산장에서 하룻밤 신세를 졌다. 그리고 그다음 해 인수와 인아는 다시 그 산장을 찾았었다.

무거운 짐을 낑낑대며 지고 올라온 인수를 보며 뭐 하러 가지고 왔느냐며 핀잔을 주면서도 내심 무척 고마워하던 산 아저씨의 모습이 지금도 역력하다. 많은 사람이 산장에 신세를 지고 가지만 정작 그때가 지나면 다시 찾아오는 법이 없다.

아저씨는 가스레인지에 마른 주전자를 올렸다. 희한하게도 아저씨와 인수는 커피 끓이는 방법도 닮았다. 뜨겁게 달구어진 주전자에 부어진 차가운 물이 산장 거실의 천장 아래에 낮게 깔려 마치 운무가 핀 것처럼 보였다.

"이야 멋진데요?"

인수는 마치 처음 보는 광경을 보듯 감탄사를 날렸다. 일회용 커피가 스테인리스로 된 머그잔에 녹아들었다. 한 모금 머금은 커피가 장에 도달할 즈음 싸리 한 기운이 온몸을 전율케 했다. 인수의 몸을 전율케 한 것은 커피 때문이 아니라 그날의 생각 때문이었다.

인아가 어떻게 지내는지에 대해서 아저씨는 아무것도 묻지 않았다. 인수가 혼자 이곳에 들른 이유를 아저씨의 깊은 두 눈이 아는 듯했다.

"아저씨 이거요."
"아이고 이런 건 뭐 하러?"

산에서 내려가기가 어려운 걸 잘 아는 인수가 올라오기 전에 커피, 설탕, 아스피린, 소금 따위의 산에서 필요한 약간의 물품을 사서 배낭에 넣어 왔다.

"아저씨! 어두워지기 전에 저 이제 내려갈게요."

아저씨는 아무렇지 않은 것처럼 산장의 문을 열었다. 인수가 한참을 가다가 뒤돌아보니 산장이 새까맣게 보였다.

살아서 천 년, 죽어서 천 년이라고 했던가! 산등성이 옆으로 주목들이 그 각각의 오백 년 천 년의 세월을 담고 버티고 서 있다. 산꼭대기를 오르자 넓고 비스듬한 평지가 눈앞에 펼쳐졌다. 길게 자란 풀들이 여인네의 머릿결 같았다.
  인수는 풀숲에 털썩 드러누웠다. 하늘이 눈앞에 확 들어왔다. 옅은 구름이 눈앞에서 변화무쌍하게 이리저리 쏠려 다녔다. 마치 온 하늘이 움직이듯이 신기한 느낌이 들었다.

구름이 여름의 태양을 가리고 산 너머에서 바람을 불렀다. 무릎이 간지러웠다. 인아의 머리카락이다. 이십 년 전 두 번째 이 산을 올랐을 때 인아는 인수의 무릎에 누워 하늘을 바라보며 그렇게 말했었다.

"구름이에요. 그렇죠?"
"뭐가?"
"사는 것이요?"

인수는 인아의 그 말을 무덤덤하게 들었었다. 그런데 그 말이 왜 이렇게 생생하게 기억나는 걸까?

"절 사랑해요?"

인아는 빤히 인수를 쳐다보았다.

"그럼!"
"저 하늘도 저렇게 변하는데요?"

인수는 아무런 대답도 없이 그냥 인아의 머리카락을 손으로 쓰다듬고 있었다.

손에 한 움큼의 풀이 만져졌다. 풀 내음이 좋다. 그 두 번째 이 산을 오른 이후 인아는 소식이 끊어졌다. 살던 집을 찾아가도 빈집뿐 도무지 소식을 알 수 없었다. 가끔 포항에서 인천에서 속초에서 인아를 보았다는 소문을 듣고 백방으로 찾아 보았으나 만날 수 없었다.

인수가 알 수 있는 것은 하나였다. 인아는 그 어딘가 바닷가에서 살고 있을 거라는 사실, 인아를 보았다는 소문은 모두가 바다가 가까운 곳이었다. 산을 내려오면서 함께 겨울 바다를 보고 싶다고 했다.

차는 어느덧 동해안의 해안도로를 달리고 있었다. 긴 여름날의 태양도 산 뒤로 몸을 감추고 길은 어둑어둑해졌다. 작은 어촌 마을에 정박한 배들이 눈에 들어왔다. 인수는 카메라를 들고 정박한 배들을 담았다. 여름의 마지막 남은 빛들에 배들이 흔들려 파스텔 색조의 회화가 되었다.

인수는 삼각대를 세우고 다시 카메라 셔터를 눌렀다. 어떤 사진이 담길까를 생각하기보다는 셔터 소리와 필름 감기는 소리에 정신을 빼앗겼다. 정박한 배 안에서 작업하던 어부들이 하나둘 걸어 나왔다. 반대편 길에서 서른은 좀 넘어 보이는 여자가 아이 손을 잡고 나와 사내에게로 달려갔다. 인수는 다시 셔터를 눌렀다.

아파트 현관을 들어서려는데 전화벨 소리가 요란하게 들렸다. 전화벨은 한참을 그렇게 울리다가 끊어졌다. 산에 오를 즈음 휴대전화를 꺼 두었다는 생각이 이제야 들었다. 인수는 휴대전화의 전원을 켰다. 부재중 전화가 다섯 건이 표시되어 있다. 모두 같은 번호였다. 뉴질랜드에서 온 전화다.

  인수는 긴 한숨을 내쉬었다. 이제는 더 이상의 방법이 없다. 집이라도 부동산에 내어놓아야 할 것 같다고 생각했다. 베란다에서 보이는 바깥세상은 흥겨워 보인다. 한풀 꺾인 더위에 사람들도 살맛이 나는 모양이다. 길 가는 사람들의 웃는 소리, 아이들의 떠드는 소리가 늦여름의 밤을 채우고 있었다.

  담배 연기가 눈으로 파고들어 눈이 시리게 했다. 눈물이 난다. 흐르는 눈물을 훔치며 인수는 왜 눈물이 뜨거운지를 생각했다.

  뉴질랜드는 지금 밤 열한 시쯤 되었다. 저녁 내내 1시간쯤 간격으로 아내가 전화한 모양이다. 기어코 떠나겠다는 아내를 말릴 수 없었던 자신이 원망스럽다.

  어린아이부터 어른까지 어학연수를 가는 영어 공화국이다. 마지막이라고 몇 번을 말했지만, 아내의 전화를 받으면 늘 마음이 약해졌다. 그러나 이제는 더 이상의 방법이 없었다.

*

  캄캄한 암실이다. 인수는 암실이 좋다. 암실에서는 모든 게 다 잊힌다. 그런데 오늘은 다르다. 인수는 손에서 가느다랗게 떨며 현상탱크에서 정착액을 쏟아 냈다. 수세 촉진제에 필름을 담고 필름을 씻어 내고 조심스레 필름을 릴에서 풀고 걸어 말린다.

하늘거리는 필름의 사이로 사각의 정지된 그림들이 모습을 드러내기 시작한다. 마지막 컷이었던 사진에 자꾸만 눈이 간다. 인수는 필름이 마를 때를 기다릴 수 없을 것 같다.

따르릉……. 전화벨 소리가 텅 빈 집안의 적막을 깨운다. 인수는 필름을 들여다보다 말고 다시 제자리에 걸어 놓았다. 아마도 뉴질랜드에서 온 전화임이 틀림없다.

"여보세요?"

오늘따라 목소리가 스스로 느끼기에도 무겁다.

"미안해 아직 못 보냈어."
"내일은 어떻게 해 볼게. 미안해."

다시 암실로 들어왔다. 필름이 다 말랐다. 마른 필름을 카세트에 끼워 루페로 들여다보았다. 단풍잎이 아주 예쁘게 찍혔다. 비록 청단풍이지만 인수가 원하는 느낌이다. 마지막 컷을 찍은 필름 위에 루페를 갖다 댔다. 가슴이 쿵쾅거렸다.

'내가 왜 이러지?'

인수는 조바심에 눈을 억지로 크게 뜨고 필름을 들여다보았다. 마음을 진정시키려 해 보았지만, 손발이 떨리는 것을 어쩔 수가 없다.

'아!'

놀라움에 온몸에 힘이 빠지고 정신이 아찔해졌다. 그러고는 머릿속이 온통 하얗게 되어 아무 생각도 할 수 없었다.

잊을 수 없는 얼굴이 그 필름 안에 있었다. 늦은 오후의 그 어촌이 어디쯤이었는지 기억을 더듬었다. 바로 엊그제 일이었는데도 그 항구의 이름이 무엇이었는지 어디쯤이었는지 정확한 위치를 생각해 낼 수가 없었다. 아마 다시 그 길을 따라 내려오면 기억해 낼 수 있으리라.

인수는 다시 필름에 루페를 대고 다시 한번 그 얼굴을 확인했다. 틀림없는 인아의 얼굴이라고 그렇게 확신하면서도 마음의 한쪽 구석에는 닮은 사람일 수도 있다는 생각을 했다.

내일 아침 당장 찾아 나설 수는 없다. 며칠 동안 사무실을 비울 정도로 한가하지는 못했다. 갑자기 인수의 마음이 바빠졌다. 며칠간 소홀히 한 일들이 머릿속을 혼란스럽게 했다. 지금이라도 사무실에 나가 밀린 일을 정리해야 할 것 같았다.

갑자기 시장기를 느꼈다. 그러고 보니 아직 저녁을 못 먹었다. 냉장고 바닥 야채 칸에서 오래된 라면을 찾아내어 저녁을 해결하려 했지만, 몇 젓가락 삼키지 못하고 음식물 쓰레기통에 부어 버렸다. 속이 쓰려 왔다. 얼마 전 속이 쓰려 병원에 갔더니 신경안정제를 처방해 주었다. 쓰레기통에 버렸던 알약을 혹시나 하는 마음에 식탁 위로 다시 꺼내 두었던 일이 기억났다.

"저거라도 한 알 먹을까?"

찬물이 목구멍으로 쓴 알약과 함께 넘어갔다.

어느 바닷가의 마을이다. 인수는 어느 자그마한 소녀와 마주하고 있다. 무릎을 굽히고 어린 소녀와 눈높이를 맞추어 눈빛을 맞추었다. 소녀가 말한다.

"왜 이제 왔어요?"
"너 나를 아니?"
"인수 씨 아닌가요?"

인수는 움찔해서 뒤로 몇 걸음을 물러났다.
어느덧 소녀는 긴 머리를 바닷바람에 나풀거리며 돌아서서 걸어가고 있었다.

*

인수는 예전에, 사무실에서 걸어올 때 들렀던 식당을 찾았다.

"아주머니 혹시 저 여기서 월식 같은 거 하면 안 될까요?"
"안 될 거야 없지요. 전에는 그렇게 우리 집에서 밥 먹고 다니는 총각들이 많았는데……. 요즘은 요 앞 공사장에 인부 몇 명밖에 없어요."
"그런데 총각 같지는 않은데……."

정신없이 시간이 흘러갔다. 소백산을 다녀온 지 벌써 다섯 달이 지났다. 밀린 일 때문에 인아인 듯한 여인의 사진을 찍었을 것 같던 그 어촌을 다시 찾는 것도 까맣게 잊었다. 현실의 무게라는 것이 그 모든 것을 가슴 속 저 아래에 깊이 묻어 두게 했다.

빼곡히 쌓인 책들과 낡은 카메라 한 대가 덩그러니 책상 위에 놓여 있다. 이제는 더 이상 뉴질랜드에서는 전화가 오지 않는다. 인수는 아파트를 팔아 매달 일정액의 돈이 자동으로 아내의 통장으로 이체되도록 해 두었다.

대신 인수는 회사 근처의 오피스텔로 이사를 왔다. 어차피 아파트는 혼자 살기에는 너무 넓었다. 오히려 오피스텔로의 이사가 인수의 마음을 안정시켜 주었다. 아쉬운 점이 있다면 사진 작업을 할 수 있는 암실을 잃어버렸다는 것뿐, 그 이외에는 모든 것이 좋아졌다. 게다가 입맛에 맞는 세끼의 식사를 편하게 할 수 있다는 것이 무엇보다 좋았다. 아마도 인수가 이곳 회사 근처의 오피스텔을 택해 이사 온 가장 큰 이유를 꼽으라면 바로 그 아주머니의 식당 때문이었다.

진작 왜 이런 생각을 하지 못했을까? 인수는 갑작스러운 자신의 변화에 즐거워하면서도 알 수 없는 무의식이 아래에서 꿈틀거리고 있음을 느꼈다.

"과장님 요즘 무슨 좋은 일 있으세요?"

평소에 유난히 인수를 따르던 여직원이 물었다.

"왜? 내가 뭐 달라 보여?"
"평소에 잘 매시지 않던 넥타이 그리고 구두까지 말끔히 닦으시고, 무슨 좋은 일이 있으신 것 같아요."
"그래 보인다니 기분이 좋네. 오늘 내가 한턱낼까?"

모처럼 인수는 직원들과 함께 점심시간을 같이했다. 그러고 보니 아내가 떠난 후 직원들과의 거리도 멀어졌다.

"과장님 한턱내신다더니 겨우 여기에요?"

여직원은 인수에게 핀잔을 주면서도 그리 기분 나빠 보이진 않았다. 인수는 흘깃 주방으로 눈길을 돌렸다. 거기에서 식당 아주머니가 인수에게 부드러운 눈길을 보내고 있었다.

*

긴 겨울이 지나갔다. 메일이 도착했다는 알림음이 인수를 노트북 컴퓨터 앞으로 다가앉게 했다. 아이들의 사진도 보였다.

며칠 전에도 사진을 보내왔는데 그 사진은 벌써 현상해서 인수의 책상 위에 올려놓았다. 메일이라야 특별한 내용은 없다. 아이들도 건강하고 아내도 잘 지내고 있으니 걱정 말라는 내용이다. 특별한 게 있다면 아이들이 이번 학기에는 장학금을 타게 될지도 몰라 송금을 한두 달은 하지 않아도 될 것 같다는 내용이다. 그래도 돈은 계속 보내질 것이다.

아이들이 아빠가 보고 싶어 성화라고 했다. 휴가를 내어 뉴질랜드로 한번 들어오라는 이야기가 매번 메일의 마지막을 장식한다.

인수는 아이들의 성화에 못 이겨 디지털카메라를 장만했다. 그리고 삼각대를 세우고 리모컨으로 사진을 찍었다. 수염도 말끔히 깎고 밝은 체크무늬가 들어간 연푸른 티셔츠에 익살스러운 표정을 보탰다.

디지털카메라를 장만한 후로는 전에 쓰던 낡은 카메라는 이제 뒷전이 되어 버렸다. 인수도 문명의 이기 앞에 굴복했다. 책상 위에 덩그러니 놓인 낡은 카메라를 치우려다 말고 인수는 여섯 달 전의 루페로 들여다보던 필름이 생각이 났다. 그 생각에 미치자, 인수의 속에 눌려 있던 무의식들이 의식의 뜰로 뛰쳐나왔다.

"아! 그 필름을 어찌했지?"
"이사 통에 필름을 잊어버린 건 아닐까?"

도무지 생각해 낼 수가 없었다. 아니 애써 기억하지 않으려 했다. 인아를 한없이 찾기는 했지만 한 오라기의 실타래의 끝을 잡고 보니 이제 그 실타래를 풀기가 두려웠다. 실타래라는 것이 한번 풀리면 좀체 다시 감기 어려울 뿐 아니라 얽히고설키게 마련이라는 것을 인수는 알고 있다.

"동해……. 그곳에 다시 가야 할까?"

도시의 네온사인이 오피스텔의 모자이크된 창 위로 비치자, 빨주노초파남보 무지개가 되었다. 인수는 카메라를 꺼내어 창 위에 비친 불빛들을 향해 초점을 흐리게 하여 셔터를 눌렀다. 그러자 디지털카메라의 액정에 아름다운 보케가 오색찬란하게 상을 맺었다.

*

어제저녁에 창문을 비추던 오색의 네온사인은 이제 백색의 빛이 되어 창살에 부딪혔다. 인수는 그 백색의 빛이 오른쪽 뺨과 눈가를 스치자 눈부심을 피해 고개를 돌리고 이불을 다시 뒤집어썼다. 그것도 잠시, 깜짝 놀라 시계를 들여다보니 벌써 아홉 시가 넘은 시간이었다.

"이런 늦잠을 잤어!"

인수는 출근 준비를 서두르다가 오늘이 휴일이라는 것을 생각해 내고는 실소를 얼굴에 띄운 채 다시 침대로 파고들었다. 모처럼 단잠을 잔 것 같았다. 꿈도 뒤척임도 없는 그런 달콤한 잠이었다.

새로 산 솜이불의 뽀송뽀송한 느낌이 기분 좋게 느껴졌다. 그렇게 누워 천장을 바라보며 한참을 누워 있었다.

다시 눈을 뜬 것은 오피스텔의 초인종 소리 때문이었다.

이른 아침에 손님이 올 턱이 없는데 누굴까? 유일하게 집에 들르던 후배도 아이들 때문에 해외로 모두 이민을 가 버리고 이제는 집에 찾아올 만한 사람이 없다. 초인종 옆에 난 작은 와이드스코프로 현관 밖을 내다보았다. 거기에는 집배원인지 손에 소포 꾸러미를 든 한 청년이 서서 다시 초인종을 누르고 있었다.

인수에게 배달된 소포는 사진관에서 온 것이다. 아니 정확히 말하자면 전에 살던 아파트에 새로 이사를 온 사람에게서 온 것이다. 그 여름날 저녁에 루페로 들여다보던 필름은 갑자기 이사를 하는 통에 암실에서 현상까지는 마치지 못하여 인근 사진관에 맡겼는데 그 사진이 현상되어 전에 살던 집으로 배달되었고 새로 이사 온 사람이 부동산에서 인수의 오피스텔 주소를 알아내어 이제야 보내온 것이다. 결국 지난여름에 맡긴 필름이 다섯 달이 지나서야 사진으로 인화되어 도착한 것이다.

인수는 인화된 사진을 들여다보고 있다. 그곳에서 인아 아니 인아를 닮은 사람이 활짝 웃고 있었다.

　인수는 다시 그 시절로 돌아와 버렸다는 생각까지 들자, 고개를 저었다. 사람의 가치관이라는 것은 곧 습관이다. 사랑은 사치스러운 것이라든가 아니면 일순간의 감정에 불과하다고 생각하고 있지는 않지만, 또한 그것은 현실의 세계를 넘어서 있을 수 있는 것이라고도 생각하지 않았다. 특히 마음의 생각들이 몸으로 현상된다면 더더욱 그렇다.

　인수는 천천히 사진을 들여다보다가 다시 봉투 속으로 밀어 넣어 책장 위에 던져 놓았다. 그러고는 가느다란 한숨을 쉬었다.

　갑자기 왼쪽 가슴 한쪽이 멍해지더니 아려 왔다. 인수는 가슴을 움켜쥐고 침대에 머리를 푹 쑤셔 넣었다. 아주 오래전부터 가슴앓이를 했다. 아마도 고등학교 2학년 때쯤의 어느 가을날부터 시작된 병명이 없는 병이었다. 큰 병원을 찾아 심전도 검사, 심장 부하검사 등을 받아 보아도 아무런 이상이 없었다. 한참을 그러고 있으니 좀 진정이 되었다.

　휴일의 태양이 정오를 넘어가고 있었다. 무작정 길을 나섰다. 같이 갈 친구가 없으니 목적지를 정하기도 편하다. 인수는 전에 가족들과 마지막으로 여행을 갔던 그 바다를 향했다. 지난 며칠 동안 유난히 그 바다가 보고 싶었다.

　텅 빈 해수욕장에는 지난여름의 흔적들이 여기저기 남아 있었다. 모래가 반쯤 들어가 있는 녹슨 깡통이 모래톱 위에서 반짝거렸다. 인수는 깡통을 집어 들려다 후다닥거리는 소리에 놀라 급히 손을 뺐다. 이름을 알 수 없는 작은 게가 집게발을 들어 인수를 노려보고 있었다. 인수는 눈인사를 하고 커다란 카메라 렌즈를 작은 게를 향해 들이댔더니 깜짝 놀라 쏜살같이 제 집으로 들어가 버린다.

바다는 그때의 그 바다가 아니다. 신항만 공사를 한다고 온 해변을 다 헤집어 놓았다. '이제 추억할 바다도 없겠구나!'라는 생각에 인수는 우울해졌다. 들고 왔던 카메라를 도로 배낭에 집어넣었다. 아무것도 담고 싶지 않았다. 아니 지금의 바다를 담으면 옛날의 바다가 없어져 버릴 것 같은 기분이 들어 셔터를 누를 용기가 나지 않았다.

겨울이 채 끝나지 않아서 그런지 날씨가 다시 추워졌다. 가끔 날리는 눈발이 겨울 바다를 끼고 도는 7번 국도를 더욱 스산하게 했다. 다시 한쪽 가슴이 아려 왔다. 인수는 갓길에 차를 세우고 차의 시동은 켜둔 채 사이드브레이크를 당기고 가슴을 움켜쥐었다.

5초, 10초 그리고 다시 30초쯤의 시간이 지나자 아픔이 진정되었다. 불현듯 인수는 그 아픔이 누군가 자기를 찾고 있는 것이라는 생각을 했다. 어디쯤 왔을까? 산등성이 위로 거대한 바람개비가 바람을 맞고 있었다. 차가 흔들릴 정도의 바람이 불어오는데도 바람개비는 바람을 조롱하듯 슬금슬금 돌아가고 있었다.

빨간 등대와 하얀 등대가 마주하고 있다. 두 개의 등대 사이로 배들이 드나든다. 배의 항로는 등대가 아니라 등대와 등대 사이이다. 전에는 등대가 왜 둘인지 알지를 못했다.

인수는 등대가 가지고 싶었다. 자신이 너무 먼 바다로 나가 있든가 아니면 환한 대낮에 가까운 바다에 있어서 등대를 찾을 수 없었는지도 모른다.

어느덧 해가 지고 있었다. 여름과 가을의 석양은 아름다운 노을을 남기곤 하는데 지금의 계절은 어슴푸레한 어둠만 남길 뿐이다.

오늘 밤은 이 바다 가까이에서 아니 저 등대 가까이에서 등대의 불빛이 바다를 비추는 것을 보고 싶다. 그리고 보니 등대에서 쏟아져 나오는 불빛을 이제껏 한 번도 보지 못하였다.

피서객들이 몰려오는 여름에는 빈방이 없어 민박집을 구하지 못하겠더니 이제는 민박하는 집을 찾을 수가 없다. 그렇다고 이 겨울에 노숙을 할 수는 없다. 그 흔하던 여관도 막상 하루 쉬어 가려니 눈에 띄지 않는다. 한참을 달려가다 보니 한적한 곳에 동화에서나마 나올 것 같은 성처럼 생긴 러브호텔이 휘황찬란한 네온사인을 온몸에 휘감고 오색의 불빛을 내뿜고 있다.

등대가 먼바다를 비춘다. 높아진 파도의 하얀 포말이 불나방처럼 빛을 향해 뛰어든다. 인수는 카메라를 꺼내 저속셔터로 바다와 등대가 있는 늦은 겨울의 밤바다를 담는다. 그러자 안개의 바다가 되었다. 안개에 휩싸인 바다의 모습이 디지털카메라의 액정에 나타났다 이내 사라진다.

그렇게 한참을 바다를 대하고 있자니 바닷바람이 싣고 오는 염분이 얼굴과 손 그리고 목덜미를 끈적거리게 했다.

  인수는 갈망했다. 등대 또한 인수를 갈망한다. 그래서 이 자리에서 등대와 인수가 만났다. 아마 오래전부터 이렇게 만나기로 모든 것이 예정되어 있었는지도 모를 일이다. 모든 것이 우연일 수도 있고 또한 모든 것이 필연일 수도 있다. 그것은 세상을 바라보는 사람의 눈과 머리와 심장에 달려 있을 뿐이다.

  겨울 바다의 밤은 길었다. 아래위층에서 들리는 소음과 물컹대는 침대 때문에 인수는 좀처럼 잠을 청할 수가 없었다. 모텔의 창은 아주 작았다. 그래서 바깥세상을 내다보기 위해서는 창가로 다가가 두꺼운 커튼을 젖히고 몸을 엉거주춤 구부려 밖을 내다보지 않으면 안 되었다.

  멀리 보이는 바다는 잔잔해 보였다. 낮 동안 세차게 불던 바람은 간헐적으로 휘파람 소리를 내며 창틈을 비집고 들어오려 했다. 하늘에는 듬성듬성 별이 보였다.

  모텔 구석에 작은 냉장고의 문을 열자, 가격표가 붙은 칫솔, 생수, 캔 맥주, 마른 오징어포, 술 깨는 음료수 그리고 뭔지 모를 물건들도 들어 있었다. 맥주 캔의 뚜껑을 따자, 오랫동안 갇혀 있었던 공기가 하얀 거품을 만들며 캔에서 빠져나오려 몸부림을 쳤다. 한 모금의 술은 목구멍을 타고 내려가 장 속에서 약간의 소동을 내더니 이내 척추를 타고 올라와 머리를 어지럽혔다.

  바다는 깊음 속에 잠겨 있는 듯했다. 자욱한 바다 안개로 인해 십여 미터의 앞이 분간되지 않았다. 이토록 안개가 진하다니. 인수는 의아해하며 카메라를 찾았다. 아니 카메라를 어디에 두고 왔지? 아무리 찾아도 없다. 안개 사이로 한 척의 배가 나타났다.

덩치가 아주 작은 선원이 선실에서 자신보다 몇 배나 커다란 닻을 어깨에 메고 갑판으로 나왔다. 한참을 두리번거리더니 닻을 바닷속으로 메다꽂았다.

인수와 선원의 눈이 마주쳤다. 선원은 험상궂은 외모와는 다르게 눈빛은 아주 선해 보였다. 눈을 자세히 들여다보니 감추지 못한 눈물이 눈가에 배어 있었다.

"안 돼요! 그냥, 제발 그냥 가 주세요!"

선원은 인수에게 그렇게 애원하고 있었다.
인수는 무슨 영문인지 알 수가 없었다. 그때 문득 뒤를 돌아보니 아! 거기에는 한 아이를 등에 업은 한 여인이 고개를 돌린 채 손에 자그마한 보따리를 든 채 서 있었다.

*

문 두드리는 소리에 인수는 잠이 깼다. 냉수를 한 잔 들이켜고 방문을 열었다.

"하루 더 계실 거예요?"

모텔의 여주인이었다. 어제저녁에는 얼굴을 자세히 보지 못했는데 이제 보니 꽤 미인이다. 나이는 마흔 중반쯤 되어 보이는데, 눈가에 묻은 야릇한 웃음만 아니라면 한 번쯤은 더 보고 싶을 것 같은 생각이 들었다.

인수는 주섬주섬 짐을 챙겼다. 어젯밤 꿈이 기억났다. 인수는 작은 창가에서 커튼 뒤에 슬며시 가려져 있는 카메라 가방을 찾아냈다. 꿈속에서 왜 카메라 가방을 찾지 못했는지를 알 것 같았다.

동해를 거슬러 올라갈수록 7번 국도는 반듯하게 포장이 되어 있었다. 시간은 벌 수 있을 듯했지만, 추억을 만들기는 어려운 도로가 되어 버렸다. 아침 열 시가 지나자, 차량이 늘어나기 시작했다. 인수는 요기라도 할 요량으로 인근 읍내에 들어갔지만, 마땅히 아침 식사를 할 만한 곳을 찾지 못했다. 하는 수 없이 편의점에서 김밥을 사서 차로 돌아왔다.

마른 김밥을 한 입 베어 물다 말고 인수는 생각에 잠겼다. 자꾸만 꿈에서 본 키 작은 선원의 눈빛이 생각이 난다. 그리고 그 생각 위로 사진 속의 인아를 닮은 여인의 얼굴이 겹쳤다. 갑자기 목에 메어 오는 것을 느낀 인수는 생수를 벌컥벌컥 들이켰다.

*

"아주머니 저 왔어요?"
"그렇게 어서 와요. 안 그래도 요 며칠 사이 보이지 않아서 궁금했는데."

이제는 가족이 되어 버린 것 같았다. 돈을 주고 밥을 사서 먹는 사이가 아니라 밥을 챙겨 주는 사이, 밥을 걱정하는 사이가 되어 버린 듯했다. 언제부터 그랬는지 모르지만, 가끔 인수의 식사 시간이 늦어질 때면 아주머니는 자기 밥을 한 그릇 챙겨 와서 인수의 앞에 앉는다. 인수는 가끔 그런 생각을 했다.

'혹시 내가 식당에 가지 않는 날은 아주머니도 끼니를 거르시지는 않을까?'

"어딜 다녀왔어요?"
"아 그냥 바람 좀 쐬려고요."
"외국에서는 연락이 자주 오는가요?"
"네 자주 와요. 사진도 가끔 보내서 오고요."

인수는 고마움을 느꼈다. 인수에게 친동생 같았던 후배 명현이 아이들 교육 문제로 외국으로 이민을 떠난 이후 인수가 마음의 안정을 찾을 수 있었던 가장 큰 의지가 된 사람이 아주머니였다. 그리고 보니 인수는 아주머니에 대해 별로 아는 것이 없었다. 가끔 무엇이라도 물어 볼 생각이 났지만 그러지 않았고 또 그러지 않은 것이 잘하는 그것으로 생각했다.

오피스텔로 돌아온 인수는 갑작스럽게 혼란에 빠져 버렸다는 사실에 깜짝 놀랐다. 그 혼란의 시작은 어젯밤의 꿈 때문이다. 꿈속에서 작은 키의 그 선원이 인수에게 요구한 것은 단순히 한 여자를 지키려는 노력이 아니라 인수에게 그 이상의 무엇을 요구하는 것 같았다.

갑자기 모든 것들이 명료해지기 시작했다. 마치 유체 이탈을 하여 자기 육체를 바라보는 절대적인 객관에 처한 느낌이 들었다. 사람이 윤리적이지 못할 때란 자신을 객관적으로 바라보지 못할 때이다. 인아와의 헤어짐의 이유야 어찌 됐든 헤어짐이라는 사실이 있었고, 인수는 인수대로 한 가정을 꾸리고 살아가고 있다. 만약 사진 속의 그 여인이 인아라고 가정한다면 그리고 좀 더 나아가 그 꿈속의 주정뱅이 또는 그 키 작은 선원이 인아의 남편이라면 그렇더라도 인아를 만나야만 할 것인가?

인수는 몇 달간의 평화로운 시간을 생각했다. 평화라기보다는 현실에의 안주나 도피가 아니었던가? 마음 한편에 사람의 욕망을 숨겨 둔 채 자신의 감정을 억누르며 이성의 힘으로 그 생각을 누르고 살아온 것이 아니었던가?

"메일이 도착했습니다."

집에 들어오면 습관처럼 켜 놓는 컴퓨터에서 나오는 사무적이고도 안정된 목소리에 인수는 혼란스러운 생각들 속에서 빠져나왔다.

아들이다. 언제부터인가 아내로부터 오는 메일이 아들로부터 오기 시작했다.

'아들은 아버지인 나를 어떻게 생각할까?'

초등학교 입학 전에 뉴질랜드로 떠났으니, 아버지에 대한 기억을 얼마나 가지고 있을까? 인수의 머릿속에 숨겨져 있던 어린 날의 기억들이 갑자기 의식의 세계로 쏟아져 들어왔다.

인수는 갑작스럽게 권태감을 느꼈다.

쉬고 싶다. 늘 출구는 보이지 않고 새롭게 다가오는 입구들만이 보인다. 우연을 택하면 모든 게 쉽게 끝이 나겠지만 필연을 희망하기에 더욱 얽혀 버렸다. 떨리는 심정의 서러움으로 뺨에 손을 댄다. 내려온 머리카락을 들어 올린다. 떨어지는 눈물의 원인은 내려온 머리칼의 찔림이 아니었으리라. 그건 아마 내 속에 남아 있는 부끄러움의 화석이 녹아 내려온 것이리라. 그러나 미처 쏟아 버리려고 이불을 덮어쓴 모습으로는 더 이상 드러내 놓기를 부끄러워하는 어두움이 되어 버린다. 그래서 만족스럽지 못한 맑은 눈동자와 경련의 피부를 잠재워 주지만 곧 그 작은 효험도 손바닥의 먼지처럼 사라져 버린다.

이것이 서러움의 본질인가? 내일 아침이면 밝게 일어나 떠오르는 희망을 향해 두 팔을 벌려 기지개를 켤 수 있으리라 생각하며 서러움을 감추어 본다. 새로이 방을 꾸며 본다. 이곳의 책상을 저곳으로 옮기고 여기 꼽힌 책을 저쪽으로 옮긴다. 그리고 푸념을 듣는다. 저쪽이 더 좋았을 것을……. 그러나 새로움만이 오직 권태로움을 막아 줄 수 있는 유일한 방법이었다. 그래 지금 난 권태로부터 해방을 받고 싶어 하는 것이다.

이 해방이 새로움에 있다면 무슨 새로움을 찾는단 말인가?

우선은 떠나는 연습부터 해 보아야 한다. 하늘을 향해 날아오르기 위해서는 둥지를 떠나는 고배를 마셔야 한다. 비록 날아오르는 중에 한쪽 날개를 다쳐 차가운 수면 위에 곤두박질을 치더라도 말이다.

다시 그리워진다. 책상 위에 놓인 아이들의 사진을 한번 쳐다보고는 주머니 속에서 한 장의 사진을 꺼냈다. 그 사진이 왜 거기에 들어 있는지 인수도 알 수가 없다. 아이의 손을 잡은 인아의 얼굴이다.

웃음을 머금은 듯하면서도 그렇지 않은 얼굴이다. 언제부터인가 인수는 인아를 닮은 여인을 인아로 단정하고 있었다.

'왜 인아는 나를 떠난 거지?'

인수는 사진 속의 인아에게 묻고 있었다. 도무지 알 수 없는 그 이별의 이유가 마치 인수가 인아를 그리워하는 더 큰 이유가 되어 버린 듯했다. 인수는 도무지 그리움을 참을 자신이 없다. 그리움은 이제 불안이 되어 모든 삶에 간섭하기 시작했다. 누구를 향한 그리움인지도 분명치 않았다. 뉴질랜드에 있는 아내와 아이들에 대한 것인지 아니면 이십 년이 넘은, 그런데도 잊히지 않은 사랑에 대한 그리움인지 분간할 수 없었다. 어찌됐던 인수는 그리움을 탈출하기 위해 그리운 사람을 만나러 떠나야만 할 것 같았다.

　이제 현실은 중요하지 않다. 꿈꾸고 싶다. 현실이 아니더라도 그리운 얼굴을 볼 것이다. 그러고는 그 꿈에서 나오지 않으리라.

익숙한 목소리가 전화기의 자동응답기에서 흘러나왔다.

"여보 나예요. 벌써 주무시는 거예요? 우리 내일 귀국해요. 공항으로 나오실 필요는 없어요. 리무진으로 바로 집 앞까지 갈 거니까 집에서 봐요. 여보, 사랑해요!"

인수는 몹시 당황스러웠다. 갑작스런 귀국이라니⋯⋯

그때 현관문을 두드리는 소리가 들렸다.

"아빠!"
"아빠!"

현관문을 열자, 아이들이 달려왔다.

"아빠 이거. 아빠 선물!"

지훈이의 손에는 나무에 두 다리를 감싸고 있는 귀여운 코알라가 달린 열쇠고리가 들려져 있었다.

인수는 무엇이 현실인지 분간할 수가 없다.

주위를 둘러보았다. 여기는 오피스텔이 아니다. 전에 살던 그 아파트, 인수네 가족이 살던 집이다.

다음 순간 인수는 정신을 잃을 뻔했다.

"여보!"

인수를 향해 아내가 달려왔다. 그리고 인수의 품에 꼭 안겼다.

"인아구나! 인아 맞지?"
"거 봐, 내가 육 개월을 못 참을 거라고 그랬지?"

인수는 엄지와 검지로 인아의 헝클어진 머리카락을 쓰다듬으며 다시 아내를 꼭 껴안았다.

"아주머니! 아주머니!"

인수는 식당 문을 세차게 두드렸다. 안에서는 아무런 인기척이 없었다. 문을 두드리고 있자니 길 가는 사람들이 무슨 구경거리가 있을 거로 생각했는지 하나둘 모여든다. 그때 식당 옆에 붙어 있는 작은 열쇠집에서 작달막한 키에 난쟁이 같은 얼굴을 한 오십 대쯤의 열쇠 수리공이 다리를 절뚝거리며 나왔다.

"어 아저씨! 아주머니 어디 가셨어요? 혹시 어디 아프시기라도 한 건가요?"
"모르겠어. 요즘 나도 점심을 다른 식당에서 사 먹고 있거든."

가끔 휴일 점심때에 식당에서 보았지만, 통성명도 하지 못한 사이이다. 사실 통성명 같은 건 애초에 필요가 없었는지도 모른다. 열쇠집 아저씨로 통했다. 인수는 갑자기 불길한 생각이 들었다. 그리고 그 생각에 깜짝 놀라 고개를 가로저어 불길한 생각에서 벗어나려 했다. 아직 출근 시간까지는 시간이 남았다.

인수는 다시 사무실을 향해 걸어갔다. 식사를 거르는 통에 배가 고파 왔지만, 머리는 더욱더 맑아진 것 같았다. 사무실이 있는 건물은 약간 구릉지대에 지어졌다. 항간에는 아주 오래된 공동묘지 위에 대지를 만들어 지었다는 소문도 있다. 사무실의 옆에는 작은 초등학교가 있다. 아마 소문의 근거지가 저 초등학교였으리라 생각하며 인수는 입가에 옅은 미소를 띠었다.

태양이 구릉지에 세워진 건물 사이로 떠올랐다. 아침의 햇살은 건물의 창과 은색으로 코팅된 물받이 그리고 길가에 깨진 유리 조각에 날아들어 반짝거렸다. 사무실 가까이에 있는 오피스텔로 이사 온 이후로 출근 시간이 더 늦어졌다. 출근 시간이 조금 달라졌음에도 길가에 보이는 모든 사물이 다르게 느껴졌다.

인근 편의점에서 커피를 사서 길가의 벤치에 앉았다. 두 손으로 꼭 잡고 있는 종이컵에서 모락모락 김이 피어오르고 있다. 날씨는 아직 추워서 사람들이 종종걸음으로 각자의 길들을 바쁘게 가고 있다.

퇴근 시간이 다가오자 다시 걱정이 되었다. 인수는 직원에게 저녁을 하고 오겠다며 부랴부랴 식당을 향했다. 해가 많이 길어진 모양이다. 아직 햇살이 남아 있다. 식당이 가까워져 오자 인수의 걸음은 더 빨라졌다. 하마터면 퀵서비스 오토바이와 충돌할 뻔했다. 쏜살같이 내달리며 퀵서비스 배달원이 무어라 거친 소리를 쏟아 낸다.

"휴~"

인수는 안도의 한숨을 내쉬었다.

"도대체 어디 다녀오신 거예요?"
"나 없어서 아침도 못 먹었지?"

아주머니는 빙그레 웃으시며 동문서답을 한다.

"대신 간고등어 한 마리 구워 줄게. 잠시만 기다려요."

인수는 아주머니에게서 무슨 일을 당해도 꿈쩍도 하지 않을 것 같은 내면을 가끔 보았다. 한번은 어느 노숙자가 술에 취해 밥을 내놓으라며 식당에서 행패를 부린 적이 있는데 아주머니는 몇 마디 말로 단번에 제압해 버렸다.

"내 얼굴에 뭐가 묻었나. 왜 그리 쳐다보누?"
"어디를 다녀오셨냐고 물었는데 갑자기 고등어를 구워 주신다고……."
"내가 그랬나?"
"밥 먹으면 이야기해 드리지."

흡사 어머니가 철없이 밥투정하는 아이를 어르는 것 같다. 아주머니도 약간 어색함을 느꼈는지 황급히 주방으로 들어가 버렸다.

밤이 되자 날씨가 다시 매우 쌀쌀해졌다. 인수는 택시를 탈까? 하다가 걸어가기로 마음먹고 사무실을 나섰다. 일이 힘들었는지 목덜미에서 양쪽 어깨로 진득하게 뭔가가 누르고 있는 것 같다.

뒤에서 누가 따라오고 있다. 누굴까? 인수는 머리털이 쭈뼛해지는 한기를 느꼈으나 이내 안정을 찾았다. 발걸음 소리가 점점 가까워지면서 그 발걸음 소리의 주인공은 여자라는 걸 알아차렸다.

"어? 지영이! 어디가? 차는 어쩌고?"
"과장님 따라가요."
"농담도……."
"진짜예요."

사무실에서는 통 숙맥 같던 직원이 넙죽넙죽 말을 받아넘기는 바람에 인수는 그 상황이 하도 신기하여 모처럼 활짝 웃었다. 하마터면 소리를 크게 내어 웃어 버릴 뻔했다.

"술 한잔 사 주세요."

이건 또 무슨 소리지? 지영은 인수를 오늘 두 번 당황하게 했다. 낮에 사무실에서 인수도 잊고 있던 생일을 어떻게 알았는지 직원들이 케이크까지 준비해 축하해 주었다. 어떻게 내 생일을 알았냐고 묻자, 몇몇 직원들의 눈빛이 지영이 쪽으로 향하는 것을 보고 지영이의 생각이었구나 하고 생각했었다. 동료라기보다는 일을 제외하고는 어린아이같이 지영을 대했었다. 회식 자리나 모임에서야 같이 어울려 이야기도 나누곤 하였지만 이렇게 두 사람만이 같이 있자니 인수는 왠지 쑥스러웠다.

"지영이는 결혼 안 해?"
"과장님도……."

지영은 얼굴을 붉혔다. 약간은 오래된 듯한 칵테일 바 샹들리에의 불그스레한 불빛에 지영의 뺨은 더욱 붉어졌다.

"과장님 힘드시죠?"
"뭐가?"

인수는 지영이 묻는 말의 의미가 무엇인지 알았지만, 대답할 말을 찾지 못해 그냥 다시 물었다. 지영도 그런 인수의 마음을 알았는지 다시 묻지를 않았다.

"칵테일 한잔으로 오늘 빚을 다 갚기는 어려울 것 같은데? 고마워!"

인수는 낮에 하지 못했던 고마운 마음을 지영에게 전했다. 지영의 뺨이 다시 붉어졌다. 지영은 무언가 할 말이 있는 듯했다.

"그만 가자. 은혜도 갚을 겸 내가 바래다줄게."

지영은 마지못해 일어났다. 집은 꽤 멀었다. 택시에 오른 지영은 사는 곳을 말하고는 몇 잔 안 되는 칵테일에 취했는지 눈을 감고 고개를 살짝 옆으로 떨구고 있었다. 차가 코너를 돌자, 지영의 머리가 인수의 어깨에 기대는 모양이 되었다. 지영의 긴 머리카락에서 향기가 났다. 살포시 다물고 있는 입술 그리고 감은 두 눈을 훔쳐보았다. 예쁜 얼굴이다.

향수나 화장품 냄새를 별로 좋아하지 않았는데 언제부터인가 그 냄새가 싫지 않았다. 다시 한번 차가 흔들리자, 지영이 깜짝 놀라 자세를 바로 했다. 그러고는 창밖을 향해 고개를 돌렸다.

"봄은 언제 올까요?"
"……."
"비 좋아하세요?"

인수는 그저 듣고 있었다. 지영의 말투에서 인수는 다시 인아를 떠올리고 있었다.

오피스텔에 돌아온 인수는 참 하루가 길었다는 생각과 함께 인수의 생활 속으로 어렴풋이 또 한 사람이 들어와 버렸다는 생각을 했다. 책상에는 훌쩍 커 버린 아이들의 사진이 손바닥만 한 액자 속에 들어 있다. 액자가 너무 작아 보였다. 칠 년 그리고 칠 개월의 시간이 지났지만, 인수의 마음속에는 아직 다섯 살짜리 지민이 그리고 일곱 살의 지훈이가 있을 뿐이었다.

*

날씨가 많이 풀렸다. 길가에는 때 이른 개나리가 노랗게 피어 있었다. 인수는 갑자기 며칠 전에 지영이 한 말을 떠올렸다.

"봄은 언제 올까요?"

그 물음의 의미가 무엇일까? 지영이에게 봄은 무엇인가? 또한 나에게 그 봄은 또 무엇일까? 봄은 누구에게나 희망이 되는가? 그럼 아직 우리가 사는 계절은 여전히 겨울, 차고 냉랭한 겨울인가?

"비 좋아하세요?"

'그래 나는 비를 좋아해.' 인수는 그 대답을 지영에게 해 주고 싶었다. 봄에 내리는 비를 좋아한다고…….

퇴근 시간이 되자 인수의 휴대전화로 메시지가 들어왔다.

"과장님 오늘은 제가 밥 사 드릴게요."

인수는 식당을 향해 걸어가고 있었다. 뒤쪽에서 후다닥 소리가 나더니 오른쪽 옆구리 쪽으로 손이 쑥 들어왔다.

"과장님 팔짱 껴도 되죠? 너무 추워요."

인수는 지영을 말리고 싶었지만, 어색해할 것 같아 그만두었다.

"지영씨 내게 무슨 청탁이라도 할 일이 있나?"

인수가 일부러 험한 인상을 쓰며 짓궂게 물었다.

"안 어울리거든요."

지영이 맞받아쳤다.

"그건 그렇고 무슨 맛있는 밥을 사 주려고?"
"과장님이 제일 좋아하시는 데를 알아요."

 그 말을 하고서 지영은 쪼르륵 달려가더니 어머니 같은 아주머니의 식당 앞에서 인수를 향해 손짓했다.
 식당에는 앉을 자리가 없었다. 작은 식당인 데다가 날씨가 풀려 인근 공사장에 공사가 본격적으로 시작되었는지 아주머니 혼자 감당하기 어려울 정도로 손님이 많았다. 인수와 지영의 눈이 마주쳤다. 아주머니가 어쩔 줄 모르며 만류했지만, 인수는 홀 서빙으로 지영은 주방 일을 도왔다. 일이 다 끝났을 때는 벌써 아홉 시가 다 되었다.

"이거 미안해서 어쩌누?"

아주머니는 홀이 아닌 방 안에 밥상을 차리며 인수와 지영을 번갈아 쳐다보았다. 인수는 지난여름 식당을 처음 찾았던 때가 생각이 났다.

"내가 이 식당에 처음 왔을 때도 이 방에서 밥을 먹었어."
"그때도 손님이 많았었나 보죠?"

지영이 물었다.

"아니 내가 이 방에서 밥을 먹고 싶다고 아주머니께 졸랐어. 그리고 보니 지영이도 처음인데 이 방에서 식사하는 거네?"
"그리고 보니 두 사람 좀 닮은 구석이 있는 것 같구먼?"

아주머니의 뜬금없는 소리에 인수는 다른 할 말을 찾다가 이렇게 대답했다.

"두 사람이 아니고 우리 세 사람이 다 닮은 것 같은데요?"

그 소리에 세 사람은 박장대소를 터트렸다. 이 세상에 닮은 사람이 있다는 것은 행복하다. 사랑은 사람을 닮게 한다. 사랑의 형태가 어떻든 서로를 공유하고 또한 내어준다. 그래서 나의 것이 너에게로 가고 너의 것이 내게 옮겨와 내가 네가 되고 너는 내가 된다. 닮는 것에 실패한다면 그것은 사랑에 실패하는 것이다. 실패의 이유는 단순하다. 내 것을 내어주기를 거부하기 때문이다. 또한 너의 것을 받아들이기를 거부하기 때문이다.

사랑은 완전한 하나이다. 내 모든 것을 내어주고 너의 모든 것을 받아들이는 것이다. 인수는 왜 이십 년이 지난 지금까지 인아를 잊지 못하고 있는지를 이제 이해한다. 인아는 나이기 때문이다.

"우리 셋이 여행 갈까요?"

막 끼어든 닮은꼴 하나가 말을 던졌다. 그런데 어색하지가 않다. 그게 닮음과 그렇지 않음의 차이인가 보다.

"우리 셋이라? 아주머니만 동의하시면 되겠네요?"

인수가 약간 들떠서 대답했다. 그러면서도 인수는 자신이 왜 들떠 있는지 몰랐다.

"까짓거 하루 문 닫지 뭐. 아~ 안 되겠다. 공사판 인부들 밥은 누가 먹이누?"

아주머니에게는 또 다른 닮은꼴이 많은가 보다.

"그럼 이렇게 하면 어때요? 비 오는 휴일에 가요!"

지영이 묘안을 냈다. 아무도 도무지 반대할 핑곗거리를 찾을 수 없다. 아마 그날은 비 오는 봄날이 될 것이라고 인수는 생각했다.

*

비 오는 봄날은 오지 않았다. 그리고 이제 개나리꽃은 더 이상 노랗지 않다. 개나리꽃을 밀어낸 것은 다름 아닌 개나리 나무의 녹색 잎들이다. 처음에는 연초록으로 가녀린 모양을 하고 있더니 이제는 무성하고 강한 꺾기 어려운 세력이 되었다.

따뜻한 봄바람이 불어왔다. 세 사람이 다시 식당에 모인 어느 날 저녁 밥상을 차리러 주방으로 들어간 두 사람이 무언가 속삭이더니 장난기 섞인 얼굴을 하고 작은 방으로 들어왔다. 아주머니가 손에 묻은 물기를 앞치마에 닦으면서 이야기를 꺼냈다.

"내일 하루 가게 문을 닫을까 하는데……."
"아니 무슨 일이 있으세요?"
"응 일이 좀 있어."
"무슨 일이……."

그때 지영이 옆에서 대신 대답을 한다.

"놀러 갈 일이요!"
"이런!"

그제야 인수는 두 사람이 주방에서 모종의 일을 꾸몄다는 사실을 알아차렸다.

어쩌다 둘이 되어 버렸다. 여행을 출발하려는 날 아침에 갑자기 아주머니가 몸살이 나셨다. 그래도 걱정은 되었다. 하긴 몸살이 날 만도 하다. 인근에 아파트 공사가 시작된 이후로 아주머니가 편히 쉴 수 있는 날은 없었다. 전화를 했더니 크게 걱정할 정도는 아니라며 미안하다고 하신다. 하루 푹 쉬는 것도 아주머니를 위해서는 괜찮겠다는 생각을 했다. 다만 오늘 여행의 모양이 좀 이상해졌다. 지영이는 무엇이 좋은지 아까부터 계속 뭐라고 옆에서 이야길 한다.
 이 아이가 무슨 생각으로 나를 따라나선 걸까? 인수는 은근한 걱정을 한다. 그러고 보니 지난 한 달 동안 지영이 때문에 많이 웃을 수 있었던 것 같다.

동해를 버리고 서해로 갔다. 서해를 한 번도 보지 못했다며 동해로 가자는 지영을 설득했다. 사실이 그랬다. 인수는 오늘 서해를 처음 본다. 어제까지만 해도 인수에게 바다는 동해밖에 없었다.

거기에도 바다는 있었다. 빛바랜 바다, 그 빛바램은 인수에게 바다가 더 이상의 희망을 주는 바다가 아님을 암시하는 것 같았다.
지영은 넓게 펼쳐진 갯벌 위에 꼼지락거리는 칠게 한 마리와 눈싸움을 하고 있다. 게는 갑작스러운 인수의 출현에 놀랐는지 갯벌 속을 파고들어 달아난다. 인수의 카메라 앵글에 지영이 들어왔다. 지영이 달려와서 묻는다.

"예쁘게 나왔어요?"
"사람이 예뻐야 예쁘게 나오지……."

인수의 말에 지영이 눈을 흘긴다.

"저 추워요."

인수는 들고 있던 외투를 지영의 어깨에 걸쳐 주었다. 가냘픈 어깨였다. 지영은 인수에게서 카메라를 빼앗아 이리저리 인수를 향해 렌즈를 들이댄다.

"은근히 분위기 있으신데요?"

그러다가 지쳤는지 갯벌에 숨어 버린 칠게를 찾아 나선다. 좀 걷다 보니 갯벌이 끝나고 모래 해변이 나왔다. 인수는 모래사장에 털썩 주저앉았다. 그리고 애꿎은 조개껍질을 들어 바다에 던졌다. 조개껍질은 바람을 타고 이리저리 휘청거리다가 바다에까지 이르지 못하고 모래밭에 불시착한다.

인수와 지영은 아직 바닷가를 걷고 있다.
지영이 묻는다.

"사진 속의 사람이 누구예요? 여기 주머니에 들었던데. 일부러 보려 한 것은 아닌데, 주머니에 들어 있길래……."

인수는 아무런 대답도 하지 않았다. 지영은 마치 대답을 강요하듯이 인수를 빤히 바라보았다.

"죽기 전에 딱 한 번만이라도 보고 싶은 사람이라면……."

두 사람은 다시 말이 없어졌다. 어색한 침묵의 시간이 지났다.
오랜 시간 마주 보고 함께 있는데 말이 없다.

인아가 어깨에 머리를 기대 온다. 머리 섶에서 풀잎 향기가 난다. 제비꽃처럼 예쁜 향기가 난다. 인수는 인아의 어깨를 감싼다. 인아의 조그만 어깨가 인수의 품에 들어왔다. 어디에선가 가녀린 피아노의 선율이 들려온다. 이 빈 들판에서 누가 피아노를 치고 있을까? 아니면 어느 누구의 멋들어진 솜씨가 바람을 타고 들려오는 것일까?

인아는 인수의 품 안에서 아무 말 없이 가만히 눈을 감고 있다. 인수는 하늘을 올려다본다. 새 한 마리가 남쪽에서 날아올라 북쪽 하늘 끝으로 날아간다. 바람이 다시 분다. 그렇게 시간은 멈춰 있다.

　인수는 비릿한 바다 냄새를 맡는다. 그리고 인수의 어깨에 머리를 기댄 채 깊은 생각 속에 잠겨 있는 듯한 지영의 얼굴을 본다. 몇 분이 그렇게 흘러갔다. 인수는 지영의 어깨를 살며시 잡아 몸의 균형을 바로잡아 주고서는 일어나 좀 더 가까운 바다로 걸어갔다.

　지영은 바다를 향해 걸어가는 인수를 젖은 눈으로 바라본다. 그리고 바람이 부는 반대 방향으로 고개를 돌리고서는 길게 펼쳐진 해안을 무심히 바라보았다.

　한참을 걸어가던 인수는 문득 걸음을 멈춰 서서 뒤돌아 지영을 향해 천천히 걸음을 옮기다가 몇 발자국 앞에서 두 팔을 벌려 멈춰 선다. 그러자 지영이 인수를 조금 기다리게 했다가 인수의 품에 걸어와 안겼다. 지영의 표정이 행복해 보인다.

　이제 두 사람은 손을 잡고 걷고 있다. 그러다가 서서 멀리 바닷속으로 스러져 가는 일몰을 본다.

　인수는 오늘 처음 알았다. 해가 산으로 지는 것이 아니라 바다로 진다는 것을…….

*

가스레인지 위의 양은 냄비 안에는 키조개가 입을 벌리고 있었다. 양은 냄비 아래의 파랗던 불꽃이 살짝 열린 창으로 불어오는 바람에 격하게 흔들리며 주황색으로 바뀌었다가 다시 파란색으로 바뀌어 갔다.

나이는 사람의 감성을 무디게 하고 이성을 견고하게 한다. 인수가 다시 사랑에 빠지지 못하는 이유이다. 또한 지영이 인수를 좋아하게 된 이유이기도 하다. 마흔다섯과 스물여덟이 그렇다.

한 가지 다른 점이 있다면 인수는 스물여덟과 마흔다섯을 함께 살아가고 있다는 것이다. 다시 말하면 인수는 스물여덟의 나이에 인아를 보고서는 사랑에 푹 빠져 버렸다. 그리고 아직 그 감정의 바다에서 빠져나오지 못하고 있다. 지금 마흔다섯의 나이에 다른 사랑에 빠진다는 것은 불가능하다.

양은으로 된 냄비 위로 피어오르는 수증기 너머로 인수는 지영을 바라보았다. 지영도 인수를 바라보고 있다가 눈이 마주치자 연한 미소를 얼굴에 띠더니 고개를 살며시 아래로 숙인다.

"야 고놈 맛있겠네!"

아주머니가 키조개를 뒤집으며 말했다.

"벌써 몸살이 다 나으신 거예요?"

인수가 캐묻듯이 물었다.

"하루 푹 쉬었더니 몸이 가뿐하네. 이 키조개를 보니 입맛도 도는 것 같고……."

아주머니가 어색하게 과장스러운 몸동작을 하며 대답했다.

"원래부터 몸살이 나지 않았던 건 아니고요?"
"아, 아침에는……."

인수가 다시 묻자, 대답은 엉뚱하게도 지영에게서 날아왔다. 목소리가 매우 다급해 보였다. 인수가 지영에게로 눈길을 돌리자, 지영이 황급히 눈을 피했다.

"자! 키조개 맛이나 보자구."

아주머니가 키조개의 살점을 뜯어내어 인수와 지영의 입에 번갈아 밀어 넣었다.

*

오늘따라 아내가 낯선 사람처럼 느껴졌다. 무소식이 희소식이라더니 한 달 동안 소식이 없다. 인수가 아내를 만난 것은 인아와의 연락이 끊어진 지 3년이 넘어서였다.

지금은 아이들을 따라 이민을 떠난 후배 명현의 소개로 인연이 만들어졌다. 애당초 소개를 목적으로 만난 것은 아니었다. 명현은 누구보다도 인수를 잘 알았기에 소개니, 중매 따위를 인수가 받아들일 거로 생각하지 않았다. 지금의 명현의 아내와 그녀의 친구가 함께 명현을 만나는 자리에 합석하게 된 것이 소개의 자리가 되어 버린 것이다.

인아에 대한 그리움을 안고 인수가 어떻게 아내를 사랑할 수 있었는지 인수는 지금도 알 수 없다. 그러나 인수와 인수의 아내는 남들이 보기에도 매우 어울리는 한 쌍이었고 서로 그렇게 확신하는 듯했다. 아마도 인수의 아내가 뉴질랜드로 떠나기 직전까지만 하더라도 매우 행복한 가정이었다. 그러나 인수의 반대에도 불구하고 인수의 아내는 아이들을 데리고 유학길로 떠났다.

인수는 사회에 대해 회의를 느꼈다. 아이들에게 너무 무거운 부모의 요구들과 사회의 획일적인 성공방정식을 받아들일 수 없었다.

모든 것이 아류뿐이다.

"아저씨라고 불러도 되나요? 사석에서 과장님이라고 부르기가……."

지영이 인수의 상념을 화들짝 깨우며 말을 걸었다.

"그러다가 사무실에서도 아저씨라는 말이 튀어나오면 어쩌려고?"
"설마요? 그럼 허락해 주시는 걸로 알아들을게요!"

지영이 기분이 좋은지 인수가 시켜 놓은 칵테일을 홀짝거리며 마셔 댔다.

"지영아!"

인수가 갑자기 이름을 부르자 지영의 눈이 동그랗게 커졌다. 인수의 얼굴은 무엇인가 심각한 말을 하고 싶어 하는 표정이다. 그러다가 인수는 웃음을 참지 못하겠다는 표정을 하고서는 한마디 내뱉었다.

"네 아저씨 해야지!"
"과장님. 아니 아. 저. 씨."

"지영아!"
"네……. 아저씨!"
"내가 충고 하나 할까?"

인수는 약간의 취기를 느끼며 지영의 눈을 바라보며 말을 이었다.

"그리움이라는 것은 가지고 나면 그리워지지 않는 거란다. 그리움은 가끔 너무 무모해서 두려움과 이성을 삼키기도 하지. 그러다가 결국 그것이 아무것도 아님을 알게 되지."

인수가 더 말을 이어 가려 하자 지영이 졸린 듯 인수에게 기대어 왔다.

*

커피포트에서 물이 끓고 있다. "틱" 하는 소리와 함께 전기포트가 물이 충분히 데워졌음을 알려 주었다. 인수는 일회용 커피의 티백을 가위로 자르고 컵에다 부으려다 말고 갑 속에 도로 집어넣었다. 그리고 주전자를 가스레인지에 올렸다. 쇠붙이가 달아오르는 냄새가 났다. 주전자 뚜껑을 연 다음 정수기에서 차가운 물을 한 컵 가득 받아서 부었다. 차가운 물과 뜨거운 금속이 만나는 소리가 '쏴아' 하고 들리더니 희뿌연 수증기가 솟아올랐다. 인수는 손을 데지 않으려 급히 손을 뺐다.

커피 통 속에 있는 커피가 말라 있다. 인수는 다시 조금 전에 넣어 두었던 일회용 커피믹스를 꺼내 컵에 부어 고르게 저었다.

인수는 오른손에 커피잔을 든 채 창가로 갔다. 자정이 넘었는데도 거리는 차들로 분주하다. 건널목의 하얀 선들이 수은등 아래 창백하게 보였다. 차들은 신호가 바뀌는 것을 참지 못하고 조금씩 앞으로 나오더니 무슨 자동차 경주인 것처럼 시커먼 연기를 내뿜으며 반대편 길로 내달았다. 그 장면을 보노라니 괜히 마음이 조급해지는 것 같아 커튼으로 창을 가렸다. 그러자 마음이 좀 차분해졌다.

책상 위의 액자를 가만히 들여다본다. 많은 날 동안 만나지 못했는데도 아이들의 얼굴이 낯설지 않다. 책장 맨 아래 칸에서 아이들의 어릴 때의 앨범을 찾았다. 그리고 한참을 넘겨 보다가 두 아이가 해맑게 웃고 있는 사진 한 장을 꺼내 액자에 넣고 나란히 책상 위에 얹어 두었다. 두 액자 사이에 칠 년 하고도 여덟 달 세월의 간격이 있다.

무슨 일이 있어도 올해 여름에는 뉴질랜드를 다녀와야 할 것 같다는 생각이 들었다.

휴대전화가 주머니 속에서 요동을 친다. 지영이다.

"왜 잠이 안 와? 곯아떨어진 줄 알았는데."

대답이 없다. 도리어 질문이다.

"뭐 하세요?"
"그냥 이런저런……. 아이들 앨범을 뒤져 보다가 음……. 그리고 지영이 생각했어."
"정말이세요?"
"어떻게 하면 지영이를 떼어 버릴까 하고."
"저 데리고 살아 달란 말 안 할 거니까 걱정 마세요."

그렇게 한참을 이야기했다. 여자들은 역시 전화가 대화 수단으로 더 나은 모양이다. 만나서는 못 하는 이야기도 전화로는 다 한다. 인수는 얼떨결에 함께 산행을 가자는 약속을 해 버렸다. 인수에게 가야 할 산은 하나밖에 없었다.

벌써 새벽이 다 되어 간다. 시곗바늘이 세 시를 가리키고 있다. 인수는 밤을 하얗게 새우고 있는 셈이다. 인수의 뇌에는 아마 남들보다 많은 노르에피네프린이 분비되는 모양이다. 그래서 좀처럼 각성에서 해방될 수 없다.

*

겨우 잠이 들었는가 싶었는데 문밖에서 누군가가 초인종을 누른다. 와이드스코프로 지영이 보인다. 초인종을 누른 지영은 미행이라도 확인하듯 두리번거리며 주위를 살피다가 스코프의 렌즈에 얼굴을 내민다.
인수는 시계를 보았다. 아직 여섯 시가 못 되었다. 일곱 시에 오기로 한 약속을 지영은 한 시간이나 미리 지킨 것이다. 인수는 망설이다가 급하게 옷을 갈아입고 나서 문을 연다. 아직 아침 공기가 차가워 그런지 지영의 입술이 파랗게 얼어 있다.

"벌써 왔어요. 아가씨?"
"네 아저씨. 잠이 통 안 와서요. 꼬박 새우다가 깜빡 잠들어 버리면 약속을 못 지킬 것 같아서……."

"아직 시간 남았으니 눈 좀 붙이세요. 안 그러면 산에 안 데려가요. 저기 소파에서 자든지 남자 냄새가 좀 나지만 괜찮다면 내 침대에서 자든지……."

그 말을 듣자마자 지영이 쪼르르 침대로 달려가 이불을 감고 누워 버렸다. 어디서 저런 용기가 나는 걸까? 인수는 돌아서서 그냥 웃고 말았다. 인수도 소파로 가서 등을 깊숙이 기대고 눈을 감았다.

아직 지영이 자고 있다. 인수는 자는 지영을 두고 오피스텔을 나왔다. 산으로 가는 길에 요기할 거며 몇 가지 물건을 샀다. 물론 산 아저씨께 드릴 설탕, 소금, 커피도 준비했다.

차는 5번 국도를 달리고 있었다. 새로 생긴 중부고속도로가 편하긴 하지만 가끔 쉬어 갈 수 있는 국도가 이번 여행에는 좋을 것 같았다. 오래된 지프의 커다란 엔진소리를 자장가 삼아 지영은 다시 잠이 들었다.

"좀 쉬어 갈까?"

인수는 거의 차가 다니지 않는 우회도로의 한적하고 볕이 잘 드는 길가에 차를 세웠다. 지영은 대답 대신에 번쩍 눈을 떴다.

"벌써 다 온 거예요?"

"아니 좀 쉬어 가려고."

인수는 보온병의 마개를 열고 등산용 스테인리스 컵에다 커피를 따라 지영에게 건넸다.
지영은 커피를 마시다가 인수를 물끄러미 바라보았다. 약간은 깊게 팬 까만 눈동자는 인수를 향해 벌써 질문을 던지고 있었다.

"아저씨! 왜 산엘 가자고 하셨어요? 그리고 전에 그 주머니 속에 있던 사진 누구예요?"
"하나씩 물어야 대답해 주지. 무얼 먼저 대답해 줄까?"
"쉬운 거부터요."
"그 사진 나도 모르는 사람이야. 그냥 옛날에 알던 사람과 닮아서……."
"사랑하던 사람이요?"
"아니……."
"그럼요?"
"맞혀 봐."
"……."

지영이 한참을 생각하다가 다시 물었다.

"그럼 아직도 사랑하고 있나요?"

내가 아직도 인아를 사랑하고 있을까? 그립다는 이유만으로 사랑이라고 말할 수 있을까? 아니면……. 인수는 지영의 물음에 대답해 주지 못했다. 대신 두 번째 질문에 대한 대답을 했다.

"그 산에는 아주 오래된 친구가 있어. 아주 오래된……. 자! 그만 가자."

인수는 사실 혼자서 이 여행을 마음속에 계획하고 있었다. 산 아저씨가 인수에게 해 주지 않은 다른 이야기가 있을 것 같았다. 인수가 처음 사진을 인화해서 보았을 때는 사진 속의 여인이 인아라고 생각하고 있었다. 그러나 차츰 시간이 지나고 냉정한 눈으로 다시 그 사진을 자세히 들여다보면서 인아가 아닌 인아를 닮은 여자일 거라고 생각을 바꾸게 되었다. 비록 오후의 햇살이 약해서 사진이 좀 어둡게 나오긴 했지만, 사진 속의 여인은 인아보다 열 살쯤은 더 어려 보였기 때문이다.

"왜 첫 번째 대답은 안 해 주시는 거예요?"
"사진이 누구냐는 물음에는 대답을 해 줬는데……. 지영아 그런데 사랑이 변할 거 같니?"
"피해 가시는 거예요?"
"그렇다고 해 두지……."
"그럼, 저도 대답 안 할래요."

차는 이제 계곡을 향해 들어서고 있다. 지영은 창밖의 풍경은 관심이 없다는 듯 팔짱을 끼고 행복한 표정으로 인수를 바라보고 있다.

"참 예뻐요."
"뭐가?"
"진달래가요."
"진달래 아닌데."
"진달래 아니에요? 그럼, 뭐예요?"
"저건 철쭉이야. 철쭉과 진달래의 차이가 뭔지 아니?"
"진달래는 '참꽃'이라 하고 철쭉은 '개꽃'이라는 다른 이름을 가지고 있어. 참꽃은 사람이 먹을 수 있지만 철쭉은 꽃에 독이 있어 먹으면 사람을 위험에 빠뜨리지. 그리고 진달래의 꽃말은 '절제', 철쭉의 꽃말은 '사랑의 기쁨'이야."

인수는 그렇게 아는 대로 이야기를 하면서도 자신이 지영에게 너무 현학적으로 비치지 않을까 걱정했다. 곳곳 양지바른 곳에 철쭉이 꽃잎을 피워 내고 있었지만, 아직 4월이라 산은 조용한 편이었다. 5월 철쭉제가 열리는 시기에는 산이 몸살을 할 정도로 사람이 많이 찾아온다. 인수는 축제가 시작되기 전에 일찍 오기를 잘했다고 생각했다.

"왜 꽃말들이 그렇죠?"
"사연이 있지. 진달래는 지아비의 무덤을 지키던 여인의 피맺힌 슬픔이 꽃잎에 닿아 붉은색이 되었다는 이야기를 어디서 들은 적이 있어. 진달래는 꽃이 먼저 피고 꽃이 진 다음에 잎이 피지. 어쩌면 상사화와 같다고도 볼 수 있어."

"그러면 철쭉은요?"

"철쭉은 진달래가 피고 난 후에 피기 때문에 연달래라고 하기도 하는데 잎이 먼저 핀 다음 꽃이 피지. 꽃과 잎이 함께 있을 수 있는 셈이지. 그래서 사랑의 기쁨이라고 하는 것 같아."

"아저씨는 진달래가 좋아요? 철쭉이 좋아요?"

"꼭 엄마가 좋으니 아빠가 좋으니 하고 묻는 것 같다? 내가 유치원생이냐?"

"네?"

지영은 인수의 대답에 잠시 놀란 듯하더니 그제야 알았다는 듯이 웃는다. 그리고 말을 이었다.

"철쭉의 꽃말이 사랑의 기쁨인데 꽃에는 독이 있다고 하니 사랑도 때때로 위험한가 보네요."

"진달래 같은 짝사랑도 위험한 건 마찬가지 아닐까? 그건 위험이 아니고 차라리 아픔이라고 해야 맞겠다. 그렇지?"

*

지영은 산행이 처음인 사람처럼 숨을 헐떡거렸다.

"아저씨 좀 천천히 가요."

인수는 아무 말 없이 가지고 있던 등산용 지팡이를 내밀었다. 지영은 인수가 내민 지팡이를 빼앗아 왼손에 쥐고서는 인수에게 다시 손을 내밀었다. 인수는 말없이 그 손을 잡았다. 손이 차갑다. 차츰 손이 따뜻해진다. 손에서 지영의 땀이 느껴진다.

인수는 잡고 있는 지영의 손이 어색했다. 그러나 놓아 버릴 수도 없는 일이었다. 산을 오르고 있었고 지영은 인수의 손이 필요했다. 지영의 손은 생각보다 더 길고 가늘었다. 손에 살짝 힘을 주자 손가락의 여린 마디들이 느껴졌다. 지영은 인수가 손을 꼭 잡는 것을 느꼈는지 손에 힘을 준다. 어느새 능선에 가까이와 길이 평평해졌는데도 손을 놓아주지 않는다.

"지영아 우리 땀 좀 닦고 가자."

그제야 인수의 손이 해방되었다. 인수는 아까부터 기억을 뿌리치려 하고 있다. 올라오는 산길 곳곳에 뿌려져 있는 인아와의 추억이 이십 년이 지났는데도 생생하다. 인수와 인아가 걸터앉았던 쓰러져 자라던 나무가 이제는 다시 하늘을 향해 수직으로 몸을 세우고 있다.

나무는 하늘을 향해 자란다. 비록 비바람에 쓰러졌다고 하더라도 죽지 않은 한 언젠가는 다시 하늘을 향해 일어선다.

"우리는 지금 어디로 향해 가는 거지?"

인수가 자리에서 일어나며 말했다.

"혹시 햄릿의 유명한 대사 아세요?"
"햄릿의 독백? '죽느냐 사느냐 이것이 문제로다.'라고 시작하는 것?"
"살아야 할 것인가 아니면 죽을 것인가. 이것이 문제로다. 잔인한 운명의 돌팔매와 화살을 마음속으로 참는 것이 더 고상한가.
아니면 고난의 물결에 맞서 무기를 들고 싸워 이를 물리쳐야 하는가. 죽는 것은 잠자는 것 오직 그뿐, 만일 잠자는 것으로 육체가 상속받은 마음의 고통과 육체의 피치 못할 괴로움을 끝낼 수만 있다면, 그것이야말로 진심으로 바라는바 극치로다. 죽음은 잠드는 것!
 잠들면 꿈을 꾸겠지? 아, 그게 곤란해. 죽음이란 잠으로 해서 육체의 굴레를 벗어난다면 어떤 꿈들이 찾아올 것인지 그게 문제지.
 이것이 우리를 주저하게 만들고, 또한 그것 때문에 이 무참한 인생은 끝까지 살아가게 마련이다.
 그렇지 않다면 그 누가 이 세상의 채찍과 비웃음과 권력자의 횡포와 세도가의 멸시와 변함없는 사랑의 쓰라림과 끝없는 소송 상태, 관리들의 오만함과 참을성 있는 유력자가 천한 자로부터 받는 모욕을 한 자루의 단검으로 모두 해방할 수 있다면 그 누가 참겠는가.
 이 무거운 짐을 지고 지루한 인생고에 신음하며 진땀을 빼려 하겠는가. 사후의 무언가에 대한 두려움이 아니라면 나그네 한 번 가서 돌아온 일 없는 미지의 나라가 의지를 흐르게 하고 그 미지의 나라로 날아가기보다는 오히려 겪어야 할 저 환란을 참게 하지 않는다면, 하여 미혹은 늘 우리를 겁쟁이로 만들고 그래서 선명스러운 우리 본래의 결단은 사색의 창백한 우울증으로 해서 병들어 버리고 하늘이라도 찌를 듯 웅대했던 대망도 잡념에 사로잡혀 가던 길이 어긋나고 행동이란 이름을 잃고 말게 되는 것이다."

인수는 긴 장문의 대사를 낭독하듯 암송했다. 대학 시절 축제 때 친구들끼리 연극을 한다고 외운 것인데 지금까지 기억이 나는 것이 신기했다.

"미지의 세계로 가는 거 아니에요?"

인수는 지영의 뜻밖의 대답에 놀라면서 사뭇 진지하게 대답했다.

"그것은 선택할 수 있는 것이 아니지. 이미 선택된 것이니까. 내가 선택하는 것이 아니라……."
"그만 가자!"

인수는 손을 내밀어 지영을 잡아 일으켜 주었다.

"저기 저 능선만 넘으면 산장이 있어 거기에 나 말고 더 좋은 아저씨가 살고 계시거든. 소개해 줄게."

지영은 못 믿겠다는 표정으로 인수를 쳐다보았다.

*

양은 주전자의 뚜껑이 주전자 안의 압력을 이기지 못해 덜덜거리며 수증기를 내뿜고 있다. 그 옆에서는 지영이 가져온 원두커피를 깔때기에 담고 뜨거운 물을 붓고 있다. 깔때기 아래로 진한 갈색의 액체가 투명한 유리그릇에 똑똑 떨어진다.

"저 친군 누군가?"

산 아저씨가 물었다.

"회사 동료 직원인데 함께 오고 싶다고 해서 왔어요. 아저씨 이야길 했더니……."
"이 사람. 핑곗거리가 없으니 별 소릴 다 하는구먼."
"진짜예요. 큰 아저씨."

지영이 불쑥 나섰다.

"큰 아저씨라고 불러도 되죠? 아저씨의 아저씨니까."
"허 참, 허허."

산 아저씨는 그렇게 웃어넘겼다. 지영은 원두커피를 내린 유리그릇을 가져와 머그잔에 나누어 담았다. 진한 커피 냄새가 산장 안에 퍼졌다.

"아가씨 덕분에 오랜만에 원두커피 맛을 보네. 고마워요."

지영은 대답 대신 인수의 배낭에서 인수가 장만해 온 물건들을 꺼내 선반에다 올려 두었다. 그러고는 바깥에 철쭉꽃 구경을 하고 싶다며 산장 밖으로 나갔다.

"내가 자네에게 못 해 준 이야기가 있네."
"네? 무슨?"
"옛날에 자네와 같이 왔던 그 아가씨가 다시 내게 왔었네. 자네와 둘이 함께 다녀간 뒤 보름도 안 되어서였지. 편지를 주고 갔는데 내가 보관하고 있다가 너무 오래 소식이 없어 그 내용을 내가 보았다네. 봉투가 봉해져 있지도 않아서. 미안하네."
"예?"
"지난번에는 자네에게 줄 용기가 없었다네. 그러나 지금은 자네가 알아야 할 것 같아서……."

인수는 무언가 머리를 세차게 누르는 듯한 중압감을 느꼈다. 아저씨가 내어 준 편지는 누렇게 변색되어 있었다. 손이 떨리고 가슴이 두근거렸다.

'도대체 무슨 내용이 편지 속에 있을까? 인아가 나를 떠난 이유라도……. 아마 그럴 것이다. 그렇다면 오히려 알지 않는 것이 나을지도 모른다. 아……. 그러나 아저씨가 알아야 할 것 같다고 한 말은…….'

아저씨는 아무 말 없이 일어나 산장 밖으로 나갔다. 산장 밖에서는 아저씨와 지영이 마치 서로를 안 지 오래된 사람들처럼 두런두런 이야기를 나누는 소리가 들려왔다.

편지를 펴자 익숙한 글씨가 눈에 들어왔다.

인수 씨 정말 미안해요. 사랑은 변하지 않을 거라는 말을 저도 믿어요. 하지만 나를 용서해 주실 거죠?
인수 씨와 함께하지 못할 것 같아요.
산을 내려가 일주일 그리고 열흘을 또 생각했지만, 당신에게 짐밖에 될 것 같지 않아 당신을 떠나기로 작정했답니다.
용서해 주세요. 저를.
가족 모두가 다음 주에 외국으로 떠나요. 물론 저 때문이에요.
저를 찾지 마세요. 찾으실 수도 없을 거고요.

소백

도저히 더 이상 쓸 수 없네요. 행복했어요.

– 미령 –

　인수는 다시 혼란에 빠졌다. 그러나 인아의 몸은 인수를 떠났지만, 여전히 사랑하고 있었다는 것을 전부터 그리고 지금 다시 알았다. 당시 인수가 그렇게 인아를 찾았지만 찾지 못한 이유는 이제 밝혀진 셈이다. 그날 산을 내려가기 전 인수에게 "사랑이 변할까요?"라고 물었던 말이 이별을 예고하는 말이었음을 인수는 왜 깨닫지 못했을까? 인수는 머그잔의 바닥에 몇 방울 남지 않은 커피로 쓴 입을 달랬다.

　그때 아저씨와 지영이 들어왔다. 아저씨의 손에는 상표가 너덜너덜한 위스키가 한 병 들려져 있었다. 지영은 묵묵히 배낭에서 간식으로 가져온 육포를 꺼내 일회용 접시 위에 담아 왔다. 술이 한두 잔 오갔다.
　얼마나 시간이 지났을까? 인수가 정신을 차리고 눈을 떴을 때는 벌써 캄캄한 밤이었다. 산장의 현관을 밝히고 있는 작은 백열전구가 눈이 부셨다. 여인네의 머리칼이 느껴졌다. 지영이 인수의 옆에 새우처럼 몸을 웅크리고 누워 있다. 잠이 든 모양이다. 인수는 덮고 있던 담요를 지영에게 덮어 주었다.
　인수는 주머니에서 인아의 편지를 꺼내 현관 아래 불빛으로 가져갔다. 아무것도 변한 것이 없는 것처럼 느껴졌다. 인아가 이 세상 아래 아직 살아 있다면 그것이면 되었다. 인수는 그렇게 되뇌었다. 그걸로 족하다고…….

아저씨 방에서 인기척이 나더니 방문이 열렸다.

"잠이 깼는가?"
"아저씨 안 주무셨어요?"
"그냥 잊게. 그냥 잊히지 않으면 억지로라도 잊게. 내가 자네에게 그 편지를 주기로 작정한 이유도 그것이라네. 잊게. 기쁨보다는 아픔일수록 잘 잊히지 않지만, 진달래가 아닌 철쭉처럼 살게. 철쭉제를 찾아오는 사람에게 나는 그렇게 이야기한다네. 비록 진달래가 아름답고 고상해 보이고 잊을 수 없더라도 차라리 철쭉처럼 기다리는 사랑을 차지하라고 말일세."

인수는 캄캄한 천장을 바라보며 생각에 잠겼다. 아무것도 보이지 않아야 하는 천정에서 인수는 인아의 상을 만들어 냈다. 그리고 무엇이라도 질문을 만들어 보려 했다. 아무런 생각이 나지 않았다. 그러자 인아의 상도 사라졌다. 아무것도 생각할 수가 없다. 이 상황을 받아들인 것도 아니다. 그냥 그렇게 있었다.
지난 저녁에 밝음을 삼킨 어두움이 다시 밝음을 토해 낸다. 동쪽 하늘이 아주 밝은 금빛으로 변했다. 저녁의 빛을 잃어 가는 노을과는 다르다. 산 아래에서 안개들이 피어오르기 시작한다. 산에서 뜨는 해도 붉다는 것을 오늘 처음 알았다. 지영이 뒤쪽에서 다가오더니 인수의 허리를 껴안았다. 아마 지영은 울고 싶은 모양이다. 인수에게서 말라 버린 눈물이 지영의 눈에서 나온다. 해가 세상에 모습을 다 드러낼 때까지 둘은 그렇게 있었다.

"아저씨 이제 대답해도 되나요?"
"무슨?"
"사랑이 변하느냐고 물으셨잖아요."
"……."
"아마도 사랑은 변하지 않는 것 같아요. 하지만 또 다른 사랑이 사람 안에 들어오면 그 전의 사랑은 작아지는 것 같아요."
"배고프지?"

인수는 허리를 감고 있는 지영의 팔을 푼 다음 손을 잡고 산장으로 향했다. 두 사람의 그림자가 아침 햇살에 산장 입구까지 길게 드리워졌다.

"내년 봄에는 여기와도 날 만나지 못할 걸세."

산 아저씨가 국그릇에서 숟가락을 내려놓으며 말을 꺼냈다. 인수와 지영이 산 아저씨의 얼굴을 쳐다보았다.

"나이도 있고 해서 그만 내려가려고. 여길 지키겠다는 사람도 나타났고. 아마 다음에 올라와서 내 이야길 물으면 가끔 내 소식을 들을 수 있을 거야. 아직 있어야 할 곳은 정하지 않았어. 이번 여름이 시작되기 전에 내려갈 거야."

"아저씨 때문에 산에 올라올 때 힘든 줄 몰랐는데. 앞으로는 좀 힘들 것 같네요. 제 연락처 갖고 계시죠? 내려오시면 한번 들르세요."
"인연이 더 있으면 만나겠지. 그래. 그러세."

인수는 아저씨와의 인연마저 여기서 끊어지지 않길 바랐다. 몇 번의 만남이 아니었지만, 누구보다도 깊은 교감을 나눌 수 있었던 분이었다. 아저씨에 대해 아는 게 별로 없다. 그냥 아저씨가 인수에게 해 준 깊은 친절과 배려를 알 뿐이다. 아저씨의 과거에 어떤 배경에서 자랐고 어떤 일을 했노라는 사실을 알지 못하는 것이 오히려 인수가 아저씨에게 스스럼없이 다가가게 된 이유였다.

*

뚜~ 뚜~ 상대편의 전화기로 신호가 전달되는 소리가 수화기로 들려왔다. 조금 지루한 시간이 지난 후 딸깍거리며 전화기 속에서 여자의 목소리가 들려왔다.

"헬로?"
"나야. 나 다음 주쯤에 당신이 있는 곳으로 갈 거야."

갑작스러운 인수의 방문 소식에 상대편에서는 적지 않게 놀란 눈치다. 인수의 아내뿐만 아니라 인수 자신도 놀랐다. 인수는 책상 위에 놓인 뉴질랜드행 비행기표를 실눈을 뜨고 응시하며 다시 이야기를 이어 갔다.

"공항으로 나와 줄 수 있어?"
"네! 나갈게요. 그런데……."

인수는 아내가 반가움보다는 무엇인가 자신의 방문의 이유를 알고 싶어 하는 것 같았다. 사실이지 가족이 다시 만나는 것 이외에 특별한 이유가 있는 것은 아니었다. 가족이 만남의 이유를 생각해야 한다는 것이 오히려 이상했다.
전화를 하고 나자 인수의 마음이 급해졌다. 그냥 한번 다녀오기로 한 것인데도 다시 돌아오지 못할 곳을 떠나는 듯한 마음이 들었다.

오월의 하늘이 마치 가을 하늘처럼 높았다. 산과 하늘이 맞닿은 곳에 작은 조각구름만 없다면 구름 한 점 없는 날이었다. 하지만 다른 점이 있다면 바람의 느낌이었다. 봄에 느끼는 바람은 살갗을 지나가지만, 가을의 바람은 옷깃을 스친다. 그래서 봄바람이 여자의 마음을 흔드나 보다.
아내와 전화를 끊자, 인수의 휴대전화로 한 통의 문자 메시지가 날아들었다. 광고이려니 하다가 혹시나 해서 보았더니 지영이다.

"아저씨 뭐 하세요?"

인수는 답장하려다 말고 휴대전화의 전원을 끄고 주머니에 넣고서는 책상 위에 놓인 아이들의 사진을 물끄러미 바라보았다.

"얘들아 잠깐만 기다려……."

인수는 마음속으로 아이들의 이름을 불러 보았다. 인수는 갑자기 허기를 느꼈다. 갑자기 느낀 허기가 아니라 며칠 전부터 허기를 느끼고 있다. 마음을 정리하려니 잘 안되어 며칠째 물만 마시고 있다. 거울을 들여다보니 얼굴이 자신이 보기에도 핼쑥해졌다. 여행을 가자면 뭐라도 좀 먹어 두어야겠다는 생각이 들었다. 그 생각과 함께 인수는 벌써 아주머니의 식당으로 향하고 있었다. 초여름의 햇살이 제법 따갑게 느껴진다. 가장자리가 닳아빠진 낡은 간판이 햇살에 반짝거렸다.

"어 아저씨?"
"어? 지영이!"

식당에 들어서자, 지영이 부지런히 식탁을 닦고 있었다.

"지영이가 어쩐 일이야?"
"히, 아저씨는요?"
"나야……."
"저도 밥 먹으러 왔어요. 아저씬 문자 보내도 대답도 없으시고……."

"아. 그거……. 문자 못 봤는데?"
"같이 밥 먹으러 오자고 할 참이었는데 오셨으니 됐어요."

인수는 지영에게 미안한 마음이 들었지만, 지영은 전혀 기분이 상해 보이지 않았다. 오히려 인수를 식당에서 만난 것이 신기한 듯 행주를 곧 땅에 떨어뜨릴 것 같이 겨우 두 손가락으로 들고서는 인수를 마냥 즐겁게 쳐다보고 있었다.

"뭐 줄까? 나는 본 체도 안 하고 아가씨만 쳐다보고 있을 건가요?"
"어! 아주머니 계셨어요?"
"아! 그럼 내가 어디 갔을까 봐?"
"아니, 그게 아니라……."

인수가 미처 주문도 하기 전에 음식이 쏟아져 나왔다. 도라지, 더덕, 두릅 그리고 인수가 알지 못하는 산나물들이 맛깔나게 무쳐져 나왔다. 입안에서 절로 군침이 돌았다.

"제가 저번에 소백산 갔을 때 전화번호 하나 적어 왔어요. 산나물도 택배로 팔더라고요."

지영이 신이 나서 인터넷으로 산나물을 산 이야기를 자랑스레 늘어놓았다. 평소에 말수가 적은 지영이었지만 인수만 만나면 말이 많아지는 것 같았다.

지영과 아주머니는 아주 넓은 그릇에 밥을 비비고 있다. 평소에 비빔밥을 그리 좋아하지 않는 인수가 보기에도 아주 먹음직스럽게 보였다. 아니 그 모습이 너무나 행복한 모녀 같았다. 그러고 보니 지영의 가족에 대해서는 별로 아는 것이 없다는 생각이 들었다.

"지영아?"
"네, 아저씨?"
"나 다음 주에 뉴질랜드 좀 다녀와야 할 것 같아."
"예?"

지영은 몹시 놀란 표정을 하다 이내 생각이 인수에게 미쳤는지 무슨 말이라도 계속해 보라는 듯 텅 빈 공원의 벤치를 발로 툭툭 찼다.

"아이들 얼굴이라도 보고 와야 할 것 같아서."

인수는 그 말을 하고 나서 지영을 바라보았다. 아마 인수가 눈물을 참고 있다는 것을 지영도 눈치를 챘겠다고 생각하며 눈에 뭐가 들어간 것처럼 집게손가락으로 눈가를 비볐다.

"가시면 언제 돌아오실 건가요?"
"회사 때문에 오래 있기는 어려울 것 같고 한 일주일쯤 걸릴 것 같아."

인수는 그 말을 하면서 자신이 아직 돌아오는 비행기표를 사지 않았다는 사실을 생각했다.

"가셔야 해요? 꼭?"

지영이 마치 철부지 아이처럼 인수를 쳐다보며 물었다. 인수는 대답 대신 아까 지영이 툭툭 차던 벤치에 털썩 앉아 버렸다. 지영도 인수의 옆에 나란히 앉았다.
잠시의 침묵이 흘렀다. 그 침묵 속에서 긴 이야기가 오고 갔다.
늘 밝게 웃기만 하던 지영이 슬픈 표정을 지었다. 인수는 지영의 그 슬픈 얼굴에서 인아를 떠올렸다. 해가 진 탓인지 기온이 서늘해져 한기가 느껴졌다. 인수는 지영을 바라보았다. 지영은 떨고 있었다. 인수는 외투를 벗어 지영을 감싸 주었다. 지영은 아무 말 없이 몸을 인수에게로 기대어 왔다. 또다시 침묵이 이어졌다. 침묵의 이유는 할 말이 없어서가 아니라, 말이 필요 없기 때문이다.

기댄 지영의 어깨가 인수에게 닿고 시간이 조금 지나자 편안함과 함께 따스함이 느껴졌다. 그 느낌과 동시에 인수는 자신이 너무 무책임한 사람이 아닌가 하는 생각이 들었다. 지영이 기대어 오는 것을 느끼며 무엇을 어떻게 해 줄 수 있는 것이 없다는 걸 알면서도 그냥 그저 그렇게 다가오게 내버려두고 있었다. 어쩌면 인수가 기대고 싶은지도 모른다. 외롭고 힘들게 버텨 온 세월의 무게를 지영에게 내려놓고 있는지도 모를 일이다.

　인수는 고개를 돌려 지영을 바라보았다. 지영의 눈가에서 전에는 보지 못한 슬픔이 번져 나오고 있었다. 그 슬픔은 뺨을 타고 흘러 가느란 목덜미에 닿아 있었다.

"우니?"

　인수는 아무렇지도 않은 척 물었다. 그게 제일 좋은 방법인 것 같았다. 인수의 물음에 지영은 하얀 손가락을 펴서 눈물을 훔쳤다.

"아저씬 좋겠어요."

　지영의 대답에는 가시가 있었다. 지금껏 한 번도 꺼내 놓지 않았던 가시가 살며시 돋아 있었다.

"우리 내일 여행 갈까?"
"네?"

　지영이 인수의 말에 고개를 들어 인수를 바라보았다. 인수는 무심결에 내뱉은 말을 후회했다. 지영의 눈물을 본 순간 그 말이 불쑥 튀어나왔지만, 다시 지영의 눈을 마주하고는 그 눈빛에 희망이 다시 살아나는 것을 보았기 때문이다.

"어딜 가고 싶어?"

"아무 데나요……."

또다시 침묵이다. 침묵은 더 깊고 더 넓은 곳으로 사람을 이끄는 바다와 같다. 먼바다로 나갈수록 가는 방향을 알 길이 없다. 마치 지금 두 사람이 서 있는 곳이 그러한 넓은 대양의 가운데처럼 느껴졌다.

*

인수는 창문을 열고 밖을 내다봤다. 갖은 상념들이 떼를 지어 머리 위에 둥지를 튼 모양이다. 어떤 것에도 집중할 수 없다. 열어 놓은 베란다의 창문 틈 사이로 봄바람이 불어 들어오더니 책상 위에 놓인 뉴질랜드행 비행기표에 닿자 마치 비행기가 활공하듯이 티켓이 빙글빙글 돌며 땅바닥으로 연착륙했다. 아마 오늘 밤도 뜬눈으로 새워야 할 것 같다. 지영은 여느 때와 같이 새벽같이 집을 찾아올 것 같았지만 아직 목적지를 정하지 못했다.

인수는 냉장고 문을 열어 양주 한 병을 꺼내서 식탁에 올려놓았다. 술의 힘을 좀 빌려야 될 것 같았다. 연거푸 쓴 술을 두 잔을 들이켰더니 정리되지 않은 머릿속의 생각들이 목걸이에서 빠져나온 모조품으로 만든 진주 알갱이들처럼 이리저리 흩어졌다

인수의 낡은 지프는 다시 동해의 어느 한적한 길을 지나 작은 등대가 하

얕게 그리고 빨갛게 마주 보고 있는 마을 어귀에 닿았다. 인수는 주머니에 손을 넣었다. 한 장의 사진이 손에 잡혔다.

인수는 사진을 뚫어져라 응시했다. 그랬더니 사진 속에서 한 여인이 걸어 나왔다. 여인의 손에는 한 송이 장미가 들려 있었다.

아! 장미가 눈물을 흘리고 있다. 장미의 붉은 눈물은 빨간 장미의 꽃잎 위에서 더욱 검붉어지더니 이내 아래로 떨어져 여인의 꽃신 위로 떨어졌다. 여인은 인수를 향해 스르르 다가와 장미를 건넸다. 장미를 들고 있는 여인의 손에서 피가 흘렀다. 인수는 온몸에서 진땀이 흐르는 듯한 느낌이 들었다. 장미를 든 여인의 얼굴을 자세히 들여다보았다.

아 틀림없는 인아의 얼굴이다. 그러다가 여인의 얼굴이 다시 흐릿해졌다.

*

"아니 지영아? 언제 온 거야? 어떻게 들어왔지?"
"문이 열려 있었어요. 문도 안 잠그시고 주무시면 어떻게 해요?"

그제야 인수는 어젯밤에 문을 잠그지 않았다는 사실을 기억해 냈다.

"가고 싶은 곳 없어?"

인수는 자동차 시동을 걸며 지영에게 물었다. 자동차는 경쾌하지 못한 소리로 드르렁거리며 차체를 요동치게 했다. 인수는 지영의 얼굴을 살피며 말했다.

"내 마음대로 정해도 되는 거예요?"
"동해로 가요."
"동해?"
"네, 아저씨 사진 속에 있던 그 등대가 서 있는 마을을 보고 싶어요."

인수의 손은 머리가 시키지도 않았는데 벌써 점퍼의 안주머니를 더듬고 있었다. 언제 넣어 두었는지 가슴 한편에서 사진 한 장이 만져졌다. 인수는 사진을 꺼내서 그 마을의 길과 집과 등대와 그리고 바다를 눈에 담았다. 그리고 지영에게 사진을 건네주었다.

"그 마을을 지나게 되면 알려 줘."

차가 시내를 빠져나와 국도를 달리기 시작했다. 회색의 도시를 뒤로 하고 초록이 가득한 세상으로 나왔다. 한참을 달리자 이제 초록의 세상 너머에 또 다른 검푸른 세상이 있다.
인수는 어느 한적한 마을 어귀에 차를 세웠다. 어른 대여섯은 팔을 맞잡아야 할 정도로 큰 은행나무가 세월의 무게에 피사의 사탑처럼 기울어져 서 있었다.

"은행잎이 무슨 색이지?"

"노란색이요."

인수는 대답 대신 손가락으로 초록의 은행잎을 가리켰다.

"제 눈에는 노랗게 보여요. 아저씨."

그렇게 말하고 나서는 지영이 무언가에 매우 놀란 듯 외마디 비명을 지르며 인수에게 와락 달려와 안겼다. 인수는 얼떨결에 지영과 마주 안은 모양이 되었다.

지영에게서 여인의 냄새가 난다. 언제부터인지 모르지만, 인수도 가끔 지영을 그리워하고 있다는 것을 느꼈다. 그런 생각이 들 때마다 머리를 흔들며 빠져나오려 애썼다. 지금도 그렇다. 이대로 그냥 있고 싶다. 바로 그때, 인수는 누가 그들의 행동을 훔쳐보고 있다는 느낌이 들었다. 지영의 어깨 너머로 충혈되고 흐리멍덩하게 생긴 두 눈이 인수를 바라보고 있었다. 마른 북어가 새끼줄에 매달려서 인수를 바라보고 있다. 인수는 지영의 귀에 대고 속삭였다.

"물고기 보고도 놀라냐?"

그제야 지영이 얼굴을 붉히며 부끄러운 표정을 지었다. 어색했던 순간이 지나고 지영의 얼굴이 다시 밝아졌다.

다시 그곳을 떠나 바닷가의 마을들을 살펴보았다. 분명 인수가 사진을 찍은 마을 근처인데 도무지 찾을 수가 없다. 인수는 GPS 기능이 있는 디지털카메라로 사진을 찍어 두었으면 좋았을 걸 하는 생각이 들었다.

"아저씨 배고파요."

지영이 지쳤는지 힘이 없어 보인다. 가까운 곳에 민박집이 있다. 인수와 지영이 들어가자 반색하며 할머니 한 분이 맞았다.

"아휴, 색시가 너무 이뻐요."

할머니가 무심코 내뱉은 말에 지영이 또 얼굴을 붉혔다. 인수는 말없이 빙그레 웃으며 지영을 쳐다보자, 지영이 눈을 흘긴다.
지영과 인수는 앉은뱅이 밥상을 마주한 채 마주 앉아 있다. 지영은 먹지도 않는 고동을 아까부터 이쑤시개로 발라서 접시에 내놓고 있다. 그러다가 졸음이 오는지 벽에 등을 기대고 눈을 감고 있다.
인수는 지영이 깨지 않도록 소리가 나지 않게 조심스레 문을 열고 마당으로 나왔다. 할머니가 마당에서 마른 그물을 손질하고 있었다.

"할머니 말씀 좀 여쭐게요. 여기 이 사진에 있는 마을이 어딘지 아세요?"

할머니는 사진을 한참 들여다보더니 인수를 다시 쳐다보았다. 그리고 마루 한쪽에 놓인 돋보기를 들고 사진을 들여다보았다. 그리고 사진을 돌려주며 고개를 저었다.

"모르겠네요. 시집와서 이 동네에서만 오십 년을 살았는데 멀리 나가 본 적이 없다오."

그때 방문이 열리는 소리가 났다. 아마 할머니와 인수가 나누는 이야기에 선잠이 깬 모양이다.

"아저씨 우리 저 등대까지만 걸어요."

지영이 인수의 팔을 잡아끌다가 내키지 않았는지 혼자서 등대를 향해 뛰어간다. 그러더니 인수를 바라보고 빨리 오라고 손짓한다.
지영과 인수는 등대 아래 난간을 붙잡고 바다를 향해 서 있다. 인수가 지영에게 눈을 돌리자, 지영과 눈이 마주쳤다.

"지영아. 내가 찾는 건 그 사진 속의 마을도, 그 여자도 아니야. 다만……"

인수는 더 말을 이어 가려다 그만두었다. 그리고 손에 든 사진을, 바다를 향해 던졌다. 멀리 배가 보인다. 까맣게 점으로만 보이더니 이젠 제법 배 모양이 드러났다.

배가 들어온다.

만선의 깃발도 없이

고동치는 소리도 없이

소리 없이 항구로 들어온 배는

사람들을 토해 낸다.

저마다의 손에

사진이 한 장씩 들려 있다.

사진에서 바닷물이 뚝뚝 떨어진다.

사각의 틀 안에서 일그러진 형상들이 흘러나오더니

아래로 아래로 떨어져

인수의 발 앞에 사람의 형상을 만든다.

"아저씨?"

 인수는 지영이 부르는 소리에 엉뚱한 망상에서 빠져나왔다.
 더운 바람이 바다 쪽에서 불어와 몸을 끈적거리게 했다. 저기 먼 바다 끝에서 하얀 조각구름이 솜털처럼 나풀거리더니 뭉실뭉실 피어올라 뭉게구름이 되고 이윽고 먼바다를 가득 채우더니 순식간에 인수와 지영이 서 있는 등대까지 몰려왔다.
 등대의 처마는 비를 피하기에는 좋은 장소가 못 된다. 인수는 지영의 손을 잡고 마을을 향해 빠른 걸음으로 걸었다. 이미 몸은 흠뻑 젖어 버렸다. 지영은 그런 상황이 재미있는지 어린애처럼 깔깔거리며 인수의 손을 잡은 채 인수를 앞서서 걸었다. 그러더니 인수의 손을 뿌리치고 놀랄 만한 속도로 민박집을 향해 뛰어갔다. 지영이 민박집으로 들어가는 걸 확인한 인수는 뒤를 돌아보았다.

거대한 먹장구름이 바다와 온 세상을 뒤덮고 있다. 굵은 빗방울이 인수의 얼굴을 때렸다. 눈을 뜰 수가 없다. 빗물이 입안으로 쓸려 들어왔다. 빗물에서 짠맛이 났다. 바닷가 마을에서 내리는 비는 짠맛이 나는 모양이다.

지영은 비에 젖은 옷을 어떻게 할 생각도 없이 민박집 마루에 걸터앉아 처마에서 떨어지는 낙숫물을 맨발로 툭툭 차고 있었다.

"추운데 왜 그러고 있어 먼저 들어가 좀 닦아."

지영은 인수의 말을 못 들은 양 그냥 웃기만 했다. 그러더니 장난기 섞인 표정으로 인수를 향해 혀를 쏙 내밀며 말했다.

"아저씨! 이제 큰일 났어요. 우리 이제 집에 못 가요. 옷이 다 젖어서 어떻게 가요? 내일이라야 다 마를 거예요. 아니 모레가 되어야 할지도 몰라요."

인수는 그 말에 기가 찬 듯 그냥 실소하고 말았다.

인수는 자신이 낭패스러운 장소와 상황에 놓이게 되었다고 생각했다. 왜 지금에 이 시각에 여기에 있는지를 생각했다. 늘 마음 한쪽을 차지하고 있는 인아를 떨쳐 버리지 못하고 있는 자신을, 아니 떨쳐 버리려 하기보다는 잊지 않기 위해 인아의 흔적을 찾아다니며 애써 아닌 척하는 자신의 모습을 보았다.

옆에 지영이 누워 있다. 지영의 이마에 올려진 수건을 내리며 이마에 손을 짚어 보았다. 아직 열이 내리지 않았다. 이 열병의 이유는 무엇이란 말인가?

창으로 달빛이 비쳐 들어왔다. 머리맡에는 짜서 널어 둔 옷가지들이 달빛에 형체를 드러냈다. 달빛에 비친 지영의 얼굴이 유난히 희멀겋게 보였다. 꿈을 꾸고 있는지 감고 있는 눈꺼풀 위로 눈알이 이리저리 움직였다.

"아저씨……."

지영이 잠꼬대를 한다. 인수는 지영의 옆에 나란히 누웠다. 쌔근거리며 숨 쉬는 소리가 들린다. 그 숨소리는 가끔 커졌다 다시 작아졌다. 이마를 다시 짚었다. 열이 많이 내린 모양이다. 인수는 다시 차가운 물에 적신 수건을 지영의 이마에 올렸다.

"아저씨."

지영이 인수를 불렀다. 인수는 대답 대신 지영을 내려다보았다. 지영의 눈에서 눈물이 흘러 뺨을 타고 내려왔다.

쪽빛보다 더 파란 바닷물에 발을 담갔다.
그리고 한 발 두 발 바다로 내딛는다.
걷어 올린 무릎 아래로 바닷물이 찰랑거린다.
바닷물이 찰랑거리는 소리가 인수를 소름 돋게 한다.
바다는 회색빛이다.
눈을 감자 바다가 인수에게 말한다.
어서 오라 손짓한다.
인수는 다시 한 발을 내딛는다.
걷어 올린 무릎을 지나 허벅지까지 물이 찼다.
두렵다.
한 걸음 더 내딛자, 허리까지 물이 차오른다.
조금만, 조금만 더
바다가 부르는 소리가 들린다.
뒤돌아서고 싶은데 누가 발목을 잡는다.
인수는 발에 힘을 주어 보려 했지만
도무지 힘을 줄 수가 없다.
이제 얼굴 아래 목까지 물이 차올랐다.
조용하던 바다에 갑자기 너울이 인다.
너울이 인수를 향해 웃고 있다.

그리고 손을 내민다.

눈앞에서 물고기가 이리저리 헤엄치고 있다.

사람의 얼굴을 한 인면수가 말을 건다.

"똑같아. 똑같아. 모두가 똑같아. 너희 인간들은 구별할 수 없어. 하나같이 속물들뿐이야. 넌 이곳에 올 자격이 없어."

인수는 무슨 말인지 이해할 수가 없다. 다만, 바닷속에서도 여전히 숨을 쉬고 있다는 사실을 신기해했다.

귓가가 간지럽다.

어디서 밝은 빛이 비쳐 온다.

태양이다. 바닷속에도 태양은 뜨는가 보다.

동쪽 바다를 향해 열린 민박집의 쪽문으로 햇빛이 쏟아져 들어와 방을 밝혔다. 여기저기 옷가지들이 흩어져 있다.

지영은 아직 자는 듯하다. 이마에 손을 올려 본다. 열은 내렸다. 다만 가끔 콜록거리며 기침을 한다. 이마에서 손을 떼자 가늘게 실눈을 뜨고 인수를 쳐다본다.

"잘 주무셨어요? 혹시 저 때문에 잠 못 드시진 않았죠?"

말은 그런데 표정은 미안하다는 눈치다.

"괜찮아, 어제 지영이 열이 많이 났었어."
"아저씨가 어제저녁 제 꿈에 나왔어요."
"인어라도 되었던 모양이네. 난 꿈속에 물에 빠졌는데……."
"그런데 무슨 꿈인지 기억이 안 나요. 기억나는 건 바다와 아저씨의 얼굴뿐이에요."

인수는 갑자기 어젯밤 지영과 똑같은 꿈을 꾼 것 같은 느낌이 들었다.

*

인수는 집으로 돌아왔다. 하지만 인수는 한 번도 오피스텔을 집으로 생각해 본 적이 없다. 장소는 사람을 구속하기 마련이다. 그리고 사람이 있는 장소는 그 사람이 누구인지를 짐작케 한다. 오피스텔에는 가족이 없다. 늘 혼자일 뿐이다. 분노도 혼자 다스려야 하고 슬픔도 외로움도 혼자서 감당하지 않으면 안 된다. 인수는 전화기의 자동응답기를 켰다.

"아저씨 저 집에 잘 들어왔어요. 이제 아프지 않으니까 걱정하지 마시고 편히 쉬세요. 음……. 그만할래요."

지영의 목소리다. 혹시나 했던 아내로부터의 메시지는 없었다. 컴퓨터를 켜고 메일을 확인했다. 무수한 광고메일들 사이에서 필요한 메일을 골라내는 것도 여간한 일이 아니다. 역시나 인수가 기다리는 메일은 오지 않았다. 전화를 다시 한번 해 볼까? 하다가 욕조에 물이 넘치는 소리에 그만두었다. 엊그제 제대로 씻지 못한 탓인지 몸에서 비릿한 바다 냄새가 났다. 온몸에 비누 거품을 칠한 채 거울에 몸을 비춰 보았다.

"풋……."

마치 아이가 엄마의 뱃속에 웅크리고 있듯이 한껏 몸을 줄여 욕조에 머리부터 발끝까지 몸을 깊이 담갔다. 그냥 이대로 쉬고 싶다.

인수는 한기를 느끼며 몸을 부르르 떨었다. 얼마나 지났을까? 인수는 뜨거운 물을 틀려다 말고 목욕 가운을 걸치고 욕조를 나왔다.

뉴질랜드로 전화를 했다. 전화를 받지 않는다. 자동응답기마저 꺼져 있다. 인수는 불길한 생각이 들었다. 이국땅에서 무슨 일이 있다면 큰일이다. 대사관에도 연락해 보려고 생각했지만, 하루 연락이 안 된다고 하면 코웃음을 칠 것이 분명하다.

책상 위에는 지훈이 웃으며 인수를 바라보고 있다. 제법 늠름해 보인다. 사진 옆에 놓인 여권과 뉴질랜드행 비행기표가 눈에 들어온다. 이제 5일 후면 내 아들과 아내를 볼 수 있다. 한참을 들여다보고 있노라니 어색하다는 느낌이 들었다. 저 아이가 나의 아이란 말인가?

인수는 갑갑함을 느꼈다. 갑자기 메스꺼움을 느끼며 목덜미를 움켜잡았다. 한 번도 느껴 보지 못했던 갈증이 느껴진다.

몸이 나락으로 떨어진다. 빙빙 돌아가며 뻥 뚫린 검은 구멍을 향해 날아간다. 달도 별도 없는 캄캄한 밤보다 더 어두운 어둠이다. 조금 전 느꼈던 극심한 고통도 뉴질랜드행에 대한 걱정도 모두 사라졌다. 인수는 순간 '이게 죽음이란 걸까?'라는 생각을 했다.

*

갑자기 눈앞에 섬광이 비쳐 지나갔다. 희뿌옇게 보이던 사물들이 형체를 드러내기 시작한다. 흰 가운을 입고 인수를 표본실의 청개구리처럼 주시하고 있는 한 사람이 보인다. 아마 의사인 것 같다.

갑자기 겨드랑이가 가려워 왔다. 손을 움직여 가려운 곳을 긁고 싶다. 그런데 오른쪽 손이 움직이지를 않는다. 의사에게 뭐라고 말하고 싶은데 의사는 머리 위에 놓인 기계만 모니터하고 있더니 갑자기 비닐로 된 마스크를 내게 씌운다. 그러더니 병실에 있던 스물다섯은 더 되어 보이는 여자에게 무슨 이야기를 하고는 바쁘게 병실을 나갔다. 그 여자 옆에는 예순쯤 되어 보이는 아주머니가 앉아 있다.

잠시 후 간호사 한 사람이 들어오더니 팔에 꽂힌 링거와 연결된 줄에 또 노랗게 보이는 주사액을 주입했다. 저기 병실 끝에 앉아 있는 여자가 흐릿하게 보인다. 그러더니 다시 스르르 눈이 감겼다.

도대체 인아는 어디에 간 것일까? 그리고 나는 왜 여기에 있는 것일까? 지금의 상황을 이해할 수가 없다. 그리고 누구 하나 이 상황을 설명해 주지도 않는다. 나와 비슷한 나이로 보이는 저 여자는 누구일까?

그리고 가끔 찾아오는 아주머니는 내 어머니일까? 아니다, 내가 어머니를 기억하지 못할 리는 없지 않은가? 그러면 저 아주머니는 누구란 말인가?

젊은 여자가 다가온다. 그리고 나를 내려다본다.

"아저씨 제가 누구인 줄 알겠어요?"

나는 고개를 저었다. 고개가 저어진다는 사실이 갑자기 기쁘게 느껴졌다. 어제 전혀 없던 오른쪽 손가락의 감각도 오늘은 느껴진다.
여자가 다가오더니 내 손바닥을 편다. 그러고는 손바닥 위에 쓴다.

'이 지 영'

인수는 귀가 들린다고 말하려고 했으나 이미 상대도 그것을 알고 있다는 생각에 그만두었다. 인수는 속으로 이지영이라는 이름을 몇 번 반복해서 불러 보았다. 기억이 나지 않는다. 기억은 나지 않는데 이상하게도 친근하게 느껴지는 이름이다. 그때 여자가 '지영아'라고 불러 보세요, 하며 울먹인다. 여자가 울먹이자, 인수도 갑자기 슬퍼졌다. 인아가 보고 싶다.

*

산장의 문틈으로 어두운 빛이 새어 들어왔다. 빛이 방 안의 어둠을 깨운다. 저녁이 되면 새록새록 솟아오르다가도 아침이 되면 새롭게 하얀 백지장처럼 기억들이 사라진다. 지영이 아침을 내왔다.

인수는 병원에서 그녀를 처음 만났다. 그녀뿐만 아니라 모든 사람을 처음 만났다. 다만 예전부터 알고 있던 사람을 아직 한 사람도 만나지 못하고 있다. 사람들에 대한 기억이 도무지 나지 않는다.

많은 사람이 산장을 다녀갔다. 인수의 소식을 듣고 찾아온 사람들 중에 대부분이 인수에게 자신이 누군지를 물어본다. 아마도 오늘도 누군가가 인수를 찾아올지 모른다.

"아저씨 어서 식사하세요. 아참 그리고 땔감이 다 떨어져 가요. 오늘은 장작 좀 장만해 주세요."

인수는 눈짓으로 그러겠다고 대답을 했다.

"아저씨 오늘부터는 좀 바빠질 거 같아요. 다음 주부터 철쭉제가 시작되거든요. 아저씨 제가 철쭉 아가씨거든요."
"벌써 또 한 해가 지났어? 아……."
"그래요. 우리가 여기 온 지 벌써 삼 년이 지났다고요. 그래도 아직 아저씨는 저를 모르시고요."

지영의 손에는 사진이 한 장 들려져 있다. 바로 인수가 가끔 잠꼬대하며 부르는 인아라는 여인의 사진이 들려 있다. 손에서 땀이 난다.

'아저씨가 이걸 보고서 기억이 되살아난다 해도 내가 옆에 남아 있을 수 있을까?'

지영은 망설여졌다.

"아저씨 이 사진 기억나세요?"

인수는 지영이 내민 사진을 뚫어지게 바라보더니 사진을 다시 지영에게 내밀며 고래를 가로젓는다.

"삼 년 동안 나를 찾아온 사람 중에는 못 본 사람인 거 같은데?"

해가 지고 있다. 산등성이 위로 가득 핀 철쭉에 저녁 햇살이 비치는가 싶더니 이내 붉은 노을만 하늘에 남아 있고 땅은 회색빛에서 다시 검은 어둠으로 모습을 감춘다.

*

다시 해가 뜨고 있다. 해는 산 너머에서 뜬다. 그리고 저 어딘가의 길모퉁이에서 질 것이다. 햇살이 온 산 가득한 철쭉꽃들 위로 비춰 온다. 인수는 잠든 지영을 내려다보다 지영의 뺨에 입을 맞춘다.

   인수가 내려가고 사람들은 산을 오르고 있다. 산 아래에 있는 철쭉은 아직 그 고운 꽃잎을 꽃망울 안에 꼬옥 닫고 있었다.